PAPAI

EMMA CLINE

Papai
Contos

TRADUÇÃO DE
Marcello Lino

Copyright © Emma Cline, 2020
Primeira publicação por US Publisher.
Direitos de tradução acordados por MB Agencia Literaria SL. e The Clegg Agency Inc., EUA.
Todos os direitos reservados.

TÍTULO ORIGINAL
Daddy

COPIDESQUE
Ana Gabriela Mano

REVISÃO
Marcela de Oliveira

ADAPTAÇÃO DE PROJETO GRÁFICO E DIAGRAMAÇÃO
Ilustrarte Design e Produção Editorial

DESIGN DE CAPA
Lazaro Mendes

IMAGEM DE CAPA
CSA-Printstock / IStock

CIP-BRASIL. CATALOGAÇÃO NA PUBLICAÇÃO
SINDICATO NACIONAL DOS EDITORES DE LIVROS, RJ

C572p

    Cline, Emma, 1989-
        Papai / Emma Cline ; tradução Marcello Lino. - 1. ed. - Rio de Janeiro : Intrínseca, 2025.
        272 p. ; 21 cm.

        Tradução de: Daddy
        ISBN 978-85-510-1218-5

    1. Contos americanos. I. Lino, Marcello. II. Título.

25-98497.0
CDD: 813.01
CDU: 82-34(73)

Carla Rosa Martins Gonçalves - Bibliotecária - CRB-7/4782

[2025]
Todos os direitos desta edição reservados à
Editora Intrínseca Ltda.
Av. das Américas, 500, bloco 12, sala 303
22640-904 – Barra da Tijuca
Rio de Janeiro – RJ
Tel./Fax: (21) 3206-7400
www.intrinseca.com.br

Sumário

"What Can You Do with a General"	7
Los Angeles	36
Menlo Park	57
O filho de Friedman	86
A babá	111
Arcádia	137
Northeast Regional	165
Marion	192
"A Balada de Mackie Messer"	212
I/S/L	238
Agradecimentos	269

"What Can You Do with a General"*

LINDA ESTAVA DENTRO DE casa, ao telefone — com quem, tão cedo? Da banheira de hidromassagem, John a observava andando de um lado para o outro, vestida com um roupão e um maiô velho com uma estampa tropical desbotada que provavelmente pertencera a uma de suas filhas. Era gostoso boiar um pouco na banheira, deslizar de uma ponta à outra, segurando o café acima da linha da água agitada pelos jatos. Já fazia um mês que a figueira estava pelada, mas os caquizeiros estavam carregados. Quando chegarem, os filhos deveriam fazer biscoitos, pensou ele, biscoitos de caqui. Não era isso que Linda costumava fazer quando eles eram pequenos? Ou — o que mais? — geleia, talvez? Toda aquela fruta sendo desperdiçada... era revoltante. Decidiu mandar o jardineiro colher alguns caixotes de caqui antes

---

* Título de uma canção de autoria de Irving Berlin interpretada por Bing Crosby no álbum *White Christmas* (1954). Em tradução livre, "O que você pode fazer com um general". [N. do T.]

que os filhos chegassem, assim, só precisariam assá-los. Linda saberia onde encontrar a receita.

A porta de tela bateu. Linda dobrou o roupão, foi entrando na banheira de hidromassagem.

— O voo da Sasha está atrasado.

— Quanto?

— Provavelmente só vai pousar às quatro ou cinco.

O tráfego do feriado estaria um pesadelo nesse horário, na volta do aeroporto — uma hora até lá, duas horas para voltar, se não mais. Sasha não estava com a habilitação, não poderia alugar um carro e, de qualquer maneira, essa ideia nem passaria pela cabeça dela.

— E ela falou que o Andrew não vem — disse Linda, fazendo uma careta. Ela desconfiava de que o namorado de Sasha fosse casado, embora nunca tivesse tocado no assunto com a filha.

Linda tirou uma folha da água e a jogou no jardim, depois se acomodou com o livro que havia trazido. Ela lia muito: livros sobre anjos e santos e mulheres brancas e ricas de outrora com hábitos excêntricos. Livros escritos por mães de estudantes que tinham cometido massacres em escolas e livros sobre curandeiros que diziam que câncer era na verdade problema de amor-próprio. Agora eram as memórias de uma garota que havia sido raptada aos 11 anos de idade. Mantida em uma cabana em um quintal por quase dez anos.

— Os dentes dela estavam em bom estado — declarou Linda. — Dentro do possível. Ela diz que os raspava todas as noites com as unhas. Até que ele finalmente deu uma escova de dentes para ela.

— Meu Deus — disse John, e esta parecia ser a resposta certa, mas Linda já havia voltado para o livro, boiando serenamente. Quando os jatos desligaram, John atravessou a água em silêncio para religá-los.

Sam foi o primeiro dos filhos a chegar, veio de Milpitas dirigindo o sedã seminovo certificado que comprara no verão anterior. Antes de comprar o carro, ele telefonou várias vezes para avaliar os prós e contras — a quilometragem que o modelo usado marcava em comparação com o leasing de um carro novo e a frequência com que um Audi precisava de manutenção —, e John ficou pasmo por Linda ter tempo para aquilo, as preocupações do filho de 33 anos sobre carros, mas ela sempre atendia os telefonemas, ia para outro quarto e largava John onde quer que fosse, sozinho com o que quer que estivesse fazendo. Recentemente, John havia começado a assistir a uma série sobre duas mulheres de idade que passam a morar juntas, uma austera, a outra um espírito livre. O bom era que parecia haver um número infinito de episódios, um relato interminável de seus pequenos percalços em uma cidade de praia anônima. O tempo parecia não afetar aquelas mulheres, como se elas já estivessem mortas, embora ele presumisse que a série fosse ambientada em Santa Bárbara.

Depois chegou Chloe, de Sacramento, tendo dirigido, segundo ela mesma, com a luz-espia do combustível acesa por pelo menos meia hora. Talvez mais. Ela estava fazendo um estágio. Não remunerado, é claro. Eles ainda pagavam o aluguel dela; Chloe era a caçula.

— Onde você abasteceu?

— Ainda não abasteci — respondeu ela. — Depois eu vejo isso.

— Você devia ter parado — retrucou John. — É perigoso dirigir com o tanque vazio. E seu pneu dianteiro está quase murcho — continuou ele, mas Chloe não estava ouvindo. Já estava ajoelhada no caminho de cascalho, abraçando com força o cachorro.

— Ah, meu amoreco — disse ela, seus óculos embaçando, enquanto apertava Zero contra o peito. — Meu fofucho.

Zero estava sempre tremendo, algo que um dos filhos havia pesquisado e dito que era normal para um Jack Russell, mas que ainda irritava John.

LINDA FOI BUSCAR SASHA porque John não deveria dirigir longas distâncias por causa das costas — ficar sentado lhe causava espasmos — e, de qualquer maneira, Linda disse que seria um prazer ficar um tempinho a sós com Sasha. Zero tentou segui-la até o carro, batendo em suas pernas.

— Ele não pode sair sem a guia — disse ela. — Trate ele bem, ok?

John encontrou a guia, tomou cuidado ao prendê-la à coleira peitoral para não tocar na sutura saliente de Zero. Os pontos pareciam uma aranha, eram sinistros. Zero respirava com dificuldade. Por mais cinco semanas, eles teriam que continuar prestando atenção para que o cachorro não rolasse, não pulasse, não corresse. Ele só podia sair na guia, sempre acompanhado. Senão o marca-passo podia se soltar. John não sabia que cachorros podiam usar marca-passos, nem mesmo gostava de ter um cachorro dentro de casa. Mas lá estava ele, indo atrás de Zero, que seguia farejando uma árvore atrás da outra.

Zero foi mancando devagar até a cerca, ficou parado um instante, depois prosseguiu. O quintal dos fundos tinha oito mil metros quadrados, o suficiente para se sentir isolado dos vizinhos, embora um deles tivesse ligado para a polícia uma vez por causa dos latidos do cachorro. Aquela gente, se metendo na vida alheia, tentando controlar o latido de um cão. Zero parou para examinar uma bola de futebol murcha, tão velha que parecia fossilizada, depois seguiu em frente. Até que enfim se agachou, infeliz, olhando na direção de John enquanto fazia um cocozinho cremoso. Era surpreendente, de um verde inatural.

Dentro do cão havia um tipo de maquinário invisível que o mantinha vivo, que mantinha seu coração animal batendo. Cão robô, John sussurrou para si mesmo, chutando terra para cima do cocô.

Quatro horas. O avião de Sasha devia estar pousando, Linda dando voltas no setor de desembarque. Não era cedo demais para uma taça de vinho.

— Chloe? Você está interessada?

Ela não estava.

— Estou me candidatando a empregos — explicou, as pernas cruzadas sobre a cama. — Está vendo? — Ela virou o laptop para John por um instante, mostrando algum documento em primeiro plano na tela, embora ele ouvisse um programa de TV sendo exibido no fundo. Chloe ainda parecia uma adolescente, apesar de ter se formado na faculdade havia quase dois anos. Na idade dela, John já trabalhava para Mike e, aos 30, já tinha a própria equipe. Tinha 30 anos quando Sam nasceu. Agora os jovens tinham toda uma década a mais para fazer... O quê? Boiar sem rumo, fazer os tais estágios.

Ele tentou novamente.

— Tem certeza? Podemos sentar lá fora, seria legal.

Chloe não tirou os olhos do laptop.

— Você pode fechar a porta? — pediu ela, monocórdia.

Às vezes, a grosseria dos filhos o deixava sem fôlego.

John preparou um lanche para si mesmo. Cortou lascas de queijo, contornando o mofo. Salame. As últimas azeitonas, murchas na salmoura. Levou o prato para fora e sentou-se em uma poltrona. As almofadas pareciam úmidas, provavelmente estavam apodrecendo por dentro. Ele estava de jeans, meias brancas, tênis brancos, um suéter de tricô — emprestado de Linda — cômica e obviamente feminino. Mas não se preocupava mais com isso, se ficava ou não ridículo. Quem se importava? Zero se aproximou para farejar a mão de John, que lhe deu um pedaço de salame. Quando estava calmo, silencioso, o cachorro não era tão ruim. John deveria pôr a guia em Zero, mas ela estava lá dentro e, de qualquer maneira, o cão parecia pacato, não havia risco de que saísse correndo. O quintal estava verde, verde invernal. Embaixo do grande carvalho ficava um braseiro cavado e cercado de pedras por um dos filhos no ensino médio, mas agora estava cheio de folhas e lixo. Provavelmente havia sido obra de Sam, pensou, então não cabia a ele limpar, dar uma geral naquilo? A raiva o inflamou de repente, depois passou com a mesma velocidade. O que John podia fazer, dar uma bronca nele? Hoje em dia, os filhos só riam quando ele ficava com raiva. Outro pedaço de salame para Zero, um pedaço para si. Estava frio e com gosto de geladeira, o gosto da bandejinha de plástico da embalagem. Zero ficou encarando John com aqueles olhos de mármore, exalando seu hálito faminto, carnoso, até ele expulsá-lo.

Mesmo levando em conta o trânsito do feriado, Linda e Sasha chegaram mais tarde do que o esperado. John foi até a varanda quando ouviu o carro. Tinha mandado o jardineiro colocar luzinhas festivas na grade, no telhado, em volta das janelas. Eram aquelas novas, de LED, gélidos fios de luz branca pendendo das calhas. Naquele momento, no primeiro crepúsculo azulado, estavam bonitinhas, mas ele sentia falta das luzes coloridas da infância, daquelas lâmpadas de desenho animado. Vermelhas, azuis, laranja, verdes. Provavelmente eram tóxicas.

Sasha abriu a porta do carona, uma bolsa e uma garrafa d'água vazia no colo.

— A companhia aérea perdeu minha mala — anunciou ela. — Desculpe, só estou chateada. Oi, pai.

Abraçou-o com um só braço. Parecia um pouco triste, um pouco mais gorda do que da última vez em que ele a vira. Estava usando calças que não a favoreciam, largas nas pernas, e suas bochechas estavam suando sob o excesso de maquiagem.

— Você falou com alguém?

— Tudo bem — disse Sasha. — Quer dizer, sim, deixei minhas informações e tudo o mais. Tenho um número de registro, um site. Eles nunca vão achar, tenho certeza.

— Vamos ver — disse Linda. — Eles reembolsam, sabe?

— Como estava o trânsito? — perguntou John.

— Engarrafado até a 101 — respondeu Linda. — Ridículo.

Se houvesse bagagem, John pelo menos saberia o que fazer com as mãos. Gesticulou na direção da entrada da garagem, a escuridão depois da luz da varanda.

— Bem — disse ele —, agora estamos todos aqui.

* * *

— é melhor assim — disse Sam. — Não é melhor?

Sam estava na cozinha, conectando o iPad de Linda à caixa de som que ele havia levado.

— Agora você pode escutar a música que quiser.

— Mas não está quebrado? — perguntou Linda do fogão. — O iPad? Pergunte ao seu pai, ele sabe.

— Só está com bateria descarregada — explicou Sam. — Está vendo? É só ligar o cabo assim.

A bancada estava bagunçada — a secretária de John, Margaret, havia deixado uma bandeja de palha italiana coberta com plástico filme, e clientes antigos haviam mandado uma lata de macadâmias e uma cesta de geleias de figo que iam se juntar às geleias de figo dos anos anteriores, empoeiradas e fechadas na despensa. Limões, muitos limões colhidos das árvores perto da cerca. Eles deveriam fazer algo com os limões. Pelo menos dar um pouco para o jardineiro levar para casa. Chloe estava sentada em um dos bancos, abrindo cartões de Natal, Zero aos seus pés.

— Afinal de contas, quem são estas pessoas? — Chloe levantou um cartão. Uma fotografia de três meninos loiros sorridentes, de calças e camisas jeans. — Parecem religiosos.

— São os filhos da sua prima — respondeu John, pegando o cartão. — Os meninos da Haley. Eles são muito legais.

— Eu não disse que eles não eram *legais*.

— Garotos muito inteligentes. — Comportaram-se bem na tarde em que os visitaram, o mais novo riu feito louco quando John o balançou de cabeça para baixo pelo tornozelo.

Linda dissera que John estava sendo muito bruto, a voz dela cada vez mais aguda, queixosa. Ela se preocupava por qualquer coisa. Ele está adorando, John havia dito. E era verdade: quando John o pôs novamente em pé, o menino, com as bochechas vermelhas e os olhos espevitados, pediu mais.

Sasha desceu: havia lavado o rosto, que ainda estava molhado, um creme à base de enxofre espalhado no queixo. Parecia sonolenta, infeliz, vestindo calças de moletom emprestadas e um agasalho da faculdade que Chloe frequentara. Linda falava com Sam todo dia, com Chloe também, e os via com bastante frequência, mas Sasha não aparecia em casa desde março. Linda estava feliz, John percebeu, feliz pelos filhos estarem ali, todos no mesmo lugar.

John anunciou que estava na hora de um drinque.

— Todo mundo? Sim? — disse ele. — Então, vamos de vinho branco.

— O que você quer ouvir? — perguntou Sam, controlando o iPad com um dedo. — Mãe? Pode ser qualquer música.

— Músicas natalinas — pediu Chloe. — Sintonize uma estação natalina.

Sam a ignorou.

— Mãe?

— Eu gostava do aparelho de CD — disse Linda. — Sabia usar.

— Mas você pode ter tudo o que tinha nos CDs e muito mais — retrucou Sam. — Qualquer coisa.

— Escolha alguma coisa e pronto — disse Sasha. — Pelo amor de Deus.

Um comercial tocou a todo volume.

— Se você assinar — falou Sam —, não vai ter mais comerciais.

— Anda logo — insistiu Sasha. — Eles não querem mexer com essas coisas.

Sam, magoado, abaixou o volume, estudou o iPad em silêncio. Linda disse que tinha adorado a caixa de som, obrigada por configurá-lo, liberava muito espaço na bancada, que ótimo, e, como o jantar estava pronto mesmo, eles podiam desligar a música.

CHLOE PÔS A MESA: guardanapos de papel, os copos opacos. John teve que chamar alguém para consertar a lava-louças. Não estava escoando a água direito, parecia apenas marinar os pratos em um caldo de água quente e restos de comida. Linda sentou-se na cabeceira, os filhos nos lugares de sempre. John terminou o vinho. Linda havia parado de beber, era uma experiência, dissera, só por um tempo, e, desde então, ele vinha bebendo mais, ou talvez fosse impressão.

Sasha pegou uma folha de alface da saladeira e começou a roê-la.

— Peça desculpas — disse John.

— Por quê?

— Precisamos dar graças.

Sasha fez uma careta.

— Eu dou — interrompeu Sam. Então fechou os olhos e baixou a cabeça.

Quando John abriu os olhos, viu Sasha ao telefone. O impulso de agarrar o telefone, espatifá-lo. Mas era melhor não se irritar, senão Linda ia se irritar com ele, todos iam acabar irritados. Como era fácil pôr tudo a perder. Encheu novamente a taça de vinho, serviu-se de macarrão. Chloe continuava a abaixar para dar pedaços de frango assado para Zero.

Sasha cutucou o macarrão.

— Tem queijo nisto aqui? — perguntou. E fez questão de mostrar que não ia comer. Em seu prato, só tinha alface molhada e algumas lascas de frango. Cheirou o copo. — Está com um cheiro esquisito.

Linda piscou.

— Bem, pegue outro, então.

— Cheire — disse Sasha, inclinando o copo para Chloe. — Está sentindo?

— Pegue outro copo — repetiu Linda, tirando aquele da mão de Sasha. — Eu pego.

— Para, para. Eu vou, não se preocupe.

Quando os filhos eram pequenos, o jantar era cachorro-quente ou espaguete, cada criança com seu copo de leite, Linda bebendo vinho branco com cubos de gelo, John com uma taça de vinho também, alternando entre prestar atenção e se desligar. As crianças brigavam. Chloe chutava Sam. Sasha dizia que o irmão estava bafejando em sua cara — *Mãe, diz para o Sam parar de respirar em cima de mim. Diz. Para. O. Sam. Parar. De. Respirar. Em. Cima. De. Mim.* Como era fácil baixar um véu entre si mesmo e aquele grupo de pessoas que era sua família. Eles ficavam desfocados, de um jeito agradável, tornavam-se suficientemente embaçados para que John os amasse.

— É uma pena que o Andrew não pôde vir — disse Linda.

Sasha encolheu os ombros.

— Ele teria que voar de volta no Natal de qualquer maneira. Ele fica com o filho no dia seguinte.

— Mesmo assim, teria sido um prazer revê-lo.

— Zero está estranho — anunciou Chloe. — Vejam.

Havia frango no chão, na frente do cachorro, mas ele não estava comendo.

— Ele é um ciborgue agora — explicou Sasha.

— Será que não está enxergando? — disse Chloe. — Vocês sabem se ele está cego?

— Não dê comida da mesa para ele — advertiu John.

— A esta altura, não importa muito.

— Não diga isso.

— Já imaginou ser um cachorro? — disse Sasha. — Estar pronto para morrer e aí, de repente, alguém abre seu corpo para pôr alguma coisa dentro e então você continua vivo? Talvez ele odeie isso.

John tinha pensado algo semelhante em um dos passeios para Zero fazer cocô. O cachorro estava com ar melancólico, pouco à vontade em sua coleira peitoral, mancando na grama molhada com sua barriga rosada, e aquilo pareceu horrível, o que as pessoas faziam com os animais, forçando-os a uma escravidão emocional, mantendo-os vivos para mais um Natal. Os filhos nem ligavam mais para o cachorro, no fundo.

— Ele gosta — afirmou Sam, curvando-se para afagar Zero grosseiramente sob o queixo. — Está feliz.

— Cuidado, Sammy, cuidado.

— Pare, você está machucando o cachorro — disse Chloe.

— Meu Deus — resmungou Sam. — Calma aí. — Ele se recostou com força na cadeira, que arranhou o chão.

— Olha, você o irritou — disse Chloe. Zero girou e voltou para o pufe sebento que usava como cama. O cachorro se acomodou no amontoado de pelúcia, tremendo, olhando para eles.

— Ele nos odeia — concluiu Sasha. — Muito mesmo.

TODO ANO, ELES ASSISTIAM ao mesmo filme. John abriu uma garrafa de vinho tinto e a levou para a sala de estar, embora só ele e Sasha ainda estivessem bebendo. Linda fez pipoca, um pouquinho queimada. Ele procurou os milhos não estourados no fundo da tigela, rolou-os pela boca para chupar o sal.

— Vamos — disse. — Andem logo.

— Estamos prontos? Onde está a Sasha?

Chloe, sentada no chão, encolheu os ombros.

— Falando com Andrew.

A porta da frente se abriu. Quando Sasha entrou na sala, parecia ter chorado.

— Eu disse pra vocês começarem sem mim.

— Sash, podemos levar você para comprar umas roupas amanhã — disse Linda. — O shopping ainda está aberto.

— Talvez — respondeu ela. — Está bem. — Sasha se deitou ao lado de Chloe no tapete. Seu rosto estava iluminado pelo telefone, os dedos não paravam de digitar.

John não lembrava que o filme era tão longo. Tinha se esquecido de toda a primeira parte, a Flórida, a fuga de trem. Agora parecia óbvio que aquele ator era bicha. O general aposentado, a pousada, Vermont com muita, muita neve — John entrou em um devaneio, todo aquele vigor e cordialidade da Costa Leste, as pessoas coradas e saudáveis. Por que ele e Linda ficaram na Califórnia? Talvez fosse esse o problema, criar os filhos neste lugar de clima temperado onde ninguém entende as estações. Eles teriam levado uma vida muito mais confortável em Vermont ou New Hampshire ou em um daqueles estados onde o custo de vida é barato, onde as crianças poderiam ter participado do programa 4-H e ido para uma faculdade local e se acostumado à ideia de uma vida simples e boa, que era tudo o que John sempre quis para os filhos.

Eles adoravam filmes como aquele quando eram pequenos, live-actions antigos dos estúdios de Walt Disney: *Pollyanna*, *A banda da família Bower*, *Quando o coração não envelhece*. Filmes em que a figura paterna era praticamente Jesus, as crianças rodeando o pai toda vez que este entrava em um cômodo, pendurando-se em seu pescoço, beijando-o, ah, Pa-pai, diziam as meninas, quase desmaiando. Que rostos fantásticos os daqueles velhos atores. Fred MacMurray, de *Vendedor de ilusões*. Ou talvez estivesse pensando no ator de *Os pioneiros*, a série a qual eles assistiram de cabo a rabo? O pai ficava sem camisa pelo menos uma vez em cada episódio, seu peito peludo totalmente anos setenta. John leu aqueles livros para as meninas quando elas eram pequenas. Os livros da série *Os pioneiros* e o livro sobre o menino que fugia para viver nas montanhas, o menino que fugia para viver na floresta, livros sobre jovens em meio à natureza sagrada, intacta, atravessando córregos límpidos, dormindo em camas feitas de pedaços de árvores.

Na tela, Danny Kaye cantava, a loura de vestido cor-de-rosa dançava, tinha pernas lindas, e John cantarolava junto, desafinado, o cachorro na sala, embora não pudesse vê-lo, dava para ouvir a coleira tilintando, mas outra pessoa podia levá-lo para passear, um dos filhos. Afinal de contas, era por isso que Zero estava vivo. Por eles.

John adormeceu. O filme tinha terminado, mas ninguém desligou a televisão. A taça de vinho estava vazia. Todos tinham ido embora. Deixaram-no sozinho. A sala estava escura, mas lá fora as luzes de Natal continuavam acesas, lançando um brilho peculiar pelas janelas, uma claridade assustadora, estranha. De repente, ocorreu-lhe que algo estava errado. John se sentou, ficou imóvel, a taça de vinho na mão. Ele se lembrava de sentir isso na infância, das noites em que ficava paralisado na cama de baixo do beliche, quase sem respirar de tanto medo, convencido de que algo ruim estava tomando forma em meio ao silêncio, deslizando na direção de John sem fazer barulho. E agora aquela coisa finalmente o alcançou, pensou ele, veio pegá-lo. Como sempre soube que aconteceria.

Um espasmo nas costas e o cômodo se reorientou: o sofá, o tapete, a televisão. Tudo normal. John se levantou. Pôs a taça de vinho na mesa de centro, desligou as luzes do corredor, da cozinha, foi para o andar de cima, onde todo mundo, sua família, estava dormindo.

O DIA SEGUINTE ERA véspera de Natal. John levou duas canecas de café para o quarto. Estava sol lá fora, a névoa se dissipando, mas o quarto era escuro, uma escuridão colonial, anacrônica. Linda havia escolhido o papel de parede escuro e as cortinas escuras e a cama com dossel, e, de qualquer forma, John não sabia exatamente o que teria preferido. Na mesinha de cabeceira que ficava no lado dele da cama: uma bandeja de madeira com moedas de um centavo dentro da gaveta; uma calçadeira ainda na embalagem; uma grande antologia de contos policiais. No armário, um aparelho quebrado que ele usara para ficar pendurado de cabeça para baixo durante vinte minutos por dia, bom para as costas, até Linda dizer que a imagem era assustadora demais.

Linda sentou-se na cama e pegou a caneca, sua camiseta de dormir embolada em volta do pescoço, seu rosto amassado. Piscou algumas vezes, tateando em busca dos óculos.

— Sasha está acordada — anunciou John.

— Ela está de mau humor?

John deu de ombros.

— Está bem.

— Estou com medo de descer. Ela estava muito chateada ontem. Por causa da mala. Aquilo me deixou nervosa.

— Acho que ela está bem.

Era verdade? Ele não tinha certeza. Sasha fazia terapia, e John só sabia disso porque Linda pagava o plano de saúde e a filha era dependente. No ensino médio, Sasha também havia procurado um terapeuta, alguém que deveria ajudá-la a parar de coçar as pernas com alicates e tesouras de unha. Não parecia surtir qualquer efeito, a não ser fornecer a ela novas palavras para descrever como os pais eram terríveis.

Quando os filhos eram pequenos, Linda passou mais ou menos uma semana em um rancho no Arizona, em um lugar para cuidar da saúde. John supunha que tinha sido depois de um dos períodos ruins, quando ela às vezes o trancava para fora de casa ou levava as crianças para ficar com a avó. Certa noite, Sasha, com 9 anos, chamou a polícia por causa dele. Quando os policiais chegaram à casa, Linda disse-lhes que havia sido um acidente, esclareceu a situação. Isso foi anos atrás, dissera ele quando Linda tocou no assunto. E as coisas mudaram depois daquilo. Linda voltara do retiro com um livro de cozinha repleto de receitas com baixo teor de gordura, que pareciam todas levar molho de manga, e convicta de que havia entrado em contato com o espírito do cachorro de sua infância durante uma meditação guiada em uma tenda do suor. Também havia decidido que John precisava procurar um terapeuta. Ele encarou aquilo como um ultimato.

Foi a duas sessões. O terapeuta receitou antidepressivos e um estabilizador de humor e deu a ele um folheto com exercícios de respiração para controlar os impulsos. No primeiro dia em que tomou os comprimidos, John sentiu uma espécie de mania, os pensamentos eram como uma bolinha brilhante de papel-alumínio — ele limpou os dois carros, tirou caixas do sótão, decidiu que mandaria sua equipe transformar o espaço em um ateliê de pintura para Linda. Dependurou-se na janela do quarto de Chloe para limpar as calhas, arrancando com as mãos bolos úmidos de folhas e cocô de aves, mãos estas que ficaram azuis e cadavéricas por causa do frio. Quando limpou o rosto, a manga da camisa ficou molhada. Todo o rosto estava molhado. Embora estivesse chorando, a sensação não era desagradável, era como no ensino médio, quando John ingeria cogumelos e ficava sentado na reserva natural perto de Salt Point, lágrimas escorrendo por seu rosto enquanto sentia a onda bater, a boca se enchendo de saliva. Daquela vez no telhado, ele se recostou e avaliou a distância de queda até o quintal. O que o cálculo indicava? Não era alto o suficiente. Ele nunca mais tomou os comprimidos.

E como foi que a raiva acabou sendo neutralizada? Ele estava cansado demais para jogar tudo para o alto. O que Sasha tinha dito da última vez que eles brigaram? Ela estava chorando, falando de como ele costumava atirar comida nela quando ela não comia. Essas coisas pareciam muito distantes e, com o tempo, ficaram mais distantes ainda e depois ninguém falou mais nada a respeito.

Quando John levou as canecas vazias para a cozinha, Sasha estava segurando um pacote branco, uma caixa de papelão aberta.

— O que é isto? — perguntou ela.

— Onde você pegou essa caixa?

— Estava na bancada. Eu só abri, desculpa.

Ele a arrancou das mãos dela.

— Estava endereçada a você?

— Desculpa — repetiu ela.

— Você simplesmente faz o que quer? — John percebeu que estava quase gritando.

— Eu pedi desculpa. — Sasha parecia amedrontada e aquilo o deixou com mais raiva ainda.

— Agora pode ficar com tudo — disse ele. — Não tem mais importância.

John havia comprado de presente de Natal para todos aqueles kits de DNA. Para Linda também. Um presente bem legal, na opinião dele. Tinha ficado orgulhoso — havia um kit de DNA e um título da Associação Automobilística Americana para cada um. Quem poderia acusá-lo de não pensar na família?

Sam entrou na cozinha, já vestido.

John empurrou uma caixa para ele.

— Toma.

— O que é isso?

— Seu presente de Natal. É só cuspir nesses tubos. Está tudo incluído. É só enviar e eles respondem com o resultado, dizendo exatamente qual é o seu DNA.

— Legal! — disse Sam, fazendo uma cena ao analisar a embalagem, girando-a em suas mãos.

— Sabe — começou Sasha —, isso é praticamente entregar seu DNA para a polícia.

— Mas vocês podem descobrir seus ancestrais — retrucou John. — Encontrar parentes. Aprender sobre a família.

Sasha deu um risinho irônico.

— Foi assim que eles encontraram aquele homem que matava todo mundo. O serial killer. Através de um primo de quarto grau.

— Não foi barato — insistiu John, ouvindo o próprio tom de voz subir. Pensou que provavelmente os filhos nem sequer sabiam o nome do pai dele. Inacreditável. John respirou fundo. — Comprei um pra cada.

Sasha olhou para ele, olhou para Sam.

— Desculpa — disse. — É muito legal. Obrigada.

À TARDE, CHLOE COMEÇOU a assistir aos vídeos da família. Sam havia convertido todas as fitas para DVDs como presente de Natal para John e Linda no ano anterior. Zero estava tremendo, sentado ao lado de Chloe no chão da sala de estar. Mesmo de longe dava para sentir o leve cheiro de urina que exalava dele. Chloe parecia não notar, enfiando o nariz em seu pescoço. Ela estava comendo um burrito de micro-ondas enrolado em um papel-toalha. Tinha um aspecto úmido e pouco apetitoso, com feijões vazando.

— Quer assistir comigo? — perguntou ela.

John estava cansado. A sala de estar estava quente, com o aquecedor ligado. Era agradável ficar sentado na poltrona, de olhos fechados, ouvindo as vozes. Aquela era a sua voz. Ele abriu os olhos. A câmera tremia, era portátil, John a carregava por um corredor vazio. *Vamos dar oi para todo mundo*, disse ele. *Vamos ver por onde andam.*

Fazia pelo menos vinte anos que não moravam mais naquela casa. Era uma casa bem peculiar. Muitos níveis e recantos, grandes vigas escuras. Uma fileira de pinheiros cujos galhos as crianças costumavam segurar pelas janelas do carro enquanto John dirigia, a neve cobria a claraboia do quarto. Que estranho ver aquilo de novo, assim de repente. A antiga vida deles. A câmera captou os tênis dele, o carpete, um pedaço do sofá em tweed.

— Onde é isso? — perguntou Chloe.

— Você era bebê. Só moramos lá durante um ou dois anos.

Era difícil lembrar quando havia sido com exatidão, mas eles moraram naquela casa antes de o pai de Linda falecer, então tinha sido provavelmente em 1996 ou 1997. Parecia inverno, e talvez fosse o inverno em que os ursos arrombaram o carro diversas vezes, o bastante para que John precisasse deixar as portas destrancadas a fim de evitar que eles quebrassem as janelas. Sam gostava de ver as marcas enlameadas das patas, já Sasha morria de medo de ursos, não saía nem para ver as pegadas.

O que mais ele lembrava daquela casa — a lareira de pedra, a coleção de saleiros em forma de porcos, a cozinha apertada com a geladeira cor de mostarda que eles abarrotavam de caixas de salsichas, o congelador capenga, mal conseguindo manter os waffles inteiros. As meninas dividiam um quarto. Sam tinha o próprio cantinho. Eles jogavam *À Pesca* e *War*, faziam castelos de cartas, assistiam a *Se minha cama voasse*. O irmão de Linda vivia fazendo visitas. George ainda era casado com a primeira esposa, Christine — ela era bonita na época, cabelos que encaracolavam nas pontas, metade dos peitos sempre para fora de qualquer blusa que estivesse usando. John a puxava para o colo, e Linda dava um tapa no ombro dele, *Jo-ohn*, Christine se contorcia para sair, mas só depois de alguns minutos. George e Christine se divorciaram quantos anos depois? Christine, gorda por causa dos antipsicóticos, dizia que George a empurrara escada abaixo.

— Olha o cabelo da mamãe — disse Chloe. — É hilário.

Linda estava usando os óculos da moda, uns discos marrons que deixavam seus olhos meio arregalados.

Ela empurrou a câmera para longe. *John! Para!* O vídeo parou. Ele fechou os olhos novamente. Só ouviu a estática. Depois:

Sam, senta.
É aniversário dele.
Que legal o presente que seu avô comprou.
O bolo parece gostoso.
Mostre com os dedinhos quantos anos você tem.
É um boneco especial. Tome muito cuidado com ele.
O que você quer ser quando crescer? Quer ser médico?
Não.

Advogado.
Não.
Presidente? Sam?
John, não faça isso.
Não fui eu. Foi esse cara.
Não toque no boneco. Vamos tomar muito cuidado com ele. É muito caro.
Sasha. O bebê está dormindo. Não toque nele.
Sasha estava em pé ao lado da porta.

— O que vocês estão vendo?

— É muito engraçado — disse Chloe. — Você deveria assistir. Você era muito fofa. Espera, vou pôr o vídeo em que você aparece. É muito fofo.

A câmera tremeu, apontou para o carpete. Depois se ergueu para Sasha, de camisola, sentada no último degrau de uma escadaria.

Quantos anos você tem?
Cinco.
Quem é aquela ali?
Uma lagartixa.
É a sua lagartixa? Aquela é a sra. Lagartixa? O que você está fazendo?
Uma casa para o Linguado.
Para o Linguado?
Para a Ariel e o Linguado.
E quem você ama? Você ama o seu papai?
Amo.
Quem você ama mais, seu papai ou sua mamãe? Você ama mais o seu papai?

John olhou na direção de Sasha, mas ela tinha ido embora.

* * *

ELA ESTAVA NA COZINHA, arrancando papéis-toalhas do rolo, quadrado por quadrado, pondo-os sobre uma poça embaixo da mesa.

— Zero fez xixi de novo — anunciou ela. — Meu Deus — continuou, o rolo de papel-toalha agora vazio. Estava quase esbravejando. Os olhos inchados e vermelhos. — Por que ninguém limpa o mijo? Que nojo! O cachorro mija por todo canto nesta casa e ninguém dá a mínima.

— Sua mãe adora aquele cachorro — disse John.

Sasha arrastou os papéis-toalhas pelo chão com a ponta da bota. Ele previu que ela não ia recolher os papéis, limpar até o fim.

— Alguma notícia da sua mala?

Sasha balançou a cabeça.

— Tem um site para checar, mas lá só diz que ainda está em trânsito. Continuo verificando.

— Posso levar você ao shopping, se quiser — ofereceu John.

— Ok. Quero, sim. Obrigada.

Ele ficou ali parado mais um instante, esperando… O quê? Nada. Ela não recolheu os papéis-toalhas.

SASHA FICOU EM SILÊNCIO durante a viagem, trinta minutos na Highway 12. Não tinha muito trânsito.

— Viu que ainda não terminaram o hotel?

Ele havia perdido a licitação para aquele trabalho. Ainda bem, já que havia um monte de complicações com a cidade, as pessoas escreveram cartas ao editor, querendo relatórios de impacto sobre o trânsito.

Sasha olhava o tempo todo para o telefone.

— Você por acaso tem um carregador? — perguntou.

Quando ele esticou o braço para pegar um no porta-luvas, ela se encolheu.

John decidiu não dizer nada. Devia ter deixado que Linda a acompanhasse, ou um dos outros filhos. Ligou o rádio, previamente sintonizado na estação favorita de Linda, que começava a tocar músicas natalinas já no Dia de Ação de Graças. Sam tinha dito que todas as rádios agora eram programadas por computadores.

Yet in thy dark streets shineth
The everlasting light.

A turma de um dos filhos não tinha interpretado aquela canção uma vez em um sarau de Natal? As crianças vestidas de anjos com lençóis recortados, Linda fazendo auréolas com fitas de ouropel.

Sasha desenrolou as mangas do moletom de Chloe e pôs o telefone, agora conectado ao carregador, no console entre eles. A imagem de fundo, John pôde ver, era a foto de uma família no convés de uma balsa. Uma mulher, um homem, uma criança. A mulher, ele percebeu depois de um instante, era Sasha. Ela estava vestindo um casaco azulão — sorrindo, exposta ao vento. Um menino estava sentado em seu colo e um homem, Andrew, sorria com o braço em volta de ambos. O pensamento surgiu com clareza na mente de John: aqueles dois sentiam falta de Sasha. Aquele homem e o filho dele. Ela estava ali, não lá, e eles sentiam falta dela. O que tinha de tão estranho nisso? A tela se apagou.

Ela tivera um namorado no ensino médio, ou talvez fosse o namorado de Chloe, um rapaz esguio com cabelo escuro em forma de cuia, nariz afilado, narinas esfoladas e vermelhas. Era bastante simpático, até que surtou de repente — será que foram drogas? Talvez ele fosse esquizofrênico, John não se lembrava. Os pais dele ligaram uma vez para John e Linda para saber se o garoto estava morando com eles. Isso anos depois de Sasha e ele terem terminado. O garoto não estava morando com eles, é claro, e a mãe contou para John ao telefone que o filho colocara um pássaro morto na cafeteira, que achava que a família queria matá-lo. Ele havia desaparecido e os pais não tinham ideia de onde poderia estar nem de como encontrá-lo. John ficou com pena da mãe do rapaz, até constrangido com a tristeza desinibida da mulher, e feliz pelos próprios filhos: saudáveis, normais, tocando a própria vida.

— Talvez você e Chloe devessem fazer biscoitos de caqui hoje à noite — disse ele.

— Ninguém come biscoitos de caqui. Nem você gosta.

— Gosto, sim — retrucou John. Ficou magoado. Embora nem conseguisse lembrar que gosto tinha um caqui. Adstringente, talvez, parecido com sabão. — Senão todos aqueles caquis vão apodrecer — concluiu.

Ela não se importava. Não lembrava nada das coisas boas. A noite em que ele acordou os filhos, colocou-os na caçamba da picape com cobertores e levou-os ao reservatório, onde fizeram uma grande fogueira, as crianças sentadas sobre toalhas no chão úmido, comendo marshmallows queimados em espetos. Uma foto daquela noite ficava na escrivaninha de John, as três crianças parecendo cansadas e felizes, enroladas naquelas roupas antigas com cores vivas, otimistas — como é que, de repente, aquilo parecia não significar mais nada? Ou o mês em que todas as crianças tiveram catapora e dormiram em lençóis sobre o chão no quarto dele e de Linda, nuas e pontilhadas de loção de calamina, o ralo da banheira entupido por causa dos banhos de aveia. Tantas doenças e ossos quebrados e punhos torcidos e crânios rachados.

Eles não se importavam. Quando menina, Sasha assistiu a *O Mágico de Oz* tantas vezes que a fita arrebentou.

— Você se lembra disso? — perguntou ele. — De como gostava de *O Mágico de Oz*?

— O quê? — Ela parecia irritada.

— Você adorava. Assistiu umas vinte e cinco vezes, até mais. Deve ter sido mais. Você arrebentou a fita.

Ela não disse nada.

— É verdade — insistiu ele.

— Parece coisa da Chloe.

— Era você.

— Tenho quase certeza de que era a Chloe.

Ele tentou sentir carinho por ela.

Mesmo na véspera de Natal, o estacionamento do shopping estava cheio. John pensou que não devia mais ficar surpreso com aquilo, pessoas querendo fazer compras em vez de ficar em casa com a família. Antigamente era motivo de vergonha, como ficar ao telefone enquanto alguém falava com você, mas depois todo mundo começou a fazer a mesma coisa e então simplesmente se aceitava que a vida era assim.

— Pode me deixar aqui — disse Sasha, já abrindo a porta. — Está ótimo. Você quer voltar daqui a, tipo, umas três horas? A gente se encontra aqui?

* * *

ELE BEM QUE PODERIA passar no escritório, só para verificar as coisas — obviamente não tinha ninguém, nenhum carro no estacionamento, o aquecedor estava desligado, mas era bom sentar-se atrás da escrivaninha, ligar o computador, responder alguns e-mails. John assinou uns cheques. Gostava quando o escritório estava silencioso. Bebeu a água em temperatura ambiente do bebedouro, oscilando dentro de um cone de papel. Deveriam começar a comprar copos normais de papel. Linda mandou uma mensagem dizendo que o vizinho tinha ligado. Zero dera um jeito de sair e passar por algumas casas até que alguém o achou.
Tudo bem agora?
Tudo, respondeu ela.
Linda havia dito que esperaria até depois do Natal para sacrificar Zero, mas agora, com o marca-passo, sabe-se lá. O cachorro devia viver mais do que John. Mais uma hora para ir buscar Sasha. John encontrou em sua gaveta uma barrinha de cereais que se despedaçou quando ele abriu a embalagem. Despejou os pedacinhos na boca, mastigou com força. Margaret estava na casa do filho, em Chicago: no mural dela havia fotos do neto; na escrivaninha, ao lado de um tubo de creme para as mãos que ela usava assiduamente, uma lata de chá. Antes de ir embora, Margaret deixou o calendário — um brinde da loja de ferragens — aberto em janeiro. John verificou que horas eram. Sabia que mais cedo ou mais tarde teria que se levantar, mas não havia motivo para sair antes do tempo.

* * *

ELE DEU UMA VOLTA no estacionamento e avistou Sasha encostada em um poste, os olhos fechados. Ela parecia tranquila, despreocupada, o cabelo preso atrás das orelhas, as mãos no bolso do moletom de Chloe. Se ele não estava enganado, Sasha não tinha conseguido entrar para aquela faculdade. Ela nunca foi uma garota de sorte. Ele abaixou o vidro do lado do passageiro.

— Sasha.

Nada.

— Sasha — repetiu, dessa vez mais alto. — Chamei um monte de vezes — disse ele quando ela finalmente se aproximou. — Você não ouviu?

— Desculpa — pediu Sasha, entrando no carro.

— Você não comprou nada?

Por um instante, ela pareceu confusa.

— Não gostei de nada — respondeu.

John foi saindo com o carro. Em algum momento, havia chovido sem que ele percebesse; as ruas estavam molhadas. Outros motoristas tinham ligado os faróis.

— Na verdade — disse Sasha —, nem olhei as roupas. Vi um filme.

— Ah! — John não sabia se ela estava tentando suscitar alguma reação específica. Manteve o rosto impassível, as mãos no volante. — Era bom?

Ela contou o que acontecia no filme.

— Parece triste — comentou ele.

— Acho que sim. Todo mundo disse que era bom. Mas eu achei bobo.

O telefone de Sasha apitou no assento entre eles.

— Mas por que as pessoas assistiriam a um filme que as deixa tristes? — indagou John.

Sasha não respondeu. Estava ocupada digitando, seu rosto inundado pela luz da tela. Tinha escurecido muito depressa. John acendeu os faróis. O telefone apitou novamente e Sasha sorriu, um sorriso discreto, privado.

— Tudo bem se eu ligar para o Andrew? É coisa rápida. Só para dar boa-noite — disse ela. — Lá já é tarde.

Ele anuiu, sem tirar os olhos da estrada.

— Oi, desculpa. — Sasha falou baixo ao telefone. — Não — disse —, estou no carro.

Ela riu, baixinho, sua voz cada vez mais fraca, seu corpo relaxando no assento, e, no semáforo, John se pegou inclinando a cabeça em sua direção, esforçando-se para decifrar o que ela estava dizendo, como se talvez pudesse captar algo em suas palavras.

Los Angeles

ERA NOVEMBRO, MAS AS decorações das festas de fim de ano já estavam começando a se insinuar nos expositores das lojas: Papais Noéis de papelão usando óculos de sol, vitrines salpicadas de neve falsa, como se o frio fosse só mais uma piada. Desde que Alice se mudara para lá, nem sequer havia chovido, o clima se mantinha bom. Na cidade natal dela o tempo já estava deprimente, nevando, o sol se pondo atrás da casa de sua mãe às cinco da tarde. A nova cidade parecia uma boa alternativa, o céu sempre azul e os braços de fora todo o tempo, os dias correndo sem esforço, agradáveis. É claro, em alguns anos, quando os reservatórios estivessem vazios e os gramados se tornassem marrom, ela perceberia que não existe sol eterno.

A entrada de funcionários ficava nos fundos da loja, ao final de um beco. Isso foi antes dos processos, na época em que a marca ainda era popular e estava abrindo novas lojas. Eles vendiam roupas baratas e vulgares em cores primárias, roupas que apelavam para um atletismo de nível inferior — meias compridas, shorts de corrida — como se sexo fosse um esporte alternativo. Alice trabalhava na loja principal, ou seja, na maior e mais movimentada, localizada em uma esquina de alta visibilidade perto do mar. As pessoas entravam deixando um rastro de areia e às vezes piche da praia que depois os faxineiros tinham que esfregar para arrancar do chão até tarde da noite.

As vendedoras só podiam usar roupas da marca, por isso Alice recebeu algumas peças de graça quando começou. Ao esvaziar a sacola sobre sua cama, toda aquela abundância a comoveu, mas havia uma ressalva: foi o gerente que escolheu as peças e todas eram um pouco justas demais, de um tamanho menor do que o dela. As calças a cortavam na virilha e deixavam marcas vermelhas na barriga, com o contorno exato do zíper, as camisetas faziam pregas nas axilas de tão apertadas. Alice deixava as calças desabotoadas enquanto dirigia até o trabalho, esperando até o último minuto para encolher a barriga e abotoá-las.

Por dentro, a loja era branca e brilhante, os letreiros de neon emitiam um zumbido baixo de fundo. Era como estar dentro de um computador. Ela chegava às dez da manhã, e as luzes e a música já evocavam uma tarde perpétua. Em todas as paredes, havia gigantografias granuladas em preto e branco de mulheres vestindo as famosas calcinhas, garotas com joelhos ossudos olhando diretamente para a câmera, cobrindo os peitinhos com as mãos. Os cabelos de todas as modelos pareciam um pouco oleosos, e os rostos, um pouco reluzentes. Alice deduziu que isso servia para tornar mais plausível a ideia de fazer sexo com elas.

Só mulheres jovens trabalhavam em contato direto com os clientes — os homens ficavam nos bastidores, dobrando, desempacotando e etiquetando a mercadoria que chegava do depósito, controlando o estoque. Eles não tinham nada mais a oferecer do que a própria mão de obra. Eram as garotas que a gerência queria pôr bem à mostra, garotas que representassem a síntese da marca. Elas patrulhavam os quadrantes que lhes eram atribuídos, enfiando os dedos entre os cabides para se certificar de que as peças estavam todas penduradas na mesma distância, chutando por baixo das divisórias camisetas caídas, escondendo um *collant* arruinado por uma mancha de batom.

Antes de pôr as roupas nas araras, elas tinham que vaporizá-las, uma tentativa de reanimar seu lustro. A primeira vez que Alice abriu uma caixa de camisetas recém-chegadas do depósito, a visão daquelas peças atochadas e achatadas em um cubo, sem etiquetas nem preços, de repente revelou o verdadeiro valor delas — tudo aquilo era lixo.

Na entrevista, Alice havia levado um currículo, o qual ela tinha se dado ao trabalho de ir a uma gráfica mandar imprimir. Também havia comprado uma pasta para que o currículo permanecesse intacto, mas ninguém nunca pediu para checá-lo. John, o gerente, mal perguntou sobre o histórico profissional dela. No fim da conversa de cinco minutos, ele pediu que ela ficasse em pé em frente a uma parede branca e tirou uma foto com uma câmera digital.

— Será que dá para sorrir um pouquinho? — disse John.

As fotos eram enviadas para aprovação no escritório central, Alice descobriu depois. Se a pessoa fosse aprovada, o encarregado da entrevista ganhava um bônus de duzentos dólares.

Alice se adaptou sem problemas ao ritmo do novo trabalho. Colocava um cabide atrás do outro nas araras. Pegava roupas das mãos de estranhos, direcionava-os a provadores que ela abria com a chave que ficava pendurada em uma correntinha em volta do pulso, a mais branda das autoridades. Sua mente se embotava, não de um jeito desagradável. Ela receberia no dia seguinte, o que era bom — o aluguel vencia dali a uma semana, e também a prestação de um empréstimo. Pelo menos o quarto era barato, embora o apartamento, dividido com outras quatro pessoas, fosse nojento. O quarto de Alice só não era tão ruim porque não tinha nada — o colchão ainda estava no chão, embora ela já morasse ali havia três meses.

A loja ficou vazia por um tempo, um dos momentos de estranha calmaria que não obedeciam a nenhum padrão lógico, até que entrou um pai, arrastado pela filha adolescente. Ele ficou observando de uma distância segura enquanto a filha pegava uma peça atrás da outra. A garota entregou-lhe um agasalho e o homem leu o preço em voz alta, olhando para Alice como se a culpa fosse dela.

— É só um agasalho de moletom liso — resmungou ele.

A filha ficou com vergonha, percebeu Alice, que lançou ao pai um sorriso sem graça, mas também compreensivo, tentando comunicar a ideia de que algumas coisas neste mundo eram impossíveis de resolver. As roupas de fato eram muito caras. A própria Alice jamais poderia comprá-las. Na expressão da menina, ela reconheceu sua própria adolescência, a mãe comentando o preço de tudo. Como daquela vez em que foram a um restaurante comemorar que o irmão tinha terminado o ensino fundamental, um restaurante com o cardápio iluminado por luzes de LED, e a mãe não conseguiu deixar de resmungar os preços em voz alta, tentando adivinhar quanto daria aquela conta. Nada passava sem ser questionado: valeu o que custou?

Quando o pai cedeu e comprou duas *leggings*, o agasalho e um vestido metalizado, Alice entendeu que a surpresa com os preços não passava de faz de conta. A garota não tinha nem sequer cogitado a possibilidade de não conseguir o que queria, e, ao ver os números se somando no caixa e o pai entregando o cartão de crédito à filha sem nem mesmo esperar para ouvir o total, a solidariedade que Alice sentira em relação a ele desvaneceu.

OONA TAMBÉM TRABALHAVA AOS sábados. Ela tinha 17 anos, só um pouco mais nova do que o irmão de Alice, Sean. Mas Sean parecia pertencer a uma outra espécie. Ele tinha bochechas coradas, a barba aparada formava um fio estreito ao longo do queixo. Uma estranha mistura de perversão — a imagem de fundo do telefone dele era a foto de uma estrela pornô peituda — e infantilidade. Quase toda noite ele preparava *quesadillas*, adorava e ouvia sem parar uma canção, "Build Me Up Buttercup", cuja letra cantarolava alegremente, seu rosto jovem e meigo.

Oona o devoraria vivo, Oona com aquelas gargantilhas pretas e os pais advogados, a escola particular onde praticava lacrosse e tinha aulas de arte islâmica. Ela era desenvolta e confiante, já conhecia bem a própria beleza. Era estranho como as adolescentes de hoje em dia eram bonitas, muito mais atraentes do que Alice e suas amigas quando tinham a mesma idade. De alguma maneira, todas essas novas adolescentes sabiam arrumar as sobrancelhas. Os depravados adoravam Oona — os homens que entravam sozinhos, atraídos pelos anúncios, pelas garotas que atendiam os clientes vestidas com os *collants* e as saias da marca. Aqueles homens se demoravam demais, encenavam, de maneira dramática, que estavam cogitando comprar uma camiseta branca, falavam alto ao telefone. Queriam ser notados.

Da primeira vez que um daqueles homens pareceu encurralar Oona, Alice a tirou de lá inventando uma tarefa nos fundos da loja. Mas Oona só riu de Alice — ela não se importava com os homens, e eles geralmente compravam braçadas de roupas, com Oona acompanhando-os até o caixa como uma alegre enfermeira voluntária em uma casa de repouso. Elas ganhavam comissão sobre todas as vendas.

O escritório central havia pedido a Oona que posasse para alguns anúncios, pelos quais ela não receberia dinheiro algum, apenas mais roupas grátis. Ela disse a Alice que estava muito a fim de participar, mas que a mãe dela não queria assinar a autorização. Oona queria ser atriz. O fato triste daquela cidade: milhares de atrizes com seus milhares de quitinetes e fitas de branqueamento dental, a energia gerada pelas milhares de horas correndo em esteiras ergométricas e na praia, energia que simplesmente se dissipava. Talvez Oona quisesse ser atriz pelo mesmo motivo de Alice: porque outras pessoas diziam que ela deveria ser atriz. Era uma das alternativas tradicionais para uma garota bonita, todos a exortando a não desperdiçar a própria beleza, a aproveitá-la. Como se beleza fosse um recurso natural, uma responsabilidade que se deveria salvaguardar até o fim.

Aulas de interpretação foram as únicas coisas que a mãe de Alice concordara em pagar. Talvez fosse importante para ela sentir que a filha estava conquistando algo, avançando, e a conclusão de um curso tinha o apelo de um degrau galgado, de prêmios sendo colecionados, mesmo que não tivesse uma utilidade visível. A mãe mandava um cheque todo mês e às vezes enviava junto uma tirinha arrancada do jornal de domingo, mas nunca escrevia nada.

O professor de Alice era um ex-ator cinquentão, mas conservado. Tony era louro e bronzeado e exigia um tipo de devoção pessoal que Alice achava agressivo. As aulas aconteciam em uma sala alugada em um centro comunitário, com piso de madeira e um amontoado de cadeiras dobráveis encostadas na parede. Os alunos ficavam só de meias, os pés emanando um cheiro úmido, particular. Tony enfileirava vários tipos de chá e os alunos estudavam as embalagens, escolhendo com grande cerimônia. Relaxa, Boa Noite, Ajuda Poderosa. Seguravam as canecas com as duas mãos, inalando de maneira ostensiva; cada um queria aproveitar o próprio chá mais do que todos os outros em sala. Enquanto eles se revezavam interpretando várias cenas e praticando vários exercícios, repetindo baboseiras uns para os outros, reproduzindo os gestos improvisados dos colegas, Tony assistia a tudo sentado em uma cadeira dobrável e aproveitava para almoçar: perfurava folhas de alface molhadas em uma tigela de plástico, perseguia vagens de soja com o garfo.

Todos trotavam pela sala em um grupo desordenado, estabelecendo contato visual intenso, um exercício que Tony apelidou de "Parque dos Cães".

— Ian — chamava Tony da cadeira, a voz cansada. — Não estamos de fato imitando cachorros. Ponha a língua de volta na boca.

Toda manhã, no e-mail de Alice, aparecia uma citação inspiradora de Tony:

FAÇA OU NÃO FAÇA. NÃO
EXISTEM TENTATIVAS. AMIGOS SÃO PRESENTES
QUE DAMOS A NÓS MESMOS.

Alice havia tentado várias vezes sair da lista de e-mail. Mandou mensagens para o gerente do estúdio e, por fim, para o próprio Tony, mas as citações continuavam a chegar. A daquela manhã:

ESCOLHA A LUA COMO DESTINO.
SE NÃO CHEGAR ATÉ LÁ,
AINDA PODERÁ POUSAR EM UMA ESTRELA!

Alice sentia vergonha quando reconhecia celebridades, mas não tinha jeito. Uma hesitação no olhar, uma segunda espiada — ela conseguia identificar quase imediatamente quando se tratava de famosos, mesmo que não soubesse seus nomes. Havia certa familiaridade na maneira como as feições dessas pessoas se combinavam, uma atração gravitacional. Alice conseguia identificar até os atores dos elencos de apoio, cujos rostos ocupavam espaço em seu cérebro sem que ela fizesse qualquer esforço.

Naquela tarde, entrou na loja uma mulher que não era atriz, mas esposa de um ator muito famoso e amado, apesar de ter cara de criança e não ser nada atraente. A mulher também era sem graça. Designer de joias. Alice não sabia de onde sua mente tinha tirado essa informação, assim como o nome da mulher. Usava anéis em quase todos os dedos, uma corrente de prata com uma tirinha de metal balançando entre os seios. Alice deduziu que as joias fossem criação da própria e imaginou ela, a designer de joias, dirigindo ao sol da tarde, decidindo entrar na loja, o dia sendo só mais um dos vários recursos à sua disposição.

Alice foi na direção da mulher, embora tecnicamente a cliente estivesse no quadrante de Oona.

— Se eu puder ajudar em algo, é só me avisar — falou Alice.

A mulher ergueu o olhar, seu rosto sem graça procurando o de Alice. Parecia ter entendido que Alice a reconheceu e que a oferta de ajuda, já em si falsa, era duplamente falsa. Não disse nada. Simplesmente voltou a inspecionar os biquínis. Já Alice, sempre sorrindo, fez um rápido e indelicado inventário de todas as coisas pouco atraentes na mulher — a pele seca em volta das narinas, o queixo afundado, as pernas grossas cobertas por jeans caros.

NO ALMOÇO, ALICE COMEU uma maçã, erguendo o rosto para sentir o tênue sol na testa e nas bochechas. Não conseguia enxergar o oceano, mas via onde os prédios começavam a ralear ao longo da costa, as pontas espigadas das palmeiras que ladeavam o calçadão. A maçã estava boa, crocante e compacta, ligeiramente azeda. Alice jogou o miolo nos arbustos de hortênsia embaixo da varanda. Aquele era todo o seu almoço: havia algo de agradável em como o estômago se contraía em torno do próprio vazio, o dia ganhava contornos mais nítidos.

Oona apareceu na varanda dos fundos no intervalo e fumou um dos cigarros de John. Havia filado um para Alice também. Alice sabia que era um pouco velha demais para gostar tanto assim de Oona, mas não se importava. O entrosamento entre elas era fácil e agradável, uma sensação de camaradagem resignada, o compartilhamento das limitações daquele trabalho aliviava qualquer preocupação maior que Alice tinha sobre o rumo que sua vida estava tomando. A última vez que Alice havia fumado com alguma regularidade tinha sido, provavelmente, no ensino médio. Ela não tinha mais contato com nenhuma daquelas pessoas, exceto pelas fotos de noivado que apareciam na internet, o casal de mãos dadas caminhando sobre os trilhos da ferrovia ao pôr do sol. Os homens geralmente usavam coletes, como barmen antiquados — de onde tiraram isso? Pior: fotos de casais rodopiando diante do oceano ou se beijando na frente de um arvoredo, fotos ostentando o mundo natural, a beleza fútil do pôr do sol. Em seguida vinham os filhos, bebês enrolados como camarões em mantas peludas.

— Foi aquele cara — ia dizendo Oona. — O de cabelos pretos.

Alice tentou se lembrar se tinha reparado em algum homem específico. Nenhum se destacava.

Ele havia entrado naquela tarde, contou Oona. Tentou comprar a roupa de baixo dela. Oona riu quando viu a cara que Alice fez.

— É hilário. — Oona parecia devanear ao afastar a franja comprida dos olhos. — Você devia pesquisar sobre isso, tem todo um universo.

— Ele pediu para você mandar um e-mail ou algo assim?

— Que nada. Foi algo como: "Te dou cinquenta dólares para você entrar no banheiro agora, tirar sua calcinha e entregar para mim."

Alice não viu a perturbação que esperava no rosto de Oona — nem sinal. Quando muito, ela estava inebriada, e foi então que Alice entendeu.

— Você não fez isso?

Oona sorriu, olhou rapidamente para a colega, e Alice sentiu um frio na barriga, uma mistura estranha de preocupação e ciúme, sem saber ao certo quem havia sido enganado. Começou a dizer algo, depois parou. Girou um anel de prata no dedo, o cigarro queimando sozinho.

— Por quê? — perguntou.

Oona riu.

— Ah, você já deve ter feito algo assim. Sabe como é.

Alice se recostou na grade.

— Você não fica com medo de que ele faça alguma coisa estranha? Seguir você até a sua casa ou algo assim?

Oona parecia decepcionada.

— Ah, fala sério. — Ela começou a fazer um exercício de pernas, rapidamente ficando na ponta dos pés. — Eu bem que queria ser perseguida por alguém.

A MÃE DE ALICE não queria mais pagar as aulas de teatro.

— Mas eu estou melhorando — argumentou Alice ao telefone.

Estava? Ela não sabia. Tony os fazia rolar uma bola para a frente e para trás enquanto recitavam as falas. Fazia-os caminhar pela sala com o esterno esticado para a frente, depois a pelve. Eles deitavam, de olhos fechados, em cobertores que ficavam guardados no armário e tinham um cheiro forte de suor. Alice havia terminado o Nível Um e o Nível Dois era mais caro, apesar de serem dois encontros por semana além de uma sessão particular mensal com Tony.

— Não vejo diferença entre esse curso e o que você acabou de fazer.

— É mais avançado — disse Alice. — Mais intensivo.

— Talvez seja bom dar um tempo — sugeriu a mãe. — Ver até que ponto você realmente quer isso.

Como explicar? Se Alice não estivesse fazendo um curso, se não tivesse outro compromisso, seu trabalho horroroso e seu apartamento horroroso ganhariam um peso a mais, talvez começassem a ter importância. Era um pensamento difícil demais de encarar.

— Estou entrando na garagem — disse a mãe. — Saudade.

— Também.

Por apenas um instante, todo aquele amor confuso e represado deu um nó na garganta de Alice. Depois o instante passou e lá estava ela, sozinha na cama de novo. É melhor seguir em frente, ocupar a mente com alguma outra coisa o quanto antes. Alice foi para a cozinha, abriu um pacote de frutas vermelhas congeladas e as devorou com um esforço metódico, até ficar com os dedos dormentes, até o frio penetrar tão fundo em seu estômago que ela foi obrigada a se levantar e vestir o casaco. Se moveu até o ponto em que o sol aquecia a cadeira da cozinha.

* * *

HAVIA INÚMEROS ANÚNCIOS ON-LINE, Oona tinha razão, e naquela noite Alice gastou uma hora clicando em vários deles, pensando em como as pessoas eram ridículas. Bastava fazer uma pequena pressão e o mundo logo exibia suas esquisitices, revelava seus desejos obscuros e incontroláveis. De início, aquilo pareceu uma loucura. Depois, como todas as brincadeiras, quanto mais ela pensava a respeito, mais se tornava uma possibilidade estranhamente tolerável, a ideia desagradável ia se moldando num contorno mais suave.

As calcinhas eram de algodão, pretas e malfeitas. Alice as pegou no trabalho — era fácil esconder parte da pilha recém-chegada do depósito antes de inseri-la na contagem de estoque ou etiquetá-la. John deveria revistar todas as bolsas na saída, os funcionários em fila, todos passando por ele com as bolsas escancaradas, mas ele geralmente só os mandava seguir em frente. Como quase tudo, foi assustador da primeira vez, depois se tornou rotina.

Não acontecia com tanta frequência, talvez duas vezes por semana. Os encontros eram sempre em lugares públicos: na filial de uma rede de cafeterias, no estacionamento de uma academia. Teve um cara jovem que se gabava de ter acesso a informações secretas e escreveu para ela usando várias contas de e-mail. Um hippie gordo com óculos coloridos que levou para ela uma cópia de seu romance autopublicado. Um sessentão que pagou dez dólares a menos. Alice não tinha nenhuma interação com eles além de entregar as calcinhas, lacradas em um saco plástico que depois era enfiado em uma sacola de papel, como um almoço que foi esquecido. Alguns homens enrolavam um pouco, mas nenhum nunca forçou a barra. Não era tão ruim. Era uma fase da vida em que, toda vez que algo ruim ou estranho ou sórdido acontecia, ela se consolava com o que as pessoas costumam dizer: é só uma fase da vida. Pensando assim, qualquer encrenca em que ela se metesse parecia automaticamente legitimada.

OONA A CONVIDOU PARA ir à praia no domingo de folga. Um amigo dela tinha uma casa à beira-mar e estava organizando um churrasco. Quando Alice abriu a porta, a festa já estava rolando — música nas caixas de som e garrafas de bebida na mesa, uma garota colocando uma laranja atrás da outra em um espremedor que zunia. A casa era ensolarada e grande, as janelas segmentavam o mar lá embaixo em quadrados mudos e cintilantes.

Alice se sentiu pouco à vontade até ver Oona, de maiô e short desfiado. Oona a pegou pela mão:

— Vem conhecer a galera — disse, e Alice sentiu uma onda de benevolência em relação a Oona, a doce Oona.

Porter, filho de um produtor, morava na casa e era mais velho do que todas as outras pessoas ali — talvez até mais velho do que Alice. Parecia que ele e Oona estavam juntos, o braço dele jogado em volta dos ombros nus dela, Oona alegremente aninhada ao lado dele. Porter tinha cabelos ralos e um pitbull com uma coleira cor-de-rosa. Curvou-se para deixar o cachorro lamber sua boca; Alice viu as línguas dos dois roçarem por um instante.

Quando Oona levantou o telefone para tirar uma foto, a garota que estava operando o espremedor de laranjas levantou a camisa e mostrou um seio pequeno. Oona riu da cara que Alice fez.

— Você está deixando a Alice sem graça — disse Oona à garota. — Para de ser tão vadia.

— Está tudo bem — assegurou Alice.

Quando Oona lhe entregou um copo de suco de laranja, Alice o bebeu rapidamente, a acidez limpando a boca e a garganta.

O mar estava gelado demais para nadar, mas o sol estava gostoso. Alice comeu um hambúrguer gorduroso tirado da churrasqueira, raspou e jogou em uma muda de babosa algum queijo sofisticado que estava por cima. Esticou-se em uma das toalhas da casa. A toalha de Oona ficou desocupada — ela estava descalça perto da água, chutando as ondas gélidas. Alguma música ecoava do pátio. Alice só viu Porter quando ele se jogou na toalha de Oona. Ele estava equilibrando um maço de cigarros em cima de um pote de plástico com azeitonas verdes, uma cerveja na outra mão.

— Me dá um cigarro? — pediu ela.

No maço que ele entregou a Alice tinha um personagem de desenho animado e algo escrito em espanhol.

— Personagens de desenho animado são permitidos em maços de cigarro? — perguntou ela, mas Porter já estava de bruços, o rosto encostado na toalha. Ela passou o maço de uma mão para outra, espiando o corpo pálido de Porter. Ele não era nem um pouco bonito.

Alice ajustou as tiras do biquíni. Estavam afundando em seus ombros, deixando marcas. Ela analisou o grupo indiferente lá no pátio, o corpo imóvel de Porter, e então decidiu tirar a parte de cima. Levou os braços às costas e desenganchou o biquíni, curvando-se para que caísse dos seios direto para o colo. Ela estava se divertindo, não estava? Dobrou a parte superior do biquíni e a pôs na bolsa com toda a calma possível, depois voltou a se deitar na toalha. O ar e o calor em seus seios eram uniformes e constantes, e ela permitiu a si mesma sentir-se satisfeita e lânguida, feliz com a imagem que exibia.

Alice acordou com Porter sorrindo para ela.

— À moda europeia, hein? — disse ele.

Fazia quanto tempo que ele a estava observando?

Porter lhe ofereceu sua cerveja.

— Não tomei quase nada, se você quiser. Posso pegar outra.

Ela balançou a cabeça.

Ele deu de ombros e tomou um gole demorado. Oona havia ido para longe, o suficiente para Alice não conseguir enxergar o rosto dela, só a silhueta, o mar espumando levemente em volta dos tornozelos.

— Detesto esses maiôs que ela usa — disse Porter.

— Ela está linda.

— Ela tem vergonha dos peitos.

Alice abriu um sorriso amarelo e empurrou os óculos de volta nariz acima, cruzando os braços sobre o peito da maneira menos explícita possível. Os dois se viraram na direção de uma confusão em um ponto mais distante da praia — um estranho havia entrado de penetra naquela praia particular. O homem parecia meio louco, grisalho, de paletó. Provavelmente um sem-teto. Alice apertou os olhos: ele carregava uma iguana no ombro.

— Que merda é essa? — disse Porter, rindo.

O homem parou uma das amigas de Oona e disse algo que ela pareceu ignorar, depois foi discursar para outra garota, uma loura que parecia pouco convencida, de braços cruzados.

Porter limpou a areia das palmas das mãos.

— Vou entrar — disse.

O homem agora se aproximava de Oona.

Alice olhou para Porter, mas ele já tinha ido embora.

O homem estava falando com Oona, gesticulando fervorosamente. Alice não sabia se devia fazer algo, intervir. Mas o homem logo se afastou de Oona e começou a vir na direção de Alice. Ela pôs a parte de cima do biquíni de volta às pressas.

— Quer tirar uma foto? — perguntou o homem. — Um dólar. A iguana era encarquilhada e parecia muito velha e, quando o homem balançou o ombro com um gesto ensaiado, o animal balançou para cima e para baixo, as bochechas pulsavam como um coração.

NA ÚLTIMA VEZ QUE Alice fez aquilo, o homem queria encontrá-la às quatro da tarde no estacionamento de um supermercado, no bairro dela. Era um horário peculiar, aquela parte triste do dia em que a escuridão parecia emergir do chão, mas o céu ainda estava claro e azul. As sombras dos arbustos projetadas nas casas cresciam e começavam a se fundir com as sombras das árvores. Ela usava um short de algodão e um moletom da loja, nem se dera ao trabalho de se arrumar. Seus olhos estavam um pouco avermelhados por causa das lentes de contato, uma pátina rosada na parte branca dava a impressão de que ela havia chorado.

Alice caminhou os dez quarteirões até o estacionamento. Naquele horário, até os edifícios vagabundos pareciam bonitos, as cores desbotadas com aparência sutil e europeia. Ela passou pelas casas mais sofisticadas, vislumbrando parte de seus viçosos jardins pelas frestas das grades altas, as carpas agitando os laguinhos. Às vezes, Alice caminhava pelo bairro à noite, perto da beirada úmida do reservatório. Era um prazer olhar para dentro daquelas casas no fim do dia. Cada uma delas era como uma cartilha do que significava ser humano, de quais escolhas se podia fazer. Como se a vida pudesse seguir o curso dos nossos desejos. Certa vez, assistiu a uma aula de piano, as escalas sendo repetidas, uma menina com uma trança grossa que pendia sobre as costas. As casas cujas janelas enquadravam TVs.

Alice olhou o telefone — estava alguns minutos adiantada. Outros consumidores estavam empurrando carrinhos de volta para seus lugares estridentes, as portas automáticas deslizando, abrindo o tempo todo. Ela ficou em cima de um canteiro no estacionamento, observando os carros. Olhou o telefone mais uma vez. Seu irmão caçula havia enviado uma mensagem: *Saudade*. Uma carinha sorridente. Ele nunca chegou a sair do estado em que eles nasceram, o que a deixava triste por tabela.

Quando um sedã marrom entrou no estacionamento, ela sacou, pela maneira como o carro desacelerou, pela maneira como o carro evitou uma vaga livre, que aquele era o homem que a estava procurando.

ALICE ACENOU, COMO UMA tola, e o homem encostou ao lado dela. A janela do carona estava abaixada e ela podia ver o rosto do motorista, embora ainda precisasse se abaixar para fazer contato visual. O homem tinha uma aparência comum, estava usando um pulôver de lã com o zíper fechado até a metade e calças cáqui. Podia ser o marido de alguém, embora Alice não tivesse visto nenhuma aliança. Ele assinara os e-mails como Mark, sem perceber, ou talvez sem se preocupar, que o endereço de e-mail o identificava como Brian.

O carro parecia imaculado até ela ver roupas no banco traseiro, uma caixa de papelão e algumas garrafas de refrigerante vazias caídas. Cogitou que talvez aquele homem morasse no carro. Ele parecia impaciente, apesar de ambos terem chegado adiantados. Suspirou, para mostrar o próprio incômodo. Ela tinha uma sacola de papel com as calcinhas dentro do saco plástico hermético.

— Devo simplesmente… — Alice fez menção de entregar a sacola para ele.

— Entre — interrompeu ele, esticando-se para abrir a porta do lado do carona. — Só por um segundo.

Ela hesitou, mas não por tanto tempo quanto deveria. Abaixou-se para entrar, fechando a porta logo em seguida. Quem tentaria raptar alguém às quatro da tarde? Em um estacionamento movimentado? Com todo aquele sol implacável?

— Pronto — disse o homem quando Alice já estava sentada ao seu lado, como se finalmente tivesse ficado satisfeito. As mãos dele pousaram brevemente no volante, depois pairaram sobre o próprio peito. Ele parecia estar com medo de olhar para ela.

Alice tentou imaginar como distorceria a história ao contá-la para Oona no sábado. Era fácil prever — descreveria o homem como mais velho e mais feio do que era, adotando um tom de desprezo incrédulo. Ela e Oona estavam acostumadas a contar histórias daquele tipo uma à outra, a dramatizar incidentes para que tudo assumisse um tom irônico, cômico, a vida como uma série de encontros aos quais elas compareciam, mas que nunca realmente as afetavam, pelo menos nas versões narradas, suas personas imperturbáveis e onividentes. Quando fez sexo com John aquela única vez depois do trabalho, Alice pôde ouvir a si mesma no futuro narrando tudo para Oona — como o pênis dele era fino e nervoso, e como ele, sem conseguir gozar, finalmente saiu de cima dela e manuseou o próprio pau de maneira eficiente, solitária, costumeira. Aquilo só tinha sido suportável porque se tornaria uma história, algo condensado e comunicável. Até engraçado.

Alice pôs a sacola de papel no console entre ela e o homem. Ele a olhou de soslaio, um olhar que talvez fosse propositalmente contido, como se quisesse demonstrar que não se importava muito com o conteúdo. Apesar de ele estar em um estacionamento, na claridade impiedosa do meio da tarde, para comprar a roupa de baixo de outra pessoa.

O homem pegou a sacola, mas não a abriu na frente dela, como ela temia que fizesse. Enfiou-a no compartimento lateral da porta. Quando ele voltou a olhá-la, Alice intuiu o asco que ele sentia — não em relação a si mesmo, mas em relação a ela. Tendo cumprido sua função, cada momento a mais da presença de Alice naquele carro servia apenas para lembrá-lo da própria fraqueza. De repente, Alice pensou que ele podia machucá-la. Ali mesmo. Pelo para-brisa, ela olhou para os carros mais à frente.

— Você pode me dar o dinheiro? — disse, a voz um pouco aguda demais.

Uma expressão de dor contorceu o rosto do homem. Ele pegou a carteira com grande esforço.

— Combinamos sessenta?

— Setenta e cinco — afirmou Alice —, foi o que você disse no e-mail. Setenta e cinco.

A hesitação do homem permitiu que ela o odiasse com todas as forças, que o observasse com um olhar frio enquanto ele contava as notas. Por que ele não tinha feito aquilo de antemão? Provavelmente queria que ela visse, Mark ou Brian ou fosse lá quem, devia acreditar que a estava envergonhando ou punindo ao prolongar o encontro, fazendo-a vivenciar a transação até o fim, nota após nota. Quando estava com os setenta e cinco dólares, ele esticou o dinheiro para Alice, mas deixando-o levemente fora de alcance para que ela precisasse fazer um esforço para pegá-lo. Sorriu, como se ela tivesse confirmado algo.

Quando fosse contar a história para Oona no sábado, Alice omitiria aquela parte: a parte em que tentou abrir a porta do carro e viu que estava trancada.

A parte em que o homem disse "Epa", sua voz subindo de tom, "epa lelê". Ele foi apertar o botão de destravamento, mas Alice ainda estava agarrada à maçaneta, frenética, o coração disparado.

— Relaxa — disse ele. — Para de puxar ou não vai destravar.

De repente, Alice teve certeza de que estava em uma armadilha, de que sofreria uma grande violência. Quem sentiria pena dela? Ela havia se metido naquilo sozinha.

— Para — repetiu o homem. — Você só está piorando a situação.

Menlo Park

ELE ESTAVA PENSANDO EM como a cidade parecia bonita da janela do avião, estendida como uma toalha de mesa, como se você pudesse simplesmente sacudir as migalhas e dobrar a cidade inteira. Tinha sido um pensamento pitoresco, Ben ficou satisfeito com a analogia que fez, até que o avião entrou em um bolsão de ar — a terra pareceu se inclinar na direção da janela, as duas vodcas com soda que ele havia bebido revirando-se em seu estômago. Uma gota de terror puro e cego: será que ele ia morrer olhando para a tela no encosto do assento da frente, vendo reprises de *Frasier*?

No fim das contas, aterrissaram sem problemas, ele sentia apenas um leve prurido de suor na testa e segurava um guardanapo de coquetel já esfarrapado pelas mãos nervosas. Quão rapidamente nos esquecíamos da possibilidade de aniquilação? A mulher sentada ao lado de Ben desafivelou o cinto de segurança, provavelmente se preparando para saltar em direção aos bagageiros no minuto em que o sinal que indicava o uso do cinto se apagasse.

Ben continuou com o cinto de segurança afivelado. Sem pressa, sem necessidade de chegar até a esteira de bagagem: por uma questão de orgulho, nunca levava mais do que uma bagagem de mão e, de qualquer maneira, aquela viagem era de apenas cinco dias. Ele conseguiu trabalhar durante o voo, deu uma lida no último esboço da *ghost-writer*. Parecia ser uma boa moça, não escrevia mal, embora o livro, é claro, fosse terrível. Eram as memórias de Arthur, começando pela infância no Kansas, passando pelos anos em Stanford, Menlo Park, os primórdios da empresa, a explosão da escandalosa fortuna nos anos oitenta. Arthur queria terminar o livro com a manobra do conselho, toda uma ladainha sobre a injustiça que sofrera ao ser expulso. Achava que o universo havia conspirado para que ele se fodesse, que sua derrocada era resultado das maquinações prolongadas e direcionadas de seus inimigos, não o efeito colateral de umas operaçõezinhas com informações privilegiadas. Talvez fosse por isso que havia contratado Ben para editar o livro, pela vaga ideia de que ambos eram mártires, vítimas, embora Arthur ainda fosse, provavelmente, um bilionário e Ben, sem dúvida alguma, não.

Artur queria que o livro fosse estruturado de acordo com a Jornada do Herói, um pedido que ele insistia em reforçar nos inúmeros e longuíssimos e-mails que ele continuava enviando, e-mails sem pontuação, e-mails que se acumulavam durante a noite, e-mails que iam assumindo um tom cada vez mais histérico, mesmo que não fossem pontuados por exclamações. Ben havia lido Castañeda?, Arthur queria saber. Ben havia lido Robert McKee? Ben conhecia *A noite escura da alma*?

Ben enterrou o guardanapo esfarrapado no bolsão do assento da frente, depois se recostou para ligar o telefone. Uma sensação ruim no peito, nada de novo. Mesmo assim, era bom saber que havia recuado três horas em relação ao horário de Nova York, como se tivesse escapulido do tempo. Eleanor não estava mais respondendo as mensagens de Ben, mesmo quando ele dizia que estava falando sério, dando a entender que o suicídio era definitivamente uma possibilidade. A última mensagem enviada: *Por favor?* Ela não lhe respondia fazia meses — desde o momento em que soube que iniciaram a sindicância.

Ultimamente, todo mundo estava se suicidando de uma nova maneira, todas as celebridades se enforcavam em maçanetas. Ben tinha uma teoria sobre o fascínio acerca do novo método: era, sobretudo, discreto e pacato e, além disso, menos constrangedor do que outras opções — de acordo com os artigos que ele tinha lido, você basicamente ficava sentado o tempo todo! Muito mais fácil de executar do que se atirar de um prédio ou de uma ponte. Menos dramático. Uma vez Ben ligou para uma central de prevenção do suicídio, logo depois de Eleanor ter ido embora, mas antes dele ser oficialmente afastado. Ligou sobretudo para poder dizer para Eleanor que havia ligado — arrependeu-se imediatamente, foi tão humilhante que ele tentou desligar, mas descobriu que não podia, e se viu explicando roboticamente a situação para um homem que fazia perguntas cada vez mais picantes sobre o que exatamente Ben havia feito e para quem.

Tinha recebido uma mensagem da assistente de Arthur confirmando que um carro estaria esperando por ele (*Suzu-*

ki Kizahi preto, placa PPF7780). E pelo menos o assistente de Stephen tinha respondido sua mensagem, mandado um endereço. Ben verificou o local — não ficava tão fora do caminho, um pequeno desvio. O motorista certamente não se importaria de fazer uma parada rápida. Ben relaxou.

A mulher no assento ao seu lado suspirou, os olhos fixos no sinal para soltar os cintos. Assim que o som disparou, ela ficou de pé, abrindo caminho até o corredor, a despeito de todas as fileiras que precisariam ser esvaziadas antes que ela pudesse avançar.

AS COISAS NÃO TINHAM corrido tão bem na última estação do ano. Se passaram meses o bastante para que aquele período já não fosse considerado apenas uma estação, mas era reconfortante imaginar aquela bagunça isolada em uma unidade de tempo distinta, a inócua e infantil medida de uma estação. Ele passava a maior parte do tempo em frente à televisão, embora não conseguisse mais assistir ao programa produzido por Eleanor, um programa em que celebridades iam para descobrir a própria genealogia. Ela sempre insistia, com seu leve sotaque do meio-oeste americano, que o programa era idiota, mas as pessoas pareciam gostar, felizes por assistir a um episódio de uma hora só para descobrir que Harry Connick Jr. era vagamente aparentado com Buffalo Bill.

Ele tinha voltado a fumar, estava ingerindo substâncias demais, ainda que estritamente farmacêuticas, estritamente sob a forma de comprimidos. Era uma distinção que, de algum modo, tinha um ar adulto. Ele culpava Stephen, o louro com carinha de bebê que aparecia cheio de tiradas contundentes contra a mulher que substituíra Ben, garantindo que o escritório havia ruído sem ele. Tinha ideias para projetos que eles poderiam iniciar juntos, um podcast, uma websérie, um garoto rico, conhecido de Stephen, a quem ele poderia pedir um financiamento, embora Stephen fosse vago sobre o momento certo de abordar o sujeito. "Quando as feiras de arte tiverem terminado", dizia ele, sem se comprometer.

Ben sempre teve muito jeito para falar com gente rica. Era um requisito básico de seu antigo trabalho: ser capaz de encantar e lisonjear as pessoas ricas cujas casas eram exibidas na revista, pessoas que olhavam para ele com a esperança de obter um toque de profundidade ou cultura em suas vidas, pessoas que doavam dinheiro ou entravam para o conselho de administração para cimentar aquela sensação, a conexão que tinham com ele. Os ricos fazem você sentir que tudo é possível, porque, para eles, de fato é. Se você passar tempo demais no mundo dessas pessoas, começa a acreditar que a vida é intrinsecamente boa, começa a se sentir seguro, livre de obrigações, convencido da própria sorte. Ben se deixou acalentar pela mera proximidade do dinheiro — acreditou, mesmo depois de tudo, que ainda poderia ser salvo. No fim, porém, aquelas pessoas também desapareceram, exceto pelo membro do conselho que indicou Ben a Arthur, sugerindo que Ben poderia trabalhar como freelancer revisando as memórias de Arthur, um último ato de compaixão. Ou pena.

Naqueles momentos, Ben ficava animado, trocava ideias com Stephen, cujos cigarros enchiam gradualmente o cinzeiro. Assim que Stephen ia embora, Ben se sentia pior. Ele não devia fumar, não devia sair com jovens de 20 e poucos anos. Um zumbido na cabeça, a dor fazendo-a latejar — os refrões de certas canções se repetiam sem parar e ele os cantava em voz alta e sorria.

Houve uma noite em que ele saiu correndo para pegar o metrô, atrasado para encontrar um amigo das antigas com quem ia tomar um drinque. O amigo parecia estar entrevistando Ben para um emprego, mas ele sabia que aquilo era só uma formalidade. Ben era, basicamente, incontratável. Sabe-se lá por quanto tempo. Alguém devia saber essas coisas, ter uma noção de data com base na relativa gravidade dos deslizes dele, mas, se alguém de fato sabia, não estava contando nada para Ben.

Ele estava sem fôlego, atrasado, descendo a escada do metrô de dois em dois degraus. Ao passar pela catraca, viu, para seu enorme alívio, que já havia um trem na estação. As portas estavam fechadas — merda! —, mas, de repente, se abriram com uma exalação pressurizada. Perfeito. Mas então Ben viu que era a única pessoa na plataforma e não havia ninguém dentro do trem. O terror o invadiu. Ben decidiu tomar o próximo trem. Pronto, tudo bem, o problema estava resolvido. Aquele trem, contudo, não partia, remanchando na estação com as portas abertas. Ele entendeu, seguindo alguma lógica tortuosa, que não podia entrar no trem. Que o trem estava esperando, especificamente, por ele. Que entrar naquele trem significaria passar deste mundo para outro. Era um pensamento ridículo — havia muitos motivos para um atraso —, mas parecia que o trem estava ali havia muito tempo, remanchando, e, a cada instante que passava, o pânico de Ben aumentava. O trem não sairia enquanto ele não estivesse lá dentro. Ele tinha certeza. Os assentos laranja estavam muito iluminados e ele via a parte de trás da cabeça e os ombros do condutor, mas não conseguia ver o rosto dele e, de certa maneira, aquilo era o mais assustador de tudo.

— FEZ BOA VIAGEM, tudo certo? — perguntou o motorista.

— Sim — disse Ben —, obrigado. — Ele manteve a mala bem perto, no banco traseiro.

— Estamos com sorte — anunciou o motorista, entrando na pista que drenava os carros para fora do aeroporto. — O trânsito não deve estar tão ruim a esta hora, em direção ao sul.

— Na verdade — começou Ben, curvando-se para a frente —, você se importa se fizermos uma parada antes? Eu verifiquei e não fica muito fora do caminho. Vai demorar um segundo.

O motorista deu de ombros. Para ele, não era problema fazer um desvio, ou, se era, ele não ia dizer. O homem entregou a Ben o telefone protegido por uma capa enorme com estampa de camuflagem.

— Digite o endereço.

As instruções os levaram para um bairro na direção do mar — apartamentos beges com portas em estilo espanhol, deques de madeira que pareciam amaciados pelo ar marinho. As ruas eram largas em comparação com Nova York, apesar de ter menos gente nas calçadas, só alguns estudantes esperando o trem. De jaquetas e gorros, eles tremiam na neblina. Na plataforma, duas garotas só de moletom com zíper mancavam como um animal estranho, rindo.

— Devo estacionar? — questionou o motorista, aproximando-se de um prédio de estuque.

— Não. Só vou levar um minuto, juro.

O CARA QUE ABRIU a porta do apartamento estava sonolento, tentava parecer profissional embora estivesse descalço, os olhos a meio-mastro. Fez questão de olhar atrás de Ben, para o corredor vazio.

— Achei que você fosse chegar um pouco mais tarde — disse o homem, calçando um par de sandálias ao lado da porta. — Entra.

Dentro do apartamento, uma garota estava sentada no sofá, usando um vestido vintage de cintura marcada.

— Este é o amigo do Stephen — anunciou o cara.

— Oi — disse a garota, acomodando os pés por dentro da barra do vestido. Seu cabelo era bordô, uma cor que Ben associava a 1993.

— E como você conhece o Stephen? — perguntou o homem, pegando um estojo de pesca. Gesticulou para que Ben se juntasse a ele à mesa da cozinha.

— Ele é meu assistente — explicou Ben. Ou ex-assistente, mas que importância tinha àquela altura? — Ele me deu o seu número.

— O Stephen é um cara bacana.

— Muito bacana.

Aquele era o tipo de conversa fiada que proporcionava aos dois a impressão de que estavam conduzindo uma transação normal. Como qualquer outra.

— É, eu deveria ir visitar o Stephen um dia desses — disse o cara.

— Você odeia Nova York — lembrou a garota de seu lugar no sofá. — Você disse que era... — Ela parou por um instante, piscando. — Horrível.

A garota olhou na direção da mesa e abriu um sorriso desconcertante para Ben. Ela sabia dele?, Ben perguntou a si mesmo de repente. Será que ela já tinha ouvido tudo o que ele supostamente havia feito? Ele estava sendo tolo. Claro que ela não sabia de nada. Quando ele saiu, a garota bocejou no sofá e acenou.

A PERMUTA ESTAVA TERMINADA, o dinheiro tinha passado de mãos — sucesso. Como em um videogame, obstáculos foram contornados e a recompensa foi alcançada, o som harmonioso de boas coisas acontecendo. Ben tentou engolir um comprimido na escada, mas parou para tossir, apoiando-se na parede. Tentou tossir sem fazer muito barulho, mas isso só o fez tossir com mais força, até o comprimido se partir em sua garganta.

— TUDO BEM? — perguntou o motorista com um sobressalto quando Ben abriu a porta.

— Um amigo de Nova York — disse Ben. — Eu só precisava fazer uma entrega.

— Nova York é incrível — falou o motorista. — Já fui... hum... provavelmente umas cinco vezes.

— É — concordou Ben —, é incrível.

Ele se recostou no banco, o carro estava morno por causa do aquecedor. Ben também já havia achado Nova York incrível. Uma cidade incrível. O irmão tinha ido visitá-lo. Uma vez. Coitado. Agora ele morava em um quarto em Long Beach, crente de que sua vida era um programa de televisão, de que estava sendo observado o tempo inteiro. Uma vez, a mãe deles usou um detector de metais, agitou-o em volta da cabeça de Jude, tentando convencê-lo de que aquele aparelho desligaria as vozes. Estranhamente, funcionou. Mesmo assim, foi por pouco tempo.

Jude tinha ido visitá-lo em Nova York antes de tudo aquilo começar, embora provavelmente já houvesse indícios. De qualquer forma, Ben estava preocupado demais com a própria vida para notar algo de errado na vida do irmão. Naquele ano, Ben tinha sido promovido, em um período no qual seu perfil era redigido por jornalistas que pediam garrafas inteiras de vinho em almoços com tudo pago, jornalistas que ligavam para seus antigos professores para ouvir fatos específicos sobre quão inteligente ele era, um período no qual Ben recebia e-mails de felicitações de pessoas que ele idolatrara e, nas festas, precisava distribuir a própria atenção como se fosse um ativo tangível, o que, a seu ver, realmente era. Ele ainda não havia pedido Eleanor em casamento, mas ambos sabiam que isso aconteceria em breve. Foi um período de grande sorte, pensaria Ben depois, embora isso não fosse algo que eles dissessem na época, não em voz alta, eles nem mesmo pensavam — não havia motivo para acreditar que era só uma fase.

Ben não gostava de se lembrar da única visita de Jude. O silêncio que se solidificou entre eles. Como Ben manteve Eleanor afastada de Jude de propósito.

"Talvez a gente possa ir a uma boate", sugeriu Jude certa noite, usando uma camisa de botões nova em folha, bem justa nos punhos e pescoço. Era a primeira vez de Jude na Costa Leste. O irmão que sempre foi o mais velho, que sempre foi o mais sábio. Que tinha dado um soco na barriga de Ben na frente dos amigos aos 12 anos e tentado mostrar para ele como se usava uma filmadora. Ben não levou Jude à boate. Ben não levou Jude ao Empire State Building. As grosserias que havia feito — ele não tinha dificuldade alguma em se lembrar.

O carro saiu da cidade. As colinas eram verdes, a neblina descia pelos desfiladeiros. A terra, quando visível em meio a todo aquele verde, era de um ocre vivo.

— Então, você está aqui de férias? — indagou o motorista.

— Só a trabalho — disse Ben, tentando impedir que a conversa se desenrolasse, mas o motorista pareceu não captar o esforço dele.

— Que tipo de trabalho? — continuou.

— Um livro — disse Ben. — Estou trabalhando em um livro.

— Uau, você escreveu um livro? — O motorista olhou pelo retrovisor com admiração.

Era tão fácil deixar Ben aborrecido, na defensiva.

— Só estou revisando. Outra pessoa escreveu.

— Então outra pessoa escreve... — Ben não conseguia ver o rosto do motorista, mas podia imaginá-lo. — E você só ajuda depois? Moleza — disse o motorista.

Ben merecia o desprezo daquele homem. O motorista não entendia que Ben já estava se sentindo mal, cosmicamente punido. Ele não devia pensar naquelas coisas, enveredar por caminhos que possibilitavam imaginar outro desfecho para a situação. Talvez Ben tivesse visto televisão demais nos últimos tempos, mas uma reviravolta na sorte parecia, de alguma forma, possível, o mundo infinitamente maleável, pessoas competindo, ganhando milhares de dólares para assar bolos no formato de flores e cães. O sangue de Harry Connick Jr. e Buffalo Bill bombeando as mesmas cepas de DNA. O milagre da noite caindo em Nova York enquanto ali o dia ainda estava claro.

A paisagem que ia passando era tão linda que, por um instante, Ben esqueceu que aquela sensação gostosa era sintética; o comprimido tinha começado a fazer efeito, um aperto na garganta como o prazer de um presente inesperado — uma expansividade repentina e surpreendente que desencadeou em Ben uma descarga de afeto pelo motorista, que tão gentilmente atendeu ao seu pedido de desvio, por Arthur, que havia pagado para que Ben estivesse ali, para que aquele carro fosse buscá-lo. Arthur, que ainda acreditava que Ben tinha valor.

O que é que estava escrito no último esboço do livro de Arthur, "qualquer que seja o seu sonho, você pode realizá-lo"? *Qualquer que seja o seu sonho*. Aquilo era tão antiquado, tão Norman Vincent Peale. Mas Arthur tinha quantos anos mesmo? Estava beirando os 60? Ben encostou a cabeça na janela do carro, sentiu quando o veículo fez uma curva. Quando foi que eles tinham saído da rodovia? A terra era verde e úmida e coberta de musgo, como um vale de Tolkien, um dos livros que a mãe leu para ele e Jude quando eles eram pequenos. Ela acendia uma vela enquanto lia para eles à noite, um mimo materno que naquele momento pareceu muito peculiar. Quando ele abriu os olhos, o motorista o estava encarando. O carro estava parado.

— Campeão? — O motorista pigarreou. — Tudo tranquilo?

Ben sentiu que eles estavam parados havia um tempo. Tentou dar uma gorjeta, mas o motorista não aceitou.

— Está tudo incluído — disse o motorista, acenando para que Ben saísse do carro. Talvez a expressão do homem fosse de constrangimento.

O NOVO LANCE, ARTHUR contou a Ben, era veneno de sapo, muito melhor do que *ayahuasca*, pois não durava tanto tempo e, para falar a verdade, ele estava com um pouco de medo porque era *intenso pra caralho*, mas o motivo para tomar era justamente aquele, Ben não concordava? Ben sabia que, se fundasse legalmente um grupo religioso, poderia evitar impostos e importar certas drogas cerimoniais sem problema? Ben sabia que os Estados Unidos tinham o direito de desligar a internet em outro país?

— Um país inteiro — disse Arthur, uivando —, você aperta um botão e o apagão é total. Deviam fazer isso aqui, nos salvar de nós mesmos, mas é claro que não vão fazer.

Arthur estava vestindo uma camisa polo e calças de moletom. Seu rosto parecia de borracha, como uma versão exagerada do perfil de um astro de *sitcom*, e, em intervalos regulares, ele bebia água de uma garrafa de metal que segurava sem jeito com as mãos enormes. Mostrou a Ben uma foto que tirou com o papa, o que pareceu uma piada, da mesma maneira que pareceu uma piada quando Arthur escreveu o nome de Ben no topo de um pedaço de papel em branco e sublinhou duas vezes. Eles estavam sentados na sala de estar de uma antiga casa vitoriana que Arthur, por algum motivo, tinha transformado em um estúdio de gravação.

— Você toca? — perguntou Ben.

Arthur olhou para os microfones com certa indiferença.

— Não. Um dia, talvez.

Arthur queria começar revisando o primeiro capítulo, página por página, basicamente palavra por palavra. Sem dúvida, Arthur deveria estar em outro lugar, as horas dele tinham um valor inestimável, mas ele não parecia ter pressa, parecia disposto a passar a tarde toda ali. Mandou que Ben lesse cada frase em voz alta enquanto ele mantinha os olhos fechados, o rosto se contorcendo de esforço para absorver todas as palavras.

— Certo — disse Arthur, solene. — Muito bom.

Ben nunca havia trabalhado de maneira tão escrupulosa com alguém antes, mas, de certo modo, era legal — no ensino médio, ele achava que os livros eram revisados desse jeito. Algumas coisas irritavam Arthur sem motivo — ele queria usar a ortografia inglesa, não gostava que Ben trocasse "garota" por "mulher". Interrompeu Ben no meio de uma frase, levantou-se e esticou os braços em direção ao teto antes de deixá-los cair, dobrando o corpo ao meio, balançando-se levemente de um lado para o outro.

— Primeiro você faz que *sim* com a cabeça, depois faz sinal de *não* — instruiu Arthur, realizando ele mesmo os movimentos. — É uma boa maneira de relaxar o pescoço.

Quando se levantou, Arthur estava respirando com dificuldade, o rosto vermelho.

Na metade da primeira sessão, um homem entrou e se sentou com Arthur e Ben. Arthur não o apresentou. Quando o homem olhava para Ben, era com a mais descarada das atenções. Ele usava óculos sem aros e um casaco Patagonia, que não tirou. Escutou preguiçosamente Ben e Arthur discutindo o capítulo que falava de quando Arthur abandonou os estudos em Stanford, fazendo questão de mostrar o quanto estava entediado.

— Podemos comer alguma coisa — disse o homem —, um lanchinho, sei lá?

Arthur pegou o telefone e enviou uma mensagem, e uma outra assistente apareceu, diferente da que havia aberto o portão para Ben. Essa garota era mais jovem, parecia europeia.

— Traga uns *knish* para Dave e bem — pediu Arthur —, como aqueles que comemos outro dia.

A garota riu, um pouco hesitante.

— *Knish* — repetiu, tinha sotaque estrangeiro.

— *Knish* — repetiu Dave, imitando-a, a pronúncia ruim.

A garota teve um acesso de riso.

— *K-nish* — disse ela —, *k-nish*.

Arthur deixou a mão encostar no quadril da garota por um instante.

— Isso mesmo.

NÃO ERA COISA DA cabeça de Ben — Karen, a assistente principal, era brusca com ele, e ele não sabia se era porque ela havia lido os artigos ou tuítes ou sabe-se lá o que e estava tentando se resguardar de alguma má conduta imaginária ou se aquela era simplesmente a personalidade dela. Karen era responsável por levar e buscar Ben na casa de hóspedes onde ele estava alojado, do outro lado da propriedade. Normalmente, Ben seria capaz de percorrer a pé a distância até a casa vitoriana onde eles estavam fazendo a revisão, mas as chuvas haviam destruído a estrada, então a assistente o levava pelo caminho secundário em um carro elegante e imaculado. Ele não ligava para carros, mas sabia que aquele era caro. Karen tinha provavelmente a mesma idade de Ben, usava *leggings* pretas e agasalhos de corrida e, de fato, tinha um corpo bonito. Ben tinha entendido que ela morava na propriedade, ou muito perto dali, e trabalhava para Arthur havia pelo menos uma década.

— Como foi hoje? — perguntou ela.

— Ótimo — respondeu antes que ela terminasse a pergunta.

Fez-se silêncio.

Ben estava prestes a perguntar se ela era da região, mas Karen já tinha voltado a falar de Arthur, do projeto do livro. Tinham aberto uma editora independente na nova empresa de Arthur, traçado um plano para que aquele livro chegasse nas mãos dos jovens, mas Ben não havia acompanhado os inúmeros e-mails com atenção suficiente para dar opinião.

— Só tenha em mente que queremos lançar esse livro até o verão — disse Karen. — Ele quer distribuí-lo nos festivais de música, sabe, mas, sinceramente, achamos que é possível terminar antes. Você acha que dá?

Ben não disse nada, então ela o olhou.

— Ah, sim, claro — respondeu ele. — É totalmente possível.

Ela pareceu satisfeita. E era verdade, coisas de todo tipo pareciam possíveis ali. Qualquer que seja o seu sonho, você pode realizá-lo. Aquilo, como Arthur vivia dizendo, era o tema principal do livro. Ben disse a frase em voz alta para Karen, esperando que sua máscara vacilasse, que ela reconhecesse que trabalhava para um doido varrido, mas Karen só o encarou rapidamente com uma expressão que oscilava entre confusão e tédio. Parou na frente da casa de hóspedes e deixou o carro ligado.

— Bom, obrigado — disse ele. — Pela carona.

Por que demorou a sair do carro? Por hábito, ou talvez por tédio, Ben tentou sustentar o olhar de Karen mais tempo do que o necessário, mantendo o velho sorriso confiante. Um joguinho inofensivo, para ver se ela correspondia. Ele era considerado um homem charmoso. Não era isso o que as pessoas diziam?

Ben inclinou um pouco a cabeça para o lado, diminuindo a intensidade do sorriso. E Karen sorriu de volta, finalmente, sua expressão ficando mais suave. Então pareceu corar, colocou os cabelos atrás da orelha, pigarreou.

— Se precisar de algo, é só mandar uma mensagem — disse. — Aviso a que horas Arthur vai querer começar de manhã.

A CASA DE HÓSPEDES era isolada. Não havia nada nas paredes, a não ser algumas poucas fotos em preto e branco de eucaliptos descascando e um pôster emoldurado da banda Big Brother and the Holding Company em um show no Palácio de Belas Artes. As janelas davam para o verde — os carvalhos, as colinas brilhantes, o cume íngreme de um desfiladeiro. Tinha uma máquina de expresso e, na geladeira, uma lata de grãos de café e uma caixa de bicarbonato de sódio. A internet era espantosamente rápida — Ben queria que não fosse, assim ele poderia imaginar que Eleanor havia retornado sua ligação e ele perdeu a chamada.

ARTHUR QUERIA QUE SEU livro tivesse um capítulo inteiro sobre o potencial humano. Queria um apêndice com suas citações favoritas de grandes pensadores. Queria sua rotina matinal reproduzida nas orelhas da capa. O plano de fundo do telefone de Arthur era uma lista das metas traçadas para o mês. Ele pulava o café da manhã e comia apenas uma papa de legumes no almoço para poder se empanturrar até passar mal no jantar. Não bebia álcool. Acreditava que iogurte curava azia. Quando Ben o aborrecia, os olhos de Arthur ricocheteavam em busca de outra informação, embora mantivesse um sorriso estampado no rosto, inerte. Quando estava pensando, ele se levantava e jogava o peso de um pé para o outro. Sempre que voltava do banheiro, ao qual geralmente ia para tomar um comprimido com um gole de água morna recolhido com a mão direto da torneira, Ben encontrava Arthur no tapete, na postura da criança. "Depois passamos para a postura do cadáver", dizia Arthur, esparramando-se de costas, os olhos fechados. Um macete para a vida, Arthur contou a Ben em tom conspiratório, era ouvir audiobooks na velocidade 1,5, assim terminava mais rápido.

Arthur confidenciou a Ben que temia que os capítulos da *ghost-writer* fossem fracos.

— Em termos de impulso — disse Arthur, apunhalando a página —, de *movimento para a frente*. Você não acha? Você leu o livro do Stephen King sobre escrita?

Ben concordou, sim, sem dúvida, as páginas estavam meio arrastadas. Arthur relaxou, tomou um gole d'água.

— Talvez você devesse reescrever tudo isso — disse Arthur, agitando a mão sobre a pilha de páginas. — Hein? O que acha?

Ben contestou.

— Estou aqui apenas para revisar — declarou, embora sempre tivesse acreditado que seria um bom escritor. Talvez ótimo.

Quando eles caíram no que Arthur definiu como um "bloqueio energético", Arthur levou Ben para dar uma volta de carro pelas estradas secundárias, em meio às sequoias. O carro dele era imaculado, o ar impregnado dos resíduos gasosos dos bancos de couro. Arthur ligou o rádio, fazendo estrondar uma canção de cinquenta anos atrás, a aparelhagem perfeitamente calibrada para que mergulhassem no som.

— Você curte esse cara? — perguntou Arthur, quase gritando, gesticulando em direção aos alto-falantes.

Ben anuiu.

— Claro.

— Ele vivia por aqui nos anos sessenta. Compôs essa canção quando morava em um rancho, praticamente ao lado da minha propriedade. Sabia disso?

Ben balançou a cabeça.

— Já pensou? Um garoto de 20 anos compondo uma canção como essa? — Arthur aumentou o volume. — Sofreu um acidente de carro aqui perto. Acertou em cheio uma sequoia. Quer ir ver? Quer ver onde o grande homem morreu? Deixa eu ver, já marquei as coordenadas. As coordenadas exatas! Devem estar salvas.

Arthur mexeu um pouco na tela no painel do carro, um GPS mudava o mapa e reatualizava, alterando perspectivas, a flecha vermelha traçando o curso nas ruas da tela como um avatar de videogame. De vez em quando, a voz de uma mulher interrompia a música dizendo a Arthur para virar à esquerda dali a cem metros ou seguir em frente até a próxima bifurcação. O volume dos alto-falantes estava tão alto que parecia que eles estavam dentro da boca da mulher.

De acordo com o mapa, eles pareciam estar quase chegando ao destino quando Arthur pulou uma entrada. As instruções do GPS haviam sido muito claras, mas, mesmo assim, ele seguiu em frente, fazendo o GPS soar um bipe de alarme. De repente, Arthur entrou em pânico, os olhos alternando entre a tela e a estrada. O carro derrapou, depois acelerou.

— Você me deixou perder a entrada — gritou Arthur para Ben com raiva de verdade. De certo modo, Ben sentiu que era bom que alguém ficasse irritado com ele. Antes que conseguisse reagir, a voz da mulher preencheu o carro, resoluta, implacável:

— Calculando, calculando.

TRÊS DIAS ALI E eles só tinham revisado até o capítulo quatro. Ben imprimiu o quinto capítulo e o releu à mesa da cozinha da casa de hóspedes, bebendo uma taça de vinho branco morno da caixa que ele encontrara na despensa. De acordo com o rótulo, o vinho era biodinâmico. Tinha cor de geleia de laranja e estava cheio de sedimentos que cobriam seus dentes.

Será que era só o vinho misturado com meio comprimido ou o capítulo cinco era comovente de verdade? Ele tomou um gole, virou a página. Arthur nunca tinha andado de avião antes de sair de Kansas para Stanford aos 17 anos. Era emocionante imaginar: o jovem Arthur desembarcando do avião, o vento morno da Califórnia saudando-o na pista. Meigo. Na verdade, Ben tinha começado a gostar de Arthur.

Talvez, já que estavam tão atrasados, Arthur pedisse para Ben ficar mais tempo. Talvez, quando esse projeto acabasse, Arthur o contratasse em tempo integral, caso houvesse alguma vaga disponível. Ou talvez Ben acabasse, de fato, reescrevendo o livro e depois usasse o dinheiro recebido para escrever o próprio. A casa de hóspedes era agradável, mergulhada nas sombras azuis de todas aquelas sequoias. Seria possível construir uma vida ali, descendo a montanha de vez em quando, apenas para garantir os bens de primeira necessidade.

Ele resolveu escrever um e-mail antes que pudesse pensar demais a respeito.

Como formulá-lo de maneira que Arthur o achasse convincente — talvez destacando as semelhanças entre ele e Arthur. Homens perseverantes. Acrescentar um toque daquele misticismo beat que deixava Arthur com tanto tesão.

... como você me ensinou, os sonhos podem ser realizados, e eu realmente acredito que sou a melhor pessoa para escrever esse livro. Jack Kerouac disse: "Os únicos que me interessam são os loucos, aqueles que estão loucos para viver, loucos para morrer,

pessoas que ardem, ardem, ardem como velas romanas" — Ben pesquisaria a citação antes de enviar. *Quando nos conhecemos, compreendi, de imediato, que você era um desses "loucos". Um companheiro secreto. E este é apenas um dos motivos que me fazem sentir autorizado a contar a sua história.*

Antes que ele percebesse, o e-mail estava com quatro parágrafos. Era a coisa mais longa que ele havia escrito em meses. Ben copiou e colou a citação — não se lembrava da última parte, aquela sobre as velas romanas que explodem como aranhas — e releu o e-mail duas vezes.

Bom, pensou. Muito bom. Clicou em "enviar".

Escovou os dentes, mal e porcamente, e estava tirando as lentes de contato no cintilante banheiro de mármore, a mente divagando, quando percebeu que havia perdido uma das lentes, que devia ter deslizado para trás do globo ocular. Passou os dedos nos olhos — nada. No estojo das lentes, sobre a bancada, havia uma única lente, um círculo fantasmagórico boiando na solução. Uma lente já no estojo, a outra — onde? — deslizando em volta de seu crânio? O coração de Ben batia rápido. Ele não tinha lido, certa vez, um artigo sobre uma situação como aquela? A mulher não acabou ficando cega? Levantou a pálpebra direita, aproximando o rosto do espelho, piscando com força. O olho direito já estava lacrimejando. Ele tocou onde estava molhado, certo de que encontraria sangue.

KAREN PARECEU DESCONFIADA AO telefone, como se aquilo fosse uma armação que ele havia arquitetado para fazê-la ir até a casa de hóspedes tarde da noite. Quando ele abriu a porta, porém, ao vê-lo chorando de um olho só, ela amoleceu. Conduziu Ben até uma cadeira na cozinha, sob a forte luz de teto, na qual ele se sentou com a cabeça jogada para trás. De repente, Ben se sentiu muito jovem, a garganta exposta, vestindo uma camiseta, descalço. Tinha a vaga consciência de que a cozinha estava suja, de que havia uma garrafa de vinho vazia na pia e outra, meio cheia e sem rolha, largada na bancada. Karen estava bem perto do rosto de Ben, mantendo a pálpebra dele aberta com dois dedos. Ben conseguia sentir o hálito dela: rançoso, salgado, ela devia ter acabado de jantar. Ficou pensando, preguiçosamente, se ela tinha um companheiro ou se tinha jantado sozinha. Seus cabelos soltos, um pouco molhados depois de um banho, batiam nos ombros.

— Não estou vendo nada — anunciou Karen. — Vou usar a lanterna do meu telefone — continuou, falando muito devagar. — Tenho certeza de que vamos achar.

Ben mantinha o olho esquerdo bem fechado, Karen estava quase montada em cima dele. O olho direito estremeceu sob o facho da lanterna, o globo ocular virando de um lado para outro.

— Não quero machucar você — disse ela.

— Não está vendo? Está conseguindo sentir?

Ben sentiu o dedo de Karen quase tocar seu globo ocular, depois se retrair.

— Desculpe, não consigo — falou Karen. — Estou com medo de arranhar você.

Ben ficou sentado com os dois olhos fechados, sentindo o olho direito inchado, dilatado dentro da cavidade ocular. Era melhor manter os dois olhos fechados, sabendo que Karen estava à mesa com ele.

— Tem um hospital por perto ou algo assim? — perguntou Ben, os olhos ainda fechados. — Só não quero que piore.

—Talvez seja expelida quando você piscar durante a noite. De repente sai enquanto você dorme.

—Talvez. — Ben abriu apenas o olho esquerdo e viu que Karen estava sentada perto demais, o cotovelo apoiado na mesa e o queixo, na palma da mão.

— Oi — disse ela, sorrindo de um jeito esquisito.

Ben demorou um instante para perceber: aquela energia no cômodo era familiar, uma sensação que o lembrava da época que, àquela altura, ele considerava "os velhos tempos", quando mulheres o encaravam de maneira alusiva e pontuavam suas falas com pequenos toques no braço dele. Achava chocante o fato de que ninguém jamais tivesse falado daquilo, de todas aquelas mulheres que o cortejaram, telefonaram para ele. Até Eleanor conseguira o e-mail de Ben com um amigo e escrevera para ele perguntando sobre um filme que ele havia apresentado em uma exibição na semana anterior.

— Está doendo muito? — perguntou Karen, fazendo menção de tocar no rosto dele.

Ben estava à flor da pele, não só por causa da lente que, sem dúvida, estava endurecendo, formando farpas que poderiam perfurar seu nervo óptico, mas também por causa da sensação de que Karen estava se aproximando. Ele havia se esquecido do que vinha em seguida — devia se aproximar também, encará-la, mas seu olho estava doendo demais e, de repente, sentiu medo de que Eleanor descobrisse que Karen estava ali, na casa dele. É claro que não importava, é claro que Eleanor já não dava a mínima para isso. Ela estava, supostamente, na casa da mãe, em Key West. Por quê? Porque ela tinha medo do oceano. Na lua de mel, Eleanor não saiu da toalha de praia, ganhou uma queimadura de sol enquanto lia os diários de John Cheever, uma queimadura tão forte que Eleanor não conseguia dormir nem suportava ser tocada.

Ben ficou em pé.

— Tenho certeza de que está tudo bem — assegurou ele —, sério.

— Mas e se você sentir dor? — Karen se levantou. Pelo olho entreaberto, Ben viu que ela estava sem sutiã. Era muito atraente, pensou, mas o pensamento ficou em suspenso, inerte, desligado de tudo. Era isso o que eles queriam, o que todo mundo queria? Que ele tivesse esses pensamentos castrados e bondosos sobre as mulheres, pensamentos que não se traduziam imediatamente em ação? Não era a pior das coisas.

— Desculpe — disse Ben —, desculpe por ter incomodado você.

— Vou deixar você dormir — disse Karen.

Ela foi até a pia, lavou ostensivamente a garrafa vazia e a pôs no recipiente de lixo para reciclagem. Ben podia encerrar a noite. Os dois podiam ir dormir. Mas ele não se mexeu. Karen podia falar bem dele para Arthur. Não era uma má ideia, era? Karen elogiando-o. Dizendo a Arthur que Ben deveria ser encarregado da redação do livro. Ele nunca mais precisaria voltar a Nova York.

— Você aceita uma taça de vinho ou alguma outra coisa? — Ben pigarreou. — Estou sem graça por ter feito você vir até aqui para isto.

Ela pensou um instante, seu rosto estampava uma pergunta que Ben não soube decifrar.

— Por que não? — Karen se serviu do vinho já aberto e encheu a taça de Ben. Pôs a garrafa na geladeira. Ele se sentou para poder ficar com os olhos fechados. Concentrar-se na tarefa à sua frente.

— Gostei muito de trabalhar com Arthur — comentou.

— Ele é um chefe muito bom mesmo. — A voz de Karen flutuava pela escuridão efervescente. — Arthur.

— Hum. Sei que ele não está satisfeito com o livro. No momento, quero dizer. Com esse último esboço.

Ben pôde ouvir quando Karen se sentou também.

— Eu não vou para a cama com ele — disse ela, depois riu. — Quer dizer, só para você saber. Se essa é a sua preocupação. — Ela interpretou mal alguma coisa no tom de Ben. Será que ele tinha perdido a habilidade de controlar uma conversa, de dar um passo atrás e observá-la assumir a forma desejada?

— Claro que não — respondeu ele. A ideia nem sequer havia passado pela cabeça de Ben. — Você é areia demais para o caminhão do Arthur. — Ele abriu aquele velho sorriso. Quando abriu um olho para avaliar o efeito do sorriso, Karen estava perto dele.

— Você é um fofo — disse ela, rindo novamente.

Qual dos dois se aproximou primeiro?

Em situações como aquela, Ben costumava ter tanto controle que o tempo desacelerava, chegava a uma velocidade quase comicamente viscosa, cada centímetro dos movimentos era observado, cada respiro era percebido. Era como naqueles filmes em que o espião conseguia captar cada detalhe da estação ferroviária lotada — o relógio que tiquetaqueia, a mulher que empurra o carrinho de bebê, o trem chegando na plataforma 4, o trem partindo da plataforma 5 —, digerindo todas as variáveis, calculando a linha de ação mais precisa naquela fração de segundo antes de atirar na cabeça do vilão. Mas algo havia acontecido. Ben estava desnorteado, não tinha mais a habilidade de localizar a si mesmo, muito menos aos outros. Tudo estava turvo, os próprios pensamentos, embaçados, e os de Karen, inimagináveis. Eles estavam se beijando. Ele estava retribuindo o beijo, ou talvez fosse o contrário. Era vertiginoso saber tão pouco.

Ben se afastou.

— Desculpe.

Karen ficou abatida. Ele deveria ter esperado outro momento para mencionar o nome de Arthur, tocar no assunto trabalho — porque, quando o fez, disparando as palavras no silêncio logo após ter pedido desculpa, Karen fechou o rosto. Ele demorou um segundo para entender a expressão dela. Karen estava com raiva. Ben ficou surpreso por ela estar tão irritada. Ergueu instintivamente a mão para cobrir o olho direito, talvez para mostrar que realmente estava machucado, que ela deveria estar com pena dele, mas Karen revirou os olhos e se levantou.

Encarou Ben cheia... de quê? Ódio, pena?

— Sério? — disse ela.

Ben percebeu que Karen queria que ele reagisse, ela precisava disso, mas não conseguiu pensar em nada. A tristeza pairava no ar. Arthur não lhe daria um emprego. Eleanor não voltaria para casa. Karen bateu a porta com força, saindo bruscamente rumo à escuridão.

O olho de Ben estava incomodando, mas a dor era suportável. Sentiu o globo ocular latejando.

O capítulo 5 estava empilhado na mesa. Pelo menos, Arthur conseguiu contar a própria história. Ou fazer com que uma *ghost-writer* a contasse. Reunindo-a em um só lugar, fazendo as devidas conexões para dar a impressão de que qualquer acontecimento em sua vida foi o que causou o próximo, um passo após o outro, em uma longa e gloriosa ascensão. Não era justo. Eleanor nem sequer deixou que Ben tentasse se explicar, já Arthur dispunha de noventa mil palavras para esclarecer tudo. As várias desventuras que viveu — as multas da Comissão de Valores Mobiliários, a renúncia ao próprio negócio, o acordo de que nunca mais ocuparia um cargo executivo em outra empresa. De alguma maneira, aquelas provas brutas foram pegas pelo livro e massageadas até que assumissem a forma de algo ainda melhor: uma história de sucesso e perseverança. Na verdade, a *ghost-writer* tinha feito um trabalho bom pra cacete!

Ao olhar para a pilha de páginas do capítulo, Ben percebeu que a enxergava com clareza, que, com o olho esquerdo, enxergava tudo com clareza, o que significava que, no fim das contas, ainda devia estar usando uma lente de contato. A lente que ele tinha visto no estojo era a do olho direito. A outra estava no olho esquerdo. Nada havia se perdido, tudo estava justificado. Riu, espantado com a própria estupidez. Uma hora arranhando um olho vazio! Todo aquele terror inútil!

Ben teve o impulso de mandar uma mensagem para Karen, dizer que estava tudo bem, que foi um alarme falso. Era engraçado, não? Uma história engraçada? O medo que ele tinha sentido por nada? A certeza do perigo!

Ben não enviou a mensagem. Mas quando teve notícias de Karen, foi por uma mensagem de texto — seca, recebida às sete da manhã do dia seguinte — informando a Ben que os serviços dele não eram mais necessários, embora Arthur fosse pagar o que faltava de sua remuneração. Um motorista chegaria na casa de hóspedes dali a uma hora para levar Ben ao aeroporto, para levá-lo de volta do mesmo modo que o tinham deixado ali.

Ben estava prestes a formular uma resposta, um nó começava a apertar sua garganta e a testa suava, quando três pontinhos apareceram na tela, Karen ainda estava escrevendo. Para dizer o quê? Explicar tudo aquilo? Alguém finalmente ia se desculpar com ele?

BMW X3 PRETO,
PLACA FMX2217

O filho de Friedman

A LUZ NO RESTAURANTE era dourada, uma luz pesada — sinceramente, um tipo antiquado de iluminação, popular nos anos noventa e que agora era só um resquício de um tipo de prazer cafona, ultrapassado, fora de moda. Fazia cinco anos, talvez mais, que George não ia àquele lugar. A comida, de fato, não era lá grande coisa. Bifes grandes, creme de legumes, *coulis* de framboesa salpicado em tudo, era o que se comia na época, quando cuidar da alimentação não fazia parte do comportamento dos ricos. Mesmo assim, ele gostava dos suculentos camarões maias no gelo, do vazio gratificante quando a carne pulava da casca. Limpou os dedos lambuzados de suco de limão e camarão no guardanapo em seu colo.

— Mais pão? — perguntou Kenny.

Parecia impossível que Kenny ainda trabalhasse ali, depois de todos aqueles anos, mas lá estava ele. Kenny e seu rosto suave, meigo, levemente dentuço. Se não falhasse a memória de George, ele era dramaturgo. George costumava dar a Kenny os convites que sobravam para qualquer espetáculo que estivesse produzindo e, no encontro seguinte, Kenny se esforçava para dar uma opinião abalizada, profissional. Talvez esperasse que George o contratasse para alguma coisa. Com um movimento rápido, Kenny apresentou-lhe um cesto de pães e ficou segurando uma pinça suspensa sobre o sortimento.

— Integral — pediu George. É melhor para a saúde, pensou. — Aliás, na verdade — disse ele —, o normal.

— Pois não.

William já estava vinte minutos atrasado. George podia estar adiantando um trabalho — um produtor enviara um link para alguma coisa relacionada a David Hume. Como é que se devia chamar algo daquele gênero? Tratado, estudo? A ideia de forçar a vista para enxergar a tela o deprimia. E, sinceramente, quem achava que era possível adaptar uma lenga-lenga maçante e antiquada como aquela? A verdade é que as pessoas se sentiam atraídas pela morte. Aquela coisa sobre Hume havia sido mencionada em uma daquelas colunas que todos estavam lendo, parte de uma série escrita por um cientista que tinha uma doença terminal. Várias pessoas o enviavam links toda semana:

"aos prantos agora"

"Dê um abraço apertado nas pessoas que você ama!"

George leu um dos ensaios no site do *Times*, esforçando-se para evocar de forma realista a própria morte. Não devia ser difícil: ele tinha 71 anos, uma prótese no joelho e um quadril a ser substituído. O cientista escrevia sobre a sensação de estar suspenso sobre a própria vida, vendo cada parte dela como um sonho do qual logo despertaria. Isto é apenas um sonho, George tentou convencer a si mesmo. É tudo vapor. George não conseguiu extrair daquele texto nada além de uma vaga percepção dos erros gramaticais. No fim das contas, algumas linhas de pesquisa não serviam para nada. Ele estava no segundo martíni. Outra coisa que costumava ser estilosa e havia caído em desgraça. O frescor antisséptico, a talagada revigorante — por que ele havia parado de tomá-los?

VIU WILLIAM PRIMEIRO PELO espelho atrás do bar, no momento em que ele passava pela porta. Estava de boné e sobretudo, aquelas famosas sobrancelhas eriçadas. O coração de George disparou, uma descarga provocada pelo álcool gelado. Virou-se para chamá-lo com um aceno e, um instante antes que William o visse, algo na expressão dele deu a George a súbita sensação de que a noite não tomaria o rumo esperado.

A moça da chapelaria foi toda atenciosa com William — o proprietário também, dando-lhe tapinhas nas costas — e, quando ele finalmente chegou ao bar, todo o restaurante parecia estar ciente de sua presença, um certo zumbido de pessoas sussurrando ao fundo, talvez tentando tirar uma foto sem levantar muito o telefone, lançando um olhar rápido na direção dele e depois desviando os olhos para o vazio. Mesmo assim, William atravessou o salão com desenvoltura, sem constrangimento. Ou, pelo menos, ele sabia passar aquela impressão.

— Meu amigo — cumprimentou William. George teve que se inclinar desengonçadamente no banco para retribuir o abraço. — Entrei e pensei: "Quem é aquele velho no bar acenando para mim?" — disse. — Aí percebi que era você. E que nós dois estamos velhos.

William se acomodou no banco ao lado de George. Provavelmente, fazia pouco menos de uma década que não se viam por iniciativa própria.

— Você se importa de comer aqui? — disse George. — Senão, posso pedir uma mesa.

— De jeito nenhum. O Benji não vem?

George nem sequer cogitou convidar o filho para se juntar a eles. Talvez isso fosse estranho.

— Ele está com a namorada. Eles queriam ficar sozinhos.

— Preparando-se para a grande noite — disse William. — Bom pra ele.

— Eu sei que ele está muito agradecido. Benji. Nós dois estamos.

— Claro.

William era o padrinho de Benji. Quando a primeira mulher de George, Patricia, deu à luz, William e Grace foram os primeiros a visitá-los no hospital. William levava Benji aos jogos dos Dodgers, tacava moedas na piscina da casa de Brentwood e deixava Benji mergulhar para pegá-las. Isso foi logo depois do terceiro filme de George, o segundo que ele fez com William. Eles viajavam para Ojai, passavam o dia na Catalina enquanto as esposas iam comprar vestidos para a cerimônia do Oscar juntas. George tinha um contrato de prioridade com a Paramount, um fluxo contínuo de projetos em desenvolvimento. Chegava a ser constrangedor lembrar que George acreditava com tanto fervor que tudo continuaria a melhorar, que a vida seria um acúmulo de sucessos, de momentos cada vez mais vívidos e agradáveis. Em seguida, divorciou-se e mudou-se para Nova York, então sua carreira desacelerou, no início de forma gradual, depois abruptamente. A Viacom comprou a Paramount. William mudava tanto de número de telefone que George não conseguia acompanhar. Depois de alguns anos, William nem ligava mais para o garoto no aniversário. George ficava magoado, mas Benji não se importava. De qualquer forma, agora William estava ali, tinha vindo por causa do filmezinho de Benji e se deixaria fotografar ao lado do rapaz, talvez dissesse frases positivas a seu respeito, e aquilo não era pouca coisa.

Kenny encheu um copo d'água e o pôs na frente de William.

— Posso trazer um drinque para começar?

William já estava virando a água de um gole só e balançou a cabeça, ainda engolindo.

— Para mim, só água.

Kenny se afastou, sempre profissional, embora George pudesse sentir seu entusiasmo, um novo nível de atenção.

— Os martínis aqui são excelentes.

— Grace me fez abolir o álcool — explicou William. — Na verdade, estamos nessa juntos. Há uns seis meses. E, devo dizer, foi difícil, mas tem sido ótimo.

Pensando bem, era incrível alguém como William ter ficado com a mesma mulher todos aqueles anos, mas Grace era uma das boas. No verão em que eles filmaram em Turim, ela dava festas na enorme casa que alugaram, preparava jantares heroicos para quarenta pessoas, levava bandejas de peixe para a mesa de vestido longo e descalça, e quem não ia querer ficar casado com alguém assim? George se divorciara duas vezes. Duas vezes para nunca mais, embora a atual namorada estivesse fazendo pressão para se mudar, ela e a filha dela, para a casa dele. Não era suficiente que ele pagasse seus retoques estéticos, seu aluguel e custeasse o tutor para a dislexia de sua filha. Só de pensar nelas, George ficava cansado.

— Como está Grace? — perguntou ele.

— Bem — respondeu William, vasculhando o cardápio. — Você sabe como ela é, sempre ocupada. Criou essa fundação que arca com os custos dos estudos universitários de jovens em reservas indígenas, então agora ela vive voando para Utah ou para aquelas bandas. E ainda dá o número de celular para essa garotada, então um moleque de 16 anos liga para ela aos prantos durante o jantar e ela larga tudo para resolver a situação.

George estava esperando uma certa camaradagem, uma nostalgia que descambasse para a pieguice. O fato de William não estar bebendo tornava as coisas mais difíceis. George tentou tomar o martíni mais devagar. Talvez pudesse pedir outro e fingir que era apenas o segundo.

— E como está Lena?

— Ocupada também. Acabou de se casar, na verdade, com um sujeito da faculdade de administração — disse William. — Um garotão britânico. Gosto dele.

— Fico feliz em saber.

A última vez que George a viu, Lena ainda usava aparelho nos dentes, fazia o dever de casa no set, pedia para as maquiadoras passarem delineador em seus olhos. Ele se lembrava porque, naquela mesma época, recebia ligações de Patricia pedindo dinheiro para uma nova clínica para Benji, algum programa no deserto ou no ermo território do Alasca, longe o suficiente para que os garotos não conseguissem arrumar comprimidos. Todos aqueles lugares custavam milhares de dólares, todos eram inúteis. Todos tinham funcionários toscos com menos de 30 anos, traiçoeiros profissionais com pele feia e sandálias à prova d'água. Eles não tinham coisa melhor para fazer? Aos olhos de George, Lena parecia muito meiga: educada, cabelos penteados, murmurando as palavra enquanto lia *Caninos brancos* para a aula de inglês.

— Grace está feliz com a mudança deles para Los Angeles — disse William. — Ela quer que nós sejamos aqueles avós muito presentes. — Ele riu. — Ela tem energia para isso. Acho que aquele rapaz não sabe no que está se metendo.

OS DOIS PEDIRAM HALIBUTE, homens velhos evitando carne vermelha, e o quadrado de peixe chegou no centro de um prato exageradamente grande, alguns legumes espalhados e um tipo de broto minúsculo. George provou e desejou que a comida fosse melhor. Pelo menos, o cinema ficava ao lado do restaurante.

— Estamos com tempo suficiente? — perguntou William.

— Estamos tranquilos. — Eles tinham mais meia hora até tomar o rumo do cinema.

— Você está empolgado?

George não entendeu.

— Com o filme — explicou William.

— O filme — disse George, tentando indicar, pela sua expressão e seu tom de voz, certa inquietação compartilhada, o reconhecimento de que o filme seria ruim, de que eles não precisavam fingir. A expressão de William, no entanto, aquela afabilidade simpática, não vacilou.

— Você já assistiu? — perguntou William.

— Na verdade, não. Esta é a grande noite.

Aquilo pareceu surpreender William.

— Era de se esperar que ele fosse contar com a expertise do seu velho, não?

Aquela palavra, "expertise", foi mesmo pontuada com sarcasmo? Não, George estava sendo paranoico. O que é que William costumava dizer às pessoas? Que George tinha um cérebro mágico. "O que está se passando nesse cérebro mágico?", perguntava ele, "O que devemos esperar?"

— Acho que a minha opinião — começou George — era exatamente o que Benji não queria.

O que Benji queria era dinheiro. Fazia um tempo que George não trabalhava, vivia de reservas e da venda do loft. Não havia planejado contribuir com nada até descobrir que Benji havia criado uma vaquinha on-line. O site apresentava, inexplicavelmente, imagens em câmera lenta, montadas, ao som de "Clair de Lune", mostrando Benji e o colega de quarto, esgotado, caminhando pelo campus do Santa Monica City College, ambos com as mãos enfiadas nos bolsos do moletom. A narração de Benji garantia sombriamente que aquele filme não seria comparável a nenhum outro, exploraria um novo estilo de cinema. Era um filme sobre amor, explicava ele, uma história de amor, um documentário que mergulhava fundo na "coisa que guia a todos nós, de todas as maneiras possíveis".

A ideia de que Benji tinha enviado e-mails — a colegas, parentes e amigos de George — pedindo dez mil dólares para fazer seu filmezinho o horrorizava.

"Não seja babaca", dissera Patricia. Pelo menos, Benji estava mostrando iniciativa, argumentou ela, interesse em algo. Ele estava ganhando créditos, talvez até conseguisse dar um jeito de se formar, e aquilo, por si só, era encorajador. Benji já havia desistido de muita coisa àquela altura: estágios que George havia arrumado com muito custo, empregos largados depois de duas semanas. Uma escola de culinária no norte do estado que custava um rim — e da qual Benji saiu antes do tempo porque tinha se autodiagnosticado com a doença de Lyme.

Por que, questionou George, ele não podia demonstrar interesse por alguma outra coisa, qualquer outra coisa?

Ele está tentando se aproximar de você, explicara Patricia. "Seu filho admira você."

George ouviu o marido dela dizer algo ao fundo. O anestesista.

"O que foi?", dissera George. Às vezes, ele tinha a impressão de que estava louco. "Dan tem algum conselho?"

"Ligue para o seu filho", respondeu ela antes de desligar.

O plano era Benji devolver o dinheiro depois. Com juros. Improvável.

— Isso é ótimo — disse William. — É algo que o Benji quer fazer sozinho. Não quer ficar na aba do papai.

Aquilo era cômico.

— Não é fácil — prosseguiu William — demonstrar que está à altura de um pai como você.

Esse comentário agradou a George. E, àquela altura, os martínis já haviam se acumulado, e sua ansiedade, se aplacado. Eles tiveram bons momentos, ele e William. Aquele era o seu amigo. George sentiu que estava relaxando.

— Eu preferia que ele fosse, sei lá, um dentista — confessou George. — Um lixeiro.

— Sabia que os lixeiros — disse William, limpando a boca — na verdade ganham bem? É um trabalho cobiçado. Ouvi em um programa de rádio.

Benji fora uma criança nervosa. Como descrever a repulsa que George às vezes sentia quando Benji ficava com ele por duas semanas depois do Natal — sempre doente, sempre arrumando um machucado. Aquela vez, quando Benji tinha 9 anos mais ou menos, em que ele tentou se exibir para George e sua namorada — na época era a Monica — dando estrelinha na cozinha do apartamento no SoHo. Benji bateu na beirada da ilha, rasgou o lábio e ficou com a boca banhada em sangue. Ficou aturdido por um instante, depois inconsolável. Parecia encarar qualquer ferida como uma traição pessoal de George. George ligou e pediu para o porteiro chamar um carro, Benji no colo de Monica com uma toalha de banho pressionada contra o rosto. Monica limpava a bochecha do menino, olhando para George com resignação e pena. Como se George fizesse exatamente isto: causasse dor sem ter preparo suficiente para remediá-la. Se ele lembrava bem, ficaram juntos até o fim da temporada de premiações, depois Monica o largou para morar com uma mulher.

— O que você anda fazendo ultimamente? — perguntou George. — Algo no horizonte?

— Um daqueles filmes bobos — respondeu William. — Você sabe, dois velhos em uma *road trip*. Nunca achei que fosse fazer essas coisas. Achei que me aposentaria. Mas eles arrastam a gente de volta, não é?

William tinha comido apenas metade do halibute; George o viu procurar Kenny com o olhar.

— Você deveria ver o set — disse William. — É muito eficiente, funciona praticamente em piloto automático. Nada a ver com o que nós fazíamos… toda aquela maluquice, fofocada, aquele bando de palhaços. Eles agora deram um jeito nisso tudo. Entro e saio em duas semanas. Grace está feliz porque me mantenho ocupado, ganho um corte de cabelo grátis. Todo mundo sai ganhando.

— Manter-se ocupado é bom — concordou George. Notou que estava batendo com o pé no chão e se forçou a parar. — Na verdade, isso tem a ver com o que eu queria pedir a você…

— Desculpe — interrompeu uma mulher, rondando o banco de William. Como George não a viu se aproximar? Era uma mulher mais jovem, uns 30 e poucos anos talvez, enrolada em um casaco pesado, bochechas coradas, trocando olhares rápidos com a amiga que espreitava atrás dela. Tinham cara de quem, cem anos antes, estariam esfregando roupas. A mulher começou a rir, sem fôlego.

— Nunca faço isso — disse com um sotaque, talvez, australiano. — Na verdade, eu só queria dizer "oi", sou uma grande fã do seu trabalho.

William largou pacientemente o garfo e a faca. Por que aquela gentileza performática deixou George irritado de repente?

— Bem, olá — disse ele. — É um prazer conhecê-la. Qual é o seu nome?

A mulher olhou novamente para a amiga, ambas soltando risinhos.

— Sarah. E Mae. — Mae começou a preparar o telefone. — Você se importa se a gente tirar uma foto?

— Prazer em conhecê-las, Sarah e Mae — disse William, cumprimentando Sarah com uma das mãos e pousando a outra no ombro dela. De alguma maneira, sem que elas nem sequer percebessem, William fez as duas mulheres recuarem alguns passos. — Na verdade, ultimamente não tiro fotos, espero que vocês compreendam, mas obrigado mais uma vez por terem vindo até aqui me cumprimentar. — Ele sorriu de maneira calorosa mas categórica. — Uma ótima noite para vocês duas.

William virou-se novamente para George. Atrás dele, as moças piscavam, desnorteadas; ficaram paradas ali um instante a mais do que deveriam antes de recuar hesitantes e depois, finalmente, acelerar o passo até a porta, fofocando entre si com sussurros exaltados.

— Desculpe — disse William. — Desculpe. A gente tem que ser gentil hoje em dia, senão elas põem tudo na internet e nos chamam de grosso.

— Certo. — George ficou agitado com a interrupção. Perdeu o fio da meada. — O que eu queria conversar com você, que acho que você gostaria… — Ele parou. Sentiu um pedaço de comida que se soltou dos molares, um fragmento de espinha de peixe que se alojou no tecido mole do fundo da garganta e agora o arranhava. Tossiu uma vez, forte. Tomou um gole d'água.

— Tudo bem? — William estava olhando para ele, preocupado, o rosto de um velho amigo preocupado, e enquanto George falava, sua expressão não mudou, mas pareceu se descontrair ligeiramente.

O roteiro era excelente, disse George, um dos melhores que ele via em muito tempo, e havia muito interesse, mas o custo era alto e aquilo deixava as pessoas nervosas, William sabia como era, não é mesmo, e se George pudesse dizer que William estava participando, isso faria uma tremenda diferença para o pessoal graúdo.

— Não são nem três semanas de filmagem e podemos rodar em Los Angeles, se isso ajudar. — George sentiu o sorriso de William vacilar. — Você sabe que não me empolgo com muitas coisas — prosseguiu ele —, mas essa é uma delas. Eu posso sentir. Cérebro mágico, certo?

Por um instante, William não disse nada. Balançava a cabeça ligeiramente, assentindo, o olhar distante.

— Ah — disse finalmente, coçando o queixo, empurrando o prato para longe. — Você sabe que eu gostaria de trabalhar com você. Sabe que eu gostaria de ajudar. Eu não sabia que você estava tentando organizar algo.

— Eu queria pôr o papo em dia — explicou George. — Pessoalmente.

— Muito bem — disse William. — Bom pra você.

Kenny apareceu para retirar os pratos e William se endireitou no banco, energizado pela presença dele.

— Escuta, mande para mim. Vou ver o que posso fazer, está bem? Vou dar uma olhada. Não sei quando, não posso prometer nada, mas vou dar uma olhada.

— Ótimo — disse George —, é só isso que eu peço. E não deixe de me dizer o que você achou.

Sem que George percebesse, William havia feito sinal para que trouxessem a conta; Kenny a pôs na frente de William, na capinha de couro.

— Eu cuido disso, o convite foi meu. — George se esticou para pegar a conta, mas William já havia entregado a Kenny um cartão de crédito. Assinou o recibo rapidamente, sem reagir aos protestos de George.

— Por favor — disse William com um sorriso caloroso, a mão no ombro de George. Apertou-o uma vez, depois outra. — Só estou feliz de ter saído com meu velho amigo.

O CINEMA ERA UM daqueles com uma única sala que qualquer imbecil com uma câmera podia alugar para exibir o próprio filme no fim de semana. Provavelmente alguém poderia exibir suas fotos das férias. Senão, ali passavam filmes que já estavam em cartaz havia meses, enfim baratos o suficiente para que aquele cinema pudesse exibi-los. Benji tinha montado um painel para fotos na calçada coberta de neve derretida. Um só cordão de veludo preso em dois pedestais. Medíocre, pensou George, medíocre. Mas que maldade. Segura a onda, pensou em seguida — estava muito bêbado. Procurou Benji, mas não o viu. Havia dois fotógrafos — talvez amigos de Benji, George não conseguia imaginar quem mais toparia ir até ali, mas nunca se sabe. Tiraram algumas fotos de George e William juntos, o pesado braço de William no ombro de George. William era muito alto. Estou encolhendo e sou um velho, pensou George. Era um pouco engraçado. O flash da câmera o cegou por um instante, um estalido de luz — tudo isto é baboseira. George se afastou para que pudessem tirar fotos de William sozinho. Observou William em seu sobretudo, sorrindo bravamente. George era o responsável pela presença de William naquela calçada coberta de neve, na frente do painel, sendo fotografado por idiotas. Ele era um bom amigo.

— Onde está o homem do momento? — perguntou William, alcançando George perto da porta. Ele continuava sendo afável, mas algo havia esfriado, dando lugar a certa formalidade.

— Não tenho certeza — respondeu George. — Talvez já esteja lá dentro.

Uma garota com uma jaqueta de matelassê laranja berrante e pernas de fora foi até eles; George viu William se preparar para ser interrompido. A garota, no entanto, estava sorrindo para George com um ar nervoso.

— Oi, sr. Friedman.

— Oi. — George não a reconheceu. Ela estava com as mãos nos bolsos do casaco, esticando-se para olhar para o saguão atrás dele.

— Ele foi ao banheiro — disse a garota. — E eu, tipo, não conheço mais ninguém aqui. Aí vi o senhor e fiquei, tipo, "graças a Deus".

A namorada de Benji. Maya? Mara? Eles só haviam se encontrado uma vez, quando Benji e ela dormiram no loft uma noite, e mal trocaram duas palavras, Benji empurrando-a para dentro do quarto de hóspedes e saindo de manhã cedo, antes de George acordar. Benji não merecia uma moça tão bonita, olhos castanhos grandes, piercings em toda a volta da orelha, uma argola dourada quase invisível atravessando o septo. De algum jeito, o efeito não era agressivo, mas bonito, delicado. Ela passava a impressão de que era muito natural e atraente para mulheres perfurarem o rosto. George tentou reconstruir a história: ela e Benji tinham se conhecido na faculdade? Ela era de Toronto? Ele não sabia de onde tinha desenterrado aquela informação.

— Este é o William — apresentou George. — Ele é padrinho de Benji, na verdade.

— Mara — apresentou-se ela, apertando a mão de William. A garota estava nitidamente tremendo, embora tentasse disfarçar.

— Vamos entrar — disse George. — Não faz sentido ficarmos esperando no frio.

EM UM CANTO DO saguão, havia uma mesa dobrável coberta de baldes de pipoca e garrafas de água da Costco em temperatura ambiente.

— É de graça? — perguntou Mara, olhando para George. — Posso simplesmente pegar?

— Claro.

O rosto dela se iluminou tão rapidamente que ele quase riu. A pipoca estava seca, era de um amarelo enjoativo, mas ele comeu um balde inteiro mesmo assim, pegando um punhado de cada vez, em pé e sem entusiasmo. Mara comeu uma a uma, pegando cada pipoca como se fosse uma joia. Quantos anos ela tinha? Vinte?

Um homem com um rabo de cavalo branco e óculos de sol coloridos agarrou o braço de George, apertou sua mão.

— George, meu chapa!

Aquele rosto era familiar, mas de um jeito distante — o homem era um montador? A camisa dele estava desabotoada o suficiente para revelar um colar com um dente de tubarão aninhado em seu peito peludo. Se George tinha visto direito, o nome da esposa, cuja foto o homem mostrou no telefone, era London. Meu Deus.

Nos últimos tempos, George descobrira que podia encerrar conversas com facilidade — só precisava se calar, olhar para o nada, piscar lentamente. Uma espécie de manobra Monte Rushmore e toda a energia da conversa desaparecia. O homem olhou para George, depois olhou para onde ele estava olhando. Fechou um pouco os olhos, depois sorriu.

— Bom — disse ele —, foi um prazer ver você.

George inclinou minimamente a cabeça.

ENTRA EM CENA o filho.

— Pai — disse Benji. — Pai, caralho, estou muito feliz por você ter vindo.

Ele abraçou George com força, segurando uma garrafa de cerveja com firmeza. As bochechas do filho estavam coradas. Ele estava usando uma camisa havaiana por baixo de uma jaqueta de couro e, na cabeça, uma espécie de chapéu-coco. Pôs o braço em volta de Mara, puxou-a para conseguir beijar o rosto da namorada.

— É demais, não é? — disse, ainda olhando em volta.
— Caralho! — Benji abraçou William. — Estou pirando. Todos vocês estão aqui. — Ele se virou para a namorada. — Esse cara — continuou ele, apertando o braço de William — foi praticamente meu segundo pai.

Mara olhou para William, impressionada, mas George percebeu que ela não o havia reconhecido.

— Estávamos em Cabo uma vez e fomos a uma pesca submarina. Você se lembra? De como eu vomitei o convés inteiro?

— Esse era eu — disse George. — Eu que fui com você.

— Não — retrucou Benji —, sem chance.

— Era eu — afirmou George.

Benji encarou William e os dois trocaram um olhar.

— Desculpa — disse, a voz mais suave —, mas eu me lembro de ter ido com esse cara. — Benji bateu levemente com o punho no ombro de William. — Lembro que ele levou amendoim da marca Circus e disse que era para eu fisgar um peixe-palhaço, certo?

William encolheu os ombros, afável.

— Talvez tenha sido seu pai, não? Faz muito tempo.

De qualquer modo, verdade seja dita, aquilo parecia coisa de William, aquela gracinha com o amendoim, e George sabia que estava enganado, é claro que estava enganado, sabia que a lembrança querida do filho não o incluía. William e Benji começaram a falar de uma viagem que todos eles tinham feito para Wyoming. Outra viagem que George tinha esquecido. Ou talvez essa tenha sido depois do divórcio, uma viagem da qual ele nunca nem soube. Ninguém notou que George estava em silêncio. Ele passou a língua pelos dentes; a pipoca tinha deixado resíduos em sua boca, uma secura química. Viu-se no espelho do saguão; estava fazendo careta, a gengiva opaca e exposta. São tantas as oportunidades, aqui na Terra, para passar vergonha. Mara sorriu para ele, um sorriso inexpressivo, uniforme. Aquilo o alegrou um pouco. Ela era uma garota bonita. O que é que dizia o artigo no *Times*? *Eu estava simplesmente grato por ter sido um ser senciente neste mundo.*

* * *

O CINEMA FEDIA UM pouco a umidade, todos amontoavam os casacos molhados na poltrona da frente. A sala não estava cheia, nem de longe. Setenta pessoas, no máximo. Talvez cem, George se corrigiu, seja generoso. George sentou-se entre William e uma poltrona vazia. Para Benji. Na seguinte, estava sentada Mara, toda composta, sua jaqueta laranja embolada no colo. Estava segurando outro balde de pipoca e parecia quase radiante de empolgação. Ela realmente adorava o filho de George. O filho dele, que estava em pé lá na frente, ainda de chapéu. Durante um minuto excruciante, Benji tentou, sem sucesso, ajustar a altura do pedestal do microfone. Continuava a lançar olhares para a plateia, dizendo coisas que ninguém conseguia acompanhar.

— Não estamos ouvindo! — gritou uma voz.

Benji finalmente tirou o microfone do pedestal.

— Bom, vamos lá — disse. — Desculpem pelas, hum, dificuldades técnicas.

Ele fez uma pausa. George demorou um pouco a entender que a pausa era para uma reação. Ouviram-se algumas risadas esporádicas, um assobio de um de seus amigos da faculdade.

— Ben-*jiii* — gritou alguém.

Benji curvou a cabeça em agradecimento.

— Eu só quero dizer que é realmente uma honra ter feito este filme. Foi um verdadeiro aprendizado, sem dúvida, mas também foi uma experiência bonita, só um belo encontro de pessoas.

Era nítido que Benji estava curtindo o som da própria voz, o fato de ser o foco de uma plateia. George se lembrava muito bem dessa sensação, mas não se devia demonstrar que estava gostando, muito menos da maneira óbvia como Benji mostrava, pavoneando-se de um lado para o outro, enrolando o cabo do microfone na mão.

— Ah, sim, também quero agradecer a todos que ajudaram. — Ele fez outra pausa para olhar na direção das poltronas. — Praticamente todo mundo que está nesta sala... alguns nos deram apoio espiritual, outros nos deram dinheiro, mas não teríamos conseguido sem nenhum de vocês.

As mãos de Benji se uniram em volta do microfone em uma posição vulgar de prece; ele se curvou ligeiramente na direção da plateia.

— E um agradecimento especial ao cara que deu início a tudo, que despertou minha paixão por tudo isso. — Ele gesticulou, indicando o cinema.

George mudou de posição, constrangido. Era chegada a hora.

— William Delaney — concluiu Benji. — O primeiro e único, e ele está aqui hoje e... uau! — Benji estava radiante sob as luzes. — Sem palavras. Uma lenda.

As pessoas se viraram para olhar para eles; William levantou a mão, acenou gentilmente com cabeça. O flash de um telefone. George não mexeu o rosto. Monte Rushmore. Quando as pessoas começaram a aplaudir, ele aplaudiu também.

— Por último, mas não menos importante — disse Benji —, quero agradecer publicamente ao meu velho. Outra lenda. George Friedman.

O volume das palmas diminuiu ligeiramente. George sentiu que as pessoas estavam perguntando umas às outras quem ele era. William estava sorrindo em sua direção, assim como Mara. Ele também sorriu. Aquelas eram pessoas boas. No palco, o filho articulou um "Obrigado" silencioso. Será que ele conseguia enxergar George sentado ali ou estava só adivinhando onde o pai estava? George pensou que talvez devesse se levantar, dizer algumas palavras. Haveria uma versão de sua vida em que ele se levantava agora e fazia um discurso sobre o filho? De qualquer maneira, essa versão não era aquela ali. Qualquer oportunidade que talvez tivesse se aberto para tal acontecimento, àquela altura, já havia se fechado. Benji prosseguiu.

— E, por favor, ajudem na promoção, divulguem. Facebook e Twitter e tudo o mais. Por toda parte. Queremos que o mundo veja esse filme. — Ele olhou em volta, seu rosto brilhante sob as luzes. — Ah — disse —, espero que vocês gostem.

NO TOTAL, DUROU MENOS de cinquenta minutos. Longo demais para ser um curta e curto demais para ser um longa, e o mundo não o veria — só seria exibido naquele cinema, na Rua 12, naquela noite de 2019. Só os direitos autorais das músicas custariam milhões — era basicamente um videoclipe dos maiores sucessos dos Beatles. Entremeado de entrevistas com os amigos de Benji e várias pessoas que pareciam ser professores adjuntos do Santa Monica City College. O barulho do trânsito tornara inaudível uma entrevista inteira, alguém sentado em um banco de um parque público, olhando para a lente com os olhos semicerrados. De tempos em tempos, o rosto grande e corado do filho aparecia balançando na tela, maior do que George jamais vira. "O Oxford English Dictionary", entoava Benji, "define amor como um sentimento ou expressão de profundo afeto ou ternura em relação a alguém." Um primeiríssimo plano de Benji: seu queixo afundado, um sopro de insegurança, uma irritação na pele da mandíbula causada pela lâmina de barbear.

Quando criança, Benji era obcecado por todos os filmes que George odiava, todos os filmes barulhentos, como aquele produtor costumava chamá-los. Primeiro Ato: preparar a barulheira. Segundo Ato: barulheira. Terceiro ato: mais e mais barulheira. Que barulheira era aquela? Explosões, perseguições de carros, tiroteios, sangue e entranhas. George nunca chegara perto desse tipo de coisa — o maremoto que engole a cidade, o trem que descarrila. Não acompanhara todos aqueles efeitos, a computação gráfica. Um novo mundo surgiu e o pegou de surpresa. Bom, talvez lhe faltasse certa tolerância, a capacidade de aceitar as mudanças. Afinal, o que havia de errado com as coisas barulhentas, as fórmulas? George achava aqueles filmes muito previsíveis, mecânicos. Era fácil demais amá-los. Tentou explicar isso a Benji uma vez, em uma época em que ainda acreditava que o estava educando, que o filho absorveria aquelas lições e ficaria grato. Não foi o que aconteceu. E, de qualquer maneira, era exatamente daquilo que Benji gostava nos filmes, o que o fazia assistir a *Duro de matar* repetidas vezes. Quem não gostaria de imaginar que a vida talvez tenha uma forma, uma fórmula? Imaginar que os anos não simplesmente passaram por você? Noite escura da alma, tudo está perdido — depois o momento da vitória, a reviravolta, tudo fica bem, reunião, lágrimas. O herói vence. *Fade out*. Créditos.

* * *

QUANDO VOLTARAM PARA A calçada na frente do cinema, as ruas estavam brancas. George olhou para cima e a neve caía, surgindo em meio à escuridão. Alguém tinha desmontado o painel para fotos. A equipe já estava preparando a sessão da meia-noite de algum outro filme, um terror japonês. William se aproximou de George.

— Então — disse, vestindo as luvas —, vamos indo?

A festa pós-projeção era em um loft a dez quarteirões dali, mas William recusou o convite.

— Não tenho mais idade — disse ele. — Prefiro deixar que os jovens se divirtam. Mas te dou uma carona.

Um carro preto já estava esperando no meio-fio. O motorista de William saltou para abrir a porta traseira, depois ficou parado um instante, olhos voltados para o chão.

O carro era silencioso e quente. William estava de braços cruzados, a cabeça inclinada para trás. Os olhos fechados.

— Noite divertida — falou. — Benji é um bom garoto.

— Sim — concordou George. Eles não falariam do filme. George entendeu que isso era uma gentileza de William.

— Você fez um bom trabalho — disse William, abrindo os olhos. Deu um tapinha no braço de George.

Bom em que sentido, exatamente?, George poderia perguntar. Em vez disso, assentiu, olhou pela janela. Estava cansado. Os dois estavam. Seria uma viagem rápida.

WILLIAM TINHA IDO EMBORA, já estava em casa, ao lado da esposa na cama, e ali estava George, naquele loft que pertencia a um estranho. A festa ficou enfumaçada demais, então alguém abriu todas as janelas, o que permitiu que o frio entrasse. George estava de casaco e cachecol. Continuou sentado no sofá até três garotas tomarem conta da outra ponta, dando risinhos, amontoando-se em volta de um celular como se fosse uma fonte de calor. Depois ele ficou um tempinho perto da porta, curvado dentro do casaco. George não conhecia nenhuma daquelas pessoas. Benji estava dando aos convidados doses de tequila, sua camisa havaiana meio aberta, suando tanto que parecia estar derretendo. Ele estava se divertindo de maneira quase violenta, beijando mulheres no rosto, jogando o braço em volta do pescoço dos amigos. George suponha que ele estava orgulhoso de si mesmo. Mara estava sentada na beirada de um banco, catando pistaches de uma tigela, um copo plástico com vinho no balcão. Olhava as fotos na parede. Quando George ocupou o banco ao seu lado, ela se assustou um pouco.

— Ah, oi, sr. Friedman — disse, ainda mastigando um pistache.

— Está se divertindo?

— Ah, sim, muito — falou, cobrindo a boca com a mão enquanto engolia. — Está divertido.

Os jovens não sabiam fazer perguntas, manter um diálogo. Em circunstâncias normais, ele teria ficado chateado, mas não naquela noite.

— Eu também — disse ele. Pela janela, George via a neve caindo. — Estou me divertindo muito.

A garota olhou para ele, depois para o próprio colo. Será que ela alguma vez pensaria nele, dali a muitos anos, quando ele já tivesse deixado de existir?

— Você gostou do filme? — perguntou George.

— Gostei. É legal assistir em um cinema de verdade. Em vez de, tipo, ele fazendo um trecho de cada vez. — Mara pegou o copo e deu um gole. — O Benjamin trabalhou muito nesse filme.

— É mesmo?

Ela anuiu.

— Sim, mesmo. O tempo todo.

— Bom — disse George. — Muito bom.

O rosto de Mara se iluminou, ela estava sorrindo e George sentiu que estava retribuindo o sorriso — um reflexo —, mas ela estava sorrindo para Benji, que tinha chegado por trás de George e envolveu Mara em um abraço, levantando-a do banco.

— Venha conhecer umas pessoas — chamou Benji, fazendo-a girar, a saia levantando ainda mais conforme ela tentava abaixá-la. Benji fez cócegas e ela riu, afastando a mão dele com um tapa.

— Até mais, sr. Friedman — disse Mara por cima do ombro de Benji.

Benji se virou para ele, só por um instante.

— Tudo bem, pai?

George anuiu.

O filho abriu um sorriso. Seu filho com cara de lua, bêbado e suado, fedendo a maconha. Benji. *Benjamin*. E depois sumiu.

A babá

— NÃO TEM MUITA coisa em casa — disse Mary. — Desculpe.

Kayla olhou em volta e deu de ombros.

— Nem estou com tanta fome.

Mary pôs a mesa, posicionou as louças Fiestaware coloridas sobre jogos americanos, ao lado de guardanapos de tecido com franjas. Comeram pizza de micro-ondas.

— É preciso acrescentar algo fresco — disse alegremente Dennis, o namorado de Mary, empilhando folhas de espinafre de uma embalagem plástica sobre a pizza. Parecia satisfeito com a própria engenhosidade. Kayla comeu o espinafre, deu umas mordidas na borda. Mary serviu mais água para Kayla.

Quando pediu uma cerveja, Kayla viu Mary e Dennis se entreolharem.

— Claro, querida — disse Mary. — Dennis, temos cerveja? Dá uma olhada na geladeira da garagem.

Kayla bebeu duas durante o jantar, depois uma terceira na varanda, suas pernas encolhidas embaixo do imenso moletom com capuz que ela havia pegado no quarto do filho de Mary. A vegetação do quintal dos fundos fazia com que tudo que estivesse além parecesse falso: a silhueta da cidade lá embaixo, as estrelas. A recepção era péssima neste ponto do cânion. Ela poderia tentar chegar mais perto da estrada de novo, ir até a extremidade da cerca do vizinho, mas Mary notaria e diria algo. Ela sentia Dennis e Mary observando-a da cozinha, monitorando o brilho de sua tela. O que eles poderiam fazer, confiscar seu telefone? Kayla pesquisou o nome de Rafe, depois pesquisou o próprio nome. Os números haviam crescido. Que pesadelo era essa matemática, a triplicação frenética dos resultados, e como era estranho ver o próprio nome daquela maneira, preenchendo página após página, aparecendo no meio de textos escritos em línguas estrangeiras, pairando sobre imagens do rosto familiar de Rafe.

ANTES DE TERÇA-FEIRA, QUASE não existiam registros de Kayla; uma velha página de angariação de fundos dos Estudantes por um Tibete Livre; um blog publicado por uma prima de segundo grau com fotos de uma reunião de família de anos atrás, Kayla adolescente, aparelho nos dentes, um prato de papel envergado de tanto churrasco nas mãos. A mãe de Kayla chegou a ligar para a prima pedindo que ela excluísse a foto, mas, àquela altura, já tinha virado uma das relíquias da internet.

Havia registros recentes? Tinham desencavado fotos de Kayla se arrastando atrás de Rafe e Jessica, segurando a mãozinha minúscula de Henry. Rafe de jeans e camisa de botão, cercado de mulheres e crianças. Eram as únicas fotos que Kayla tinha dela e Rafe juntos. Era estranho, não era? Deparou-se com uma nova foto — ela estava mais ou menos apresentável. Percebeu ali que aquele jeans que costumava adorar não a valorizava tanto quanto imaginava. Salvou a foto no telefone para poder dar zoom mais tarde.

Kayla se forçou a fechar os resultados da pesquisa, depois atualizou a lista de mensagens. Uma trégua de uma fração de segundo durante a qual ela podia acreditar que as forças do universo talvez estivessem se alinhando e direcionando uma mensagem de Rafe para ela. Antes que a tela terminasse de carregar, ela sabia que não haveria nada.

— VOCÊ PRECISA DE alguma coisa, querida? — Mary estava em pé na entrada da varanda, apenas uma sombra escura. — Eu acenderia a luz para você, mas aqui fora está sem lâmpada.

Mary havia sido colega de quarto da mãe de Kayla na faculdade, agora era terapeuta especializada em dependência química e alcoólica. A mãe de Kayla quis que ela pegasse um avião para casa — "Eu compro a passagem", disse, "por favor"—, mas os fotógrafos logo correram para o rancho em Colorado Springs. Estavam esperando por Kayla. Então a mãe ligou para Mary, a colega de quarto da época da faculdade, Mary, a testemunha de seu discreto casamento civil, ao qual logo se seguiu um divórcio. Era fácil imaginar o que Mary pensava de Kayla. Um desperdício, era o que ela provavelmente achava, Kayla com apenas 24 anos e agora aquilo. Mary provavelmente pensava que aquilo nada mais era do que o resultado de um pai ausente, uma mãe assoberbada.

Como Kayla poderia explicar? Aquilo parecia correto, a medida correta das coisas. Kayla sempre esperou que algo do gênero acontecesse com ela.

— Sem problema — disse Kayla, usando um tom exageradamente educado.

— Vamos começar a assistir a um documentário — disse Mary. — É sobre uma garota que foi a primeira falcoeira da Mongólia. — Ela fez uma pausa. Quando Kayla não esboçou qualquer reação, Mary prosseguiu: — Parece ser muito bom.

Mary, com suas camisas largas de linho e seus sapatos oxford prateados, era o tipo de mulher mais velha que as garotas sempre diziam que queriam se tornar. Mary, com sua grande casa nos cânions, todo aquele madeiramento dos anos setenta intacto. Ela provavelmente deixava que o filho adolescente a chamasse pelo nome. Kayla entendia que Mary era uma pessoa legal, mas não acreditava muito naquilo; Mary a irritava.

— Na verdade — disse Kayla —, estou bem cansada. Acho que vou para a cama.

Mary queria dizer algo mais? Era bem provável.

— Obrigada mais uma vez por me receber — acrescentou Kayla. — Vou tentar dormir agora.

— O prazer é todo nosso. — Mary hesitou, provavelmente se concentrando para dispensar alguma pérola de sabedoria, algum salmo de uma ex-viciada. Antes que Mary pudesse falar, Kayla sorriu para ela, um sorriso profissional. Mary pareceu desestabilizada e Kayla aproveitou aquele momento para pegar sua cerveja e seu telefone, passar na frente de Mary e seguir para o quarto. O filho de Mary havia coberto a porta do quarto com fita sinalizadora e colado um cartaz que dizia PERIGO: MANTENHA DISTÂNCIA e um adesivo com um símbolo nuclear. Sim, sim, já entendemos, pensou Kayla, você é um merdinha tóxico.

O FILHO DE MARY estava passando as férias escolares com o pai, e Mary, é claro, tinha tentado tornar o quarto agradável: deixou uma pilha de toalhas limpas para Kayla, um sabonetinho de um hotel ainda na embalagem e, na mesinha de cabeceira, *The Best American Essays*, de 1993. Mesmo assim, o cômodo cheirava a adolescente, ranço de Old Spice e loção barata para bater punheta, roupa esportiva suada dentro do armário. Kayla deitou na cama bem-arrumada. Os pôsteres de surfe em todas as paredes mostravam homens bronzeados de mamilos rosados em pranchas no meio de ondas enormes, quase translúcidas. Os pôsteres eram uma espécie de pornografia da cor azul.

Ainda nenhum sinal de Rafe. O que fazer, senão continuar existindo? Uma sensação de irrealidade vibrava sob cada segundo, um pânico não totalmente negativo. Ela se pegou testando a formulação da frase, imaginando como descreveria aquela sensação para Rafe caso ele ligasse. Sentiu-se orgulhosa do resultado: *É como se eu tivesse sido arrancada da minha própria vida*. Repetiu a frase em silêncio, para si mesma, e seu coração bateu mais forte. Dramática. Sentia-se bem, desde que conseguisse dormir, desde que houvesse a opção de apagar tudo — ainda tinha alguns dos soníferos de Rafe, receitados para ele sob um nome falso. Pegou um saco plástico da mochila e tirou um comprimido de Sonata, em seguida partiu com os dentes uma lasca amarga. Melhor poupar, guardar um pouco para depois. Pressionou o dedo úmido contra o saquinho para pegar os resíduos, depois desistiu e engoliu a segunda metade do comprimido com o último gole de cerveja.

Não havia nada de interessante para futricar nas gavetas do filho de Mary — cuecas samba-canção bem dobradas, camisetas de várias colônias de férias com temas cada vez mais psicóticos: colônia dos astros do rock, colônia de design de moda. Uma caixa de charutos com moedas e um par de abotoaduras feitas de teclas de máquina de escrever, um anuário no qual só meninas haviam escrito. Ela folheou o livro: o garoto parecia frequentar o tipo de escola onde todos aprendiam a tricotar em vez de arrumarem receitas para comprar anfetaminas. Uma carta bonachona de um professor ocupava uma página inteira no final. Ela duvidava que o garoto a tivesse lido alguma vez. Mas ela leu, sentada na beirada da cama de solteiro — era estranhamente comovente, ou, talvez, fosse só o Sonata começando a fazer efeito, o modo como seus pensamentos se tornavam arrastados, o obturador começando a ficar mais lento.

Max: tenho muito orgulho de você e de tudo o que você conquistou este ano. Mal posso esperar para ver o que você vai fazer neste mundo! Você é uma pessoa muito especial — nunca se esqueça disso!

Ela conseguia ouvir os sons do documentário vindo da sala de estar, a música mongol cada vez mais intensa e urgente. Podia apostar que Mary estava ficando com os olhos marejados agora, emocionada pela imagem de um falcão em pleno voo ou pelo close da mão de um velho, o vento castigando alguma planície mongol. Na faculdade, Kayla conheceu uma garota adotada que era da Mongólia. O nome dela era Dee Dee, e Kayla só lembrava que ela costumava tomar banho com a cortina aberta, ficava espremendo o rosto na pia, deixando pequenos projéteis de pus no espelho. Por onde andava Dee Dee?

Kayla estava ficando cansada. Sabia que devia se levantar e apagar a luz, tirar as lentes de contato, o sutiã. Não se mexeu.

Será que Dee Dee se lembrava dela? Será que tinha ouvido a notícia?

Você é uma pessoa muito especial, pensou Kayla. Uma pessoa. Muito. Especial.

DENNIS É QUE FOI buscá-la. Kayla não tinha o próprio carro, antes usava um dos de Rafe e Jessica. Essa era uma das coisas que tornavam o trabalho atraente, o carro, embora parecesse uma grande bobagem agora, outro cabresto que prendia sua vida àquelas pessoas. Kayla viu Dennis se aproximar no Volvo — ele precisaria avançar lentamente em meio aos fotógrafos na entrada principal. Parou no portão e esperou que abrissem. Estava usando uma viseira com a borda carcomida pelo tempo, um colete de lã com um bordado do logotipo de uma marca de vitamina. Parecia um animal triste e cansado atravessando os portões de segurança e, por um instante, Kayla sentiu que havia feito algo terrível. Fazer alguém como Dennis ir a um lugar daqueles. Por motivos como aqueles. Mas ela não era uma pessoa realmente horrível, era? A vida é longa, disse a si mesma, abrindo a porta do carro. As pessoas sempre diziam coisas daquele tipo, a vida é longa.

— Essas são todas as suas coisas? — perguntou Dennis.

— São.

Só uma bagagem, uma mochila. Ela tinha pegado tudo, até os brincos que foram presente de Jessica, o vestido ainda com as etiquetas. O conteúdo das infinitas sacolas de brindes, perfumes e cosméticos, inúmeras loções, uma varinha de eletroestimulação facial, itens que Kayla pesquisava na internet, descobrindo o preço exato no varejo, somando os valores até ficar um pouco embriagada. Kayla não se sentia culpada, ainda não. Será que algum dia se sentiria? Estava sendo filmada pelas câmeras de segurança ao entrar no carro de Dennis. Será que Jessica assistiria àquelas imagens? E Rafe? Tentou forçar um sorrisinho, por via das dúvidas.

KAYLA HAVIA CONHECIDO JESSICA na entrevista, depois de já ter sido aprovada pela agência. Jessica chegou atrasada e logo sentou-se à mesa. Estava distraída: seu colar tinha prendido no suéter.

— Você não poderia... — Jessica gesticulou e Kayla cuidou de tudo, abrindo delicadamente o fecho, tentando não puxar para que o suéter não esgarçasse. Kayla estava curvada, perto do rosto de Jessica: de sua pele levemente bronzeada, os cabelos quase da mesma cor, todas as suas feições tão pequenas e simétricas que Kayla mal conseguia desviar o olhar, absorta na beleza impecável da garota. Kayla sentiu uma euforia curiosa — já tinha desperdiçado tanto tempo tentando ser bonita e agora estava óbvio que era impossível. Constatar isso foi quase um alívio.

— Pronto. — Kayla terminou de soltar o colar e ajeitou o suéter de Jessica. Era marrom-avermelhado, de cashmere.

Jessica tocou distraidamente na correntinha, depois sorriu para Kayla:

— Você é um amor.

AS ÚLTIMAS NOTÍCIAS DIZIAM que as mensagens de Rafe estavam conectadas ao iPad do menino, foi assim que Jessica havia descoberto, e era incrível imaginar de onde aquela informação provinha, como aqueles fatos tinham vindo à tona. Porque, de qualquer maneira, aquela parte era verdade: àquela altura, Kayla já trocava mensagens com Rafe sem muita cautela e, embora ele raramente respondesse, Jessica deve ter logo sacado o que estava acontecendo.

O jogo favorito de Henry no iPad era ambientado em uma lanchonete virtual onde se preparava cachorros-quentes e hambúrgueres, um relógio marcando a contagem regressiva. Kayla tentou jogar uma vez e encharcou a camisa de suor de tão agitada que ficou. Os hambúrgueres viviam queimando, a máquina de refrigerante, quebrando. Os clientes se irritavam e iam embora.

Henry tirou o iPad das mãos dela com uma paciência exagerada.

— É fácil. É só não pegar as moedas imediatamente. Assim você tem mais tempo.

— Mas o objetivo não é conseguir um monte de dinheiro? — perguntou ela.

— Assim fica rápido demais — explicou Henry. Parecia estar com pena dela. — O jogo está enganando você.

NO ANIVERSÁRIO DE 8 anos de Henry, Kayla comprou para ele uma máquina que gaseificava água e um livro que ela adorava quando era criança. Leu-o em voz alta enquanto Henry olhava para o teto. Ele parecia estar gostando do livro, mas o final pegou Kayla de surpresa; ela não lembrava que o velho morria de forma tão violenta, que o órfão crescia e não era muito feliz. À tarde, quando a governanta já tinha ido embora e Henry estava na escola, o ambiente parecia ficar mais calmo. Era estranho andar pelos quartos, abrir os armários. Tocar nos vestidos pendurados, nas calças de Rafe, nos suéteres dobrados com papel de seda.

Na verdade, ela era uma garota inteligente. Tinha estudado história da arte. Na primeira aula — quando o professor Hunnison apagou as luzes e deixou todos sentados no escuro —, a maioria dos alunos tinha 18 anos, crianças ainda, garotos e garotas que até então só haviam dormido em casa. Em seguida veio o zumbido do projetor e, na tela, apareceram portais suspensos de luz e cor, quadrados de beleza. Era como uma espécie de magia, foi o que ela pensou na época, quando pensamentos como aquele não pareciam constrangedores.

Às vezes, o fato de ela um dia ter tido interesse ou capacidade suficiente para terminar dissertações parecia um mistério. Giotto e a reinvenção do texto de Voragine em seus afrescos. O desafio de Rodin às noções clássicas de objetivos iconográficos pré-estabelecidos, os corpos de Michelangelo como instrumentos da vontade divina. Era como se outrora ela tivesse sido fluente em outra língua, agora esquecida.

Antes do almoço, Henry comia gomas de óleo de peixe em formato de estrela. Kayla também gostava — uma para ele, duas para ela. Eram cobertas de açúcar, mas o certo era ignorar essa parte e se concentrar na gordura de peixe, que fortalecia o cérebro e o tornava mais rosado e inteligente. Para o almoço, Kayla preparava queijos-quentes com pão integral e fatias de maçã. Eles comiam lá fora, segurando os sanduíches com um papel-toalha. Depois de comer, deitavam-se ao sol em silêncio, Henry ainda de calção de banho, Kayla com um maiô cuidadosamente escolhido para que não chamasse atenção.

Uma vez, Rafe puxou os fundilhos daquele maiô para o lado e bruscamente enfiou um dedo dentro dela. Foi na segunda ou na terceira vez? Kayla achava que era o tipo de pessoa que registrava certos detalhes em um diário. Colecionava vários deles: Rafe gostava de cochilar com um braço jogado em cima da cabeça. Nas costas de Rafe tinha algumas cicatrizes de acne da adolescência, mas ele disse para ela que eram de um acidente de escalada. Estranho como aqueles fatos acabariam significando algo para outras pessoas também, estranhos que nem sequer o conheciam. Se você pesquisasse o nome dele na internet, estava tudo lá — alergias, estatura aproximada, fotos dele quando jovem. Ela fingia que nunca tinha visto nada daquilo. Entre eles, era sempre assim: fingir não saber.

Deve ter sido a terceira vez, a vez com o maiô. Os lençóis no anexo da piscina cheiravam a filtro solar. Por baixo do lençol, Rafe estava com a mão em cima dela, de olhos fechados. Kayla olhou para seu rosto inexpressivo, bonito — era sempre estranho tocá-lo, era como tocar a lembrança de alguém.

— Como começou sua carreira de ator? — perguntou ela, a voz embriagada e grave, nenhum dos dois totalmente acordado.

— Eu era bem jovem… — disse Rafe. Um ator visitante do programa Arte nas Escolas se apresentou para a turma dele. — Você deve lembrar, estávamos em Iowa, em janeiro.

Isso foi antes de ela ter lido todos os artigos. Rafe contou a história de maneira tão hesitante que ela deduziu que se tratava de algum segredo, algo precioso, garimpado por ele nas profundezas da própria psique.

Ao que parece, o ator visitante abriu todas as janelas da sala de aula, rajadas de ar gélido soprando enquanto Rafe caminhava na frente das carteiras recitando *Hamlet*.

— Pirei com aquilo — disse ele. — De verdade.

— Que gracinha. — Kayla imaginou um Rafe criança, comovido por coisas de adultos.

Certa noite, durante o jantar, ele estava com um pedaço de comida nos dentes — aquela visão causou em Kayla um incômodo quase erótico — até que Jessica finalmente esticou a mão e o tirou com um peteleco. Era isso o que ela não conseguia explicar; Kayla o odiava e o amava ao mesmo tempo e, em parte, talvez fosse porque ele era burro.

Depois ela leu a história sobre *Hamlet* quase palavra por palavra em várias entrevistas.

* * *

RAFE FICOU FORA QUASE um mês, filmando a oito fusos horários de distância, mas, assim que as férias de inverno começaram, Henry e Jessica tomaram um avião para encontrá-lo, e Kayla foi junto, com o salário dobrado. Ela tinha o próprio quarto de hotel, perto do set. Do outro lado da janela, longe das paredes brancas do hotel, caminhões de gasolina circulavam nas ruas de terra.

Quando eles chegaram, Rafe mal olhou para ela. Fazia sentido, Kayla disse a si mesma. Jessica estava sempre perto, ou então algum assistente aparecia para "convidar" Rafe a ir até o set. As pessoas sempre "convidavam" Rafe a fazer as coisas que ele devia fazer de qualquer jeito. Em um jantar para o elenco, ele beliscou os mamilos dela, com força, em um corredor nos fundos do restaurante, o hálito dele exalava o aroma da cerveja local: noz-de-cola e absinto. Na época, ela riu, embora alguns garçons parecessem ter notado — além de um dos produtores, a julgar pelo seu sorrisinho. Na verdade, eles só ficaram a sós uma vez. Jessica tinha mandado Kayla subir até o quarto para pegar o filtro solar de Henry. Ela abriu a porta, usando o cartão eletrônico de Jessica, e lá estava Rafe assistindo a uma luta de boxe na TV, as cortinas fechadas.

— Oi. — Ela foi encaminhando-se para beijá-lo e ele se atrapalhou, beijando-a de lábios cerrados. Ele estava corando? Era estranho. Mesmo assim, transaram rapidamente, com o vestido dela levantado, a colcha na cama ligeiramente mexida. Ela entrou no banheiro para se limpar, atenta ao puxar a descarga para que o papel higiênico desaparecesse. Na época, ainda estava sendo cuidadosa. O filtro solar estava na bancada. Quando ela voltou para o quarto, Rafe já estava de novo atento à TV, inexpressivo, a colcha arrumada, como se absolutamente nada tivesse acontecido.

ERA A FOLGA DE Kayla; Jessica havia levado Henry para passar a tarde em uma das aldeias nas montanhas. Kayla cochilava no quarto fresco, embaixo do mosquiteiro que fazia tudo parecer envolto em fumaça. Nos primeiros dias, ela tinha se sentido bem, mas teve uma reação atrasada às vacinas exigidas, o branco de seus olhos ficou leitoso, sonhos se insinuavam nos momentos em que estava acordada. Ela bebia água engarrafada o dia todo, mas sua urina tinha um tom marrom pouco natural, parecia lamacenta e fedia a enxofre.

Acordou do cochilo grogue e com calor, a queimadura de sol latejava. O médico do set disse para ela continuar bebendo água, prestar atenção se seus pensamentos estavam nebulosos. O espectro do Pernalonga no quarto do hotel era um pensamento nebuloso?

Você é uma garota bonita, disse ele.

O Pernalonga dizia aquelas coisas sem mexer a boca. Eram pensamentos transmitidos do cérebro dele direto para o de Kayla, uma vibração no ar entre eles. Às vezes, ele se deslocava de um lado para outro, uma espécie de sapateado em câmera lenta. Tudo o que ele fazia era lento. O Pernalonga. Ela sorriu na cama. O Pernalonga não tinha outros compromissos. Ele não disse aquilo com todas as letras, mas ela entendeu, o sentimento estava lá, em seus grandes olhos embaçados — ele ficaria com ela naquele quarto de hotel o dia todo. Se ela quisesse.

Devo ir visitar Rafe, você não acha?

Ela disse isso, ou pensou.

Não sei. O Pernalonga piscou. Isso é o que você quer?

Ele era tão esperto.

Devo ir. Ela tentou espremer outro pensamento de seu cérebro inflamado. Eu vou. Preciso ver Rafe.

O Pernalonga se curvou um pouco — uma reverência melosa, lenta. Se é o que você precisa fazer.

KAYLA PÔS UM VESTIDO e tomou um suco de abacaxi com vodca no bar do hotel. Eles estavam filmando perto das colinas naquele dia, tão perto que Kayla atravessou em dez minutos as dunas cheias de mosquitos-palha e cocô de cavalo. O vestido ficou todo suado no caminho até o set. Estavam todos lá sem fazer nada. Rafe acenou com a cabeça, mas não foi cumprimentá-la. Parecia aborrecido. Haviam escurecido demais as sobrancelhas dele; estava parecendo um palhaço. Talvez ficassem bem na tela. Ela notou que ele estava irritadiço, com fome, impaciente, querendo tomar um banho, querendo tomar um drinque. Ela pressentia quando Rafe ia espirrar, quando ia coçar o nariz. Será que um dia ele conheceria aquela sensação? Aquele nível tão preciso, quase psicótico, de sintonia com outra pessoa?

— Por que eles estão parados? — perguntou Kayla a um dos caras da iluminação.

Ele mal notou a presença dela.

— Encontraram algo no visor.

— Ah. O visor?

O sujeito estreitou os olhos em direção ao nada, deu de ombros. Era impressão dela ou ele estava sendo grosseiro?

Não. A equipe não gostava mais de falar com ela. Aquele devia ter sido o primeiro sinal. As pessoas tinham um apetite animal por poder, podiam pressentir que a utilidade dela estava chegando ao fim.

Kayla acomodou-se em uma das cadeiras sob um toldo temporário do lado de fora de um *trailer*. O sol desbotava tudo, criando um aspecto precário, inacabado. A queimadura de sol dava a sensação de que sua pele tinha sido esticada. Ela coçou levemente o tornozelo. Se fosse só a queimadura, tudo bem, mas tinha também as feridas, aquelas mordidas vermelhas e inchadas. Esfregou um tornozelo no outro. Suavemente, suavemente. Parecia que nada estava acontecendo, mas todos estavam tensos. O continuísta estava fazendo palavras cruzadas no telefone. Ela observou a maquiadora entrar correndo e pressionar um lenço de papel na testa de Rafe. Ele se entregou a ela com grande paciência. Afinal de contas, era um bom ator. Kayla puxou o vestido, afastando-o das axilas, mas era inútil — o tecido ia ficar manchado, é lógico que ia.

A FILMAGEM EM SI ficava longe demais da tenda para que Kayla ouvisse alguma coisa. Ela observou Rafe dizendo algo, inclinando o rosto para o céu. Repetiram a cena. Que cena era aquela? Ela estava esperando que rodassem a sequência inicial. O diretor disse, no jantar em que todos ainda estavam sendo gentis com ela, quando era óbvio que ela estava dormindo com Rafe, para Kayla ficar de olho naquela cena.

"Alguns diretores a filmam imediatamente", dissera ele, "logo de cara. Os atores ainda não se entrosaram, percebe? Se você esperar demais, todo mundo começa a se odiar, começa a fazer tudo correndo. É como no último ano de escola. A gente programa a cena de modo que os atores estejam imersos nos personagens e isso transpareça."

Aquele era apenas o segundo filme do diretor. Ele tinha recebido uma bolada do estúdio. Parecia ter 20 anos. Continuava a brincar dizendo que não sabia fazer nada.

A filmagem havia parado novamente. Rafe estava caminhando na direção dela. Kayla se ajeitou e ficou em pé.

Ele estava suando, o rosto vermelho.

— Você está sentada na minha linha de visão — disse Rafe. — Não consigo fazer a cena se toda vez que levanto os olhos vejo você.

— Não estou na sua linha de visão — retrucou ela. Sentia que a maquiadora os estava observando.

— Você acha que não está, mas é a minha linha de visão, essa é a questão. É o que eu vejo. Não o que você vê. E eu estou vendo você.

— Tudo bem.

Ele arregalou os olhos, prestes a dizer algo, depois pareceu amolecer.

— Por que não vai nadar na piscina do hotel? Ou almoçar?

— Sim — disse ela. Sua voz estava fraca. — É uma boa ideia.

Kayla sabia que Rafe não queria causar escândalo. E ela não faria isso. Sorriu para o nada, para o horizonte vazio. A paisagem era coberta de arbustos, nada bonita, nada do que ela havia imaginado. Na verdade, era a primeira vez dela no exterior.

* * *

KAYLA NÃO SAÍA DA CASA de Mary havia três dias. A única vez em que saiu foi para fazer compras, alguém tirou fotos dela enchendo o tanque de gasolina do carro de Mary na volta. Estava usando óculos escuros de aviador e parecia infeliz nas fotos, os lábios finos, os cabelos amarelados e limpos demais. Ela não era bonita como Jessica. Aquela era a obviedade que as pessoas estavam dizendo, e Kayla bem sabia que era verdade, mas não entendia por que as pessoas sentiam tanta raiva dela, como se fosse pessoal. Ofereceram-lhe uma entrevista na TV. Uma quantia para que bebesse uma marca de água vitaminada da próxima vez que aparecesse em público. Uma entrevista na *Playboy* também, embora a revista aparentemente não estivesse mais fotografando nus.

Mary bateu fraquinho no alizar da porta.

— Tudo bem?

Kayla se sentou.

— Estou bem — disse. Pôs o telefone na cama, a tela para baixo.

— Dennis e eu vamos jantar na casa de uns amigos esta noite. Você deveria vir.

— Ah, não, tudo bem — recusou Kayla. — Sério. Posso ficar aqui.

— Você não deveria ficar sozinha — argumentou Mary. — Fico me sentindo mal. Como se você estivesse presa em uma armadilha.

— Não tem problema.

Mary franziu a testa, fez bico.

— Você vai se sentir melhor — insistiu. — São pessoas gentis. Ela testa receitas para livros de culinária, ele leciona na Occidental. Vai ser um grupo legal.

Mary ficou feliz por ela ter aceitado, Dennis também estava radiante quando eles se enfiaram no carro, até mesmo aqueles pequenos planos o animavam. Ele tinha se esfoliado até ficar com um brilho rosado, as mangas da camisa de golfe, embora curtas, chegando abaixo dos cotovelos. Mary dirigiu pelas estradas apertadas do cânion, Dennis no banco do carona, um braço em volta de Mary. Ele já tinha sido casado antes? Tinha filhos? Kayla não sabia. Ele parecia existir apenas na órbita de Mary, o namorado que colhia limões do quintal para levar à festa. Os dois continuavam a olhar para Kayla pelo retrovisor. Ela estava sentada no banco traseiro, ao lado de uma sacola de compras cheia de limões e uma garrafa de vinho tinto. Kayla estava usando o vestido dado por Jessica e o moletom do filho de Mary, os cabelos presos em um rabo de cavalo que não a valorizava. O vestido tinha um tecido bonito, uma espécie de mistura de linho e seda, cor de asfalto — ela o tocou distraidamente no ponto em que cobria os joelhos. Jessica fora gentil com Kayla.

Ninguém prestou muita atenção nela na festa. Todos eram mais velhos, ocupados com suas próprias vidas, com filhos que entravam e saíam correndo, um deles segurando um uquelele de plástico, outro berrando uma canção com números em francês. Era a primeira vez que Kayla pensava a respeito: é claro que havia pessoas no mundo que não conheciam ou não se importavam com Rafe e Jessica. A comida estava sobre uma mesa, os convidados circulando com pratos. Ela comeu salada de lentilha com um garfo de plástico, bebeu uma margarita aguada que estava em uma jarra e uma taça de vinho branco.

No corredor, Kayla passou por uma pessoa jogando o resto de um drinque em um vaso de planta. Ela não conhecia ninguém ali.

O lado de fora estava mais agradável. A piscina estava imóvel e refletia o brilho das luzes. Não havia ninguém por perto. As colinas eram uma massa escura ocasionalmente pontilhada por casas. Kayla sentia o cheiro da terra esfriando, o chaparral que rodeava a piscina, podia ouvir o som de uma fonte que ela não conseguia ver. Agachou-se para molhar a mão: a água estava em temperatura ambiente. Sentou-se de pernas cruzadas, a taça apoiada em seu colo.

Abriu as mensagens de texto. As últimas de Jessica eram de duas semanas antes, todas logísticas. Olhou para as fotos salvas, imagens de Rafe feitas por paparazzi, ele de braços cruzados. Até então, ela não havia notado como ele parecia aborrecido, assediado, cercado por Jessica e Kayla e Henry, pessoas que precisavam dele de alguma maneira. Coitado do Henry. Seus ombrinhos, seus cabelos imaculados. Seu rosto aberto, carente.

Kayla terminou o vinho.

Alguém abriu a porta. Era a filha dos anfitriões. Sophie, ou Sophia.

— Oi — disse Kayla. Sophie se agachou, mas não se sentou. Kayla sentiu seu hálito pungente de criança.

— Você está com frio? — perguntou Sophie.

— Não. Ainda não.

Ficaram em silêncio por bastante tempo. O silêncio era bom. Sophie parecia mais nova do que Henry. As bordas de suas narinas infantis estavam cobertas de ranho.

— Em que ano você está? — perguntou Kayla finalmente.

— Segundo.
— Legal.
Sophie deu de ombros, parecendo adulta, e começou a se levantar.
— Aonde você vai? — Kayla encostou em um dos joelhos de Sophie. A menina se encolheu com o toque, mas não parecia incomodada.
— Pro meu quarto.
— Posso ir junto?
Sophie deu de ombros mais uma vez.

O QUARTO DE SOPHIE era cheio de coisas, havia uma luminária de papel em formato de lua pendurada em cima da cama. Sophie apontou duas Barbies, nuas e de bruços sob um papel-toalha, seus dedos fundidos e ligeiramente sulcados.
— Fiz essa casa pra elas — disse a menina, indicando uma estante de livros vazia. Em uma das prateleiras tinha uma caixa de Band-Aid ao lado de uma Barbie deitada de lado em um vestido apertado e brilhante.
— Esse é o salão de festas — continuou Sophie —, olha só. — Ela girou um interruptor em um chaveiro de plástico com formato de flor e este começou a piscar luzes coloridas.
— Espera — disse ela, correndo para desligar a luz do teto. Sophie e Kayla ficaram em silêncio, o barulho da festa lá fora, o quarto de Sophie passando de vermelho para amarelo para turquesa.
— Bonito — elogiou Kayla.
Sophie assumiu um ar profissional.
— Eu sei.

A menina desligou a flor de plástico e acendeu a luz do teto. Kayla continuou calada e Sophie foi mexer em uma caixa no canto do quarto. Tirou uma máscara de papel e a levou ao rosto, uma máscara cirúrgica do tipo usado para se prevenir da Sars. Kayla sabia que Sophie continuaria segurando a máscara ali até que ela dissesse algo.

— O que é isso?

— Eu preciso — disse Sophie. — Porque fico claustrofóbica.

— Isso não é verdade.

— É, sim. — Sophie choramingou atrás da máscara. — Até na escola eu preciso usar.

— Você está de brincadeira comigo.

Sophie soltou a máscara e sorriu.

— Mas foi uma boa brincadeira — disse Kayla.

Ela se sentou na beirada da cama de Sophie. Os lençóis pareciam limpos, o algodão de boa qualidade emanando frescor. Sophie estava passando as Barbies de uma prateleira para outra, sussurrando consigo mesma. Kayla tirou as sandálias. Enfiou as pernas nuas embaixo dos lençóis e se cobriu.

— Você vai dormir? — perguntou Sophie.

— Não. Estou com frio.

— Você está doente e eu sou a enfermeira — disse Sophie, alegrando-se. — Na verdade, sou uma princesa, mas fui forçada a ser enfermeira.

— Hum.

— Você é minha filha. Está muito doente.

— Acho que estou morrendo. — Kayla fechou os olhos.

— A não ser que eu te dê um remédio — disse Sophie. Kayla ouviu ela remexendo nas coisas do quarto, o som de gavetas e caixas. Abriu os olhos quando sentiu um objeto macio pressionando sua boca. Era uma rosquinha de feltro, salpicada de granulado de feltro.

— Achei isso na floresta — anunciou Sophie. Sua voz tinha um tom grave, meio assustador. — Você precisa comer.

— Obrigada. — Kayla abriu a boca e provou o feltro sem gosto.

— Acho que está funcionando. — Alegrou-se Sophie.

— Não sei — disse Kayla. — Acho que preciso descansar um pouquinho.

— Tudo bem, querida. — Sophie deu um tapinha de leve na bochecha de Kayla. Era agradável. De olhos fechados, Kayla sentiu a menina pôr um guardanapo de papel sobre seu rosto, o guardanapo esquentando com a respiração. Era reconfortante ouvir Sophie caminhando no quarto, sentir o cheiro da própria boca.

— KAYLA.

Antes de abrir os olhos, ela imaginou que a voz masculina fosse do professor Hunnison. Por que aquilo a acalmava? Ele sabia que ela estava ali. Kayla piscou pesadamente e sorriu. Ele tinha ido vê-la. Queria o bem dela.

— Kayla!

Kayla abriu os olhos. Era Dennis, Dennis e sua camisa grande demais, seus antebraços peludos.

— Você precisa se levantar agora — disse ele. — Mary andou procurando por você, estava preocupada. Vamos para casa.

Kayla olhou atrás de Dennis, mas Sophie tinha sumido. O quarto estava vazio.

— Vamos lá — incentivou Dennis. Ele ficava olhando para a porta. Queria ir embora.

Kayla se sentia estranha. Tinha sonhado.

— Onde está a Sophie?

— Está na hora de ir embora, está bem? Vamos logo.

Do travesseiro, ela piscou para ele.

— Vamos, Kayla — repetiu Dennis, puxando as cobertas. O vestido tinha subido e sua roupa íntima estava aparecendo.

— Sinto muito — disse Kayla, levantando-se. Puxou o vestido para baixo, procurou as sandálias.

— Sente mesmo?

O tom da voz dele a surpreendeu; quando Kayla lançou-lhe um olhar rápido, ele fez questão de olhar para o chão.

Kayla sentiu o quarto à sua volta, a sandália barata em sua mão.

— Não sinto vergonha, se é isso que você está pensando.

Dennis começou a rir, mas só pareceu cansado.

— Meu Deus — disse, esfregando os olhos. — Você é uma boa garota. Sei que é boa pessoa.

A raiva que ela sentiu, quase ódio.

— Talvez eu não seja.

Os olhos de Dennis estavam marejados, aflitos.

— Claro que é. Você é mais do que isso.

Dennis esquadrinhou o rosto de Kayla, seus olhos, sua boca, e ela percebeu que ele estava vendo o que queria ver, confirmando alguma história redentora que havia contado a si mesmo a respeito dela. Dennis parecia triste. Parecia cansado e triste e velho. E o fato era que, algum dia, ela também envelheceria. Seu corpo começaria a ceder. Seu rosto. E então? Ela sabia desde já que não lidaria bem com aquilo. Era uma garota vaidosa, tola. Não era boa em nada. As coisas que um dia ela soube — Rodin! Chartres! —, tudo aquilo havia sumido. Existia um mundo em que ela podia retornar àquelas coisas? Na verdade, ela não tinha sido suficientemente esperta. Mesmo naquela época. Preguiçosa, procurando atalhos. Sua tese mofando na biblioteca da faculdade, cem páginas suadas sobre "A Expulsão de Joaquim do Templo". Ela mexeu nas margens e no tamanho das fontes até alcançar com muito custo o número de páginas exigido. Professor Hunnison, pensou, desanimada, você em algum momento pensa em mim?

Dennis guiou Kayla pelos últimos suspiros do jantar até a porta. Em que parte do caminho ele tinha arrumado aquele brownie? Ofereceu-o a ela, estava embrulhado em um guardanapo. Talvez estivesse se sentindo culpado. Kayla balançou a cabeça.

Dennis começou a dizer algo, depois parou. Encolheu os ombros e deu uma mordida no brownie, mastigando com avidez. Ele checou o telefone.

— Mary foi pegar o carro. Podemos esperar aqui. — Dennis estava de boca cheia, ignorando as migalhas que caíam em sua camisa, sujavam seus dentes. Quando percebeu que Kayla o observava, pareceu ficar constrangido. Deu cabo do brownie com uma mordida e limpou os lábios com o guardanapo. Pelo menos tinha desistido da ideia de dar um sermão. Convencê-la de que havia uma lição em tudo aquilo. Não era assim que o mundo funcionava. E não era um pouco trágico que Dennis ainda não soubesse disso?

Kayla sorriu e encolheu a barriga, por via das dúvidas — afinal, nunca se sabe. Talvez houvesse um fotógrafo escondido em meio à escuridão, alguém que já a espiava, que tivesse a seguido até ali, alguém que estivesse esperando, pacientemente, por sua aparição.

Arcádia

— EXISTE MARGEM PARA expansão — disse Otto no café da manhã enquanto lia o jornal grátis, de poucas páginas, que o pessoal dos orgânicos mandava para todas as fazendas. Otto bateu em um artigo com o dedo grosso, e Peter notou que a unha dele tinha sido pintada com um esmalte preto, ou com um marcador. Ou talvez aquilo fosse sangue pisado.

— Podemos desenhar uma folha ou qualquer outra merda no nosso rótulo — disse Otto, estreitando os olhos na direção da página. — Mesmo que seja só vagamente parecida com esta. As pessoas não vão notar a diferença.

Heddy fervia fatias de limão no fogão, cutucando a panela com um palitinho. Ela tinha colocado um vestido de malha e suas pernas estavam com manchas vermelhas. Toda manhã, desde que descobriu que estava grávida, bebia água quente com limão. "Corrige os níveis de pH", explicara a Peter. Tomava um copo da mistura, engolindo junto todas as vitaminas pré-natais, grandes cápsulas acinzentadas que cheiravam a ração para peixe, vitaminas que prometiam impregnar o bebê de minerais e proteínas. Era estranho para Peter imaginar as unhas do bebê endurecendo dentro dela, seus músculos se desenrolando. O inacreditável losango de seu coração.

Heddy olhou para o irmão e franziu a boca.

— Isso é meio idiota, não é? — disse ela. — Quer dizer, por que não fazemos logo a certificação de verdade?

Otto agitou a mão.

— Por acaso você tem alguns milhares de dólares sobrando? Você certamente não está contribuindo.

— Estou expandindo minha mente. — Ela estava começando o primeiro semestre de matérias obrigatórias na faculdade comunitária da cidade.

— Sabe o que mais se expande depois disso? — disse Otto. — Sua bunda.

— Vai à merda.

— Tá, tá. Eu tive que contratar mais gente e isso custa dinheiro.

Peter tinha visto os novos trabalhadores: um homem barbudo e uma mulher que se mudaram para um dos *trailers* havia algumas semanas. Tinham um menino pequeno.

— Tudo custa dinheiro — repetiu Otto.

Heddy estreitou os olhos, mas virou-se novamente para a panela, concentrando-se para retirar o limão.

— De qualquer forma — continuou Otto —, ainda podemos dizer "natural" e todo o resto.

— Parece bom — opinou Peter, tentando mostrar entusiasmo. Otto já estava virando as páginas, passando para algo novo. Parecia gostar de Peter tanto quanto de qualquer outra pessoa. Quando Otto descobriu que Peter havia engravidado Heddy, ele deu a ideia de Peter ir morar lá e trabalhar para ele. "Se me lembro bem, ela tem 18 anos", dissera Otto. "Não é mais problema meu. Mas se eu vir um único hematoma nela, acabo com a sua raça."

Foi nessa hora que Heddy pôs a mão no ombro de Peter: "Ele tá só brincando", dissera ela.

Peter se mudou para o quarto de infância de Heddy, ainda cheio de bonecas de porcelana e buquês esfarelados de bailes da escola, e tentou ignorar o fato de que o quarto de Otto ficava no fim do corredor. Otto administrava os sessenta hectares de pomares que circundavam a casa. O terreno ficava próximo o suficiente da costa para que grandes nevoeiros ensopassem as manhãs com neve silenciosa. Quando chovia, o riacho transbordava, um fluxo enlameado e gélido que empantanava as fileiras de macieiras. Peter preferia aquele lugar, os mil tons de cinza e verde em vez da mesmice quente e poeirenta de Fresno.

Quando ele e Otto terminaram o café da manhã — ovos direto da granja fritos em óleo e um pouco salgados demais —, Heddy já tinha ido até o quarto no andar de cima e voltado com todas as suas coisas, o zíper da capa de chuva já fechado, uma mochila de lona nos ombros. Ele sabia que ela já havia guardado ali dentro um monte de cadernos, um para cada aula, e os volumosos blocos de post-it. Ela certamente havia criado um código de cores para as canetas.

Otto se despediu com um beijo e deu um tapinha preguiçoso na bunda da irmã enquanto saía para ligar o aquecedor da picape, deixando Heddy e Peter a sós na cozinha.

— Heddy vai para Yale — anunciou ela, depois ajustou o capuz da capa de chuva e sorriu para Peter de dentro daquele círculo. Com o rosto isolado pelo capuz, ela parecia ter uns 12 anos, os pontos coloridos em suas bochechas tornando-a ainda mais parecida com uma personagem de desenho animado. Quase nada fazia Heddy acordar — os cachorros, o galo, tempestades — e isso era a prova de um núcleo moral superior que Peter imaginava existir dentro dela, íntegro e real como uma maçã vermelha. Inocência misturada com uma estranha sabedoria: sempre que eles transavam, ela ficava olhando para baixo, para vê-lo dentro dela.

— Você está bonita — disse Peter. — Termina às quatro, né?

Heddy anuiu.

— Chego em casa por volta das cinco — disse. Afrouxou o capuz e o puxou para trás, descobrindo os cabelos, as marcas do pente ainda visíveis.

PETER E OTTO PASSARAM o dia na picape de Otto quase em silêncio absoluto. Otto percorria as estradas do pomar, parando apenas para Peter sair correndo na chuva para abrir um portão ou catar a embalagem amassada e vazia de algum doce. Por mais que passassem tempo juntos, Peter não conseguia se livrar daquele nervosismo que sentia ao lado de Otto, uma formalidade cautelosa. As pessoas gostavam de Otto, achavam-no simpático. E ele de fato era, tinha aquele tipo de simpatia frágil que podia facilmente azedar. Peter nunca vira Otto fazer nada, mas já tinha se deparado com os fantasmas de sua raiva. Na primeira semana após ter se mudado, Peter reparou em um buraco na parede da cozinha aberto com um soco. Heddy só revirou os olhos e disse: "Às vezes, ele bebe demais." Disse a mesma coisa quando eles viram a lanterna traseira da picape amassada. Peter tentou agir com seriedade e até mencionou o próprio pai, relembrando uma das histórias menos escabrosas, mas Heddy o interrompeu. "Otto praticamente me criou", disse. Peter sabia que a mãe deles tinha se mudado para a Costa Leste com o segundo marido e que o pai havia morrido quando Heddy tinha 14 anos.

E eles se amavam, Otto e Heddy, tranquilamente levando vidas paralelas, como se o outro fosse um fato intransponível, superior a gostar ou desgostar. Às vezes, o sentimentalismo deles surpreendia Peter. Em certas noites, assistiam aos filmes preferidos da infância dos dois, filmes colorizados da década de cinquenta e sessenta: órfãos capazes de falar com animais, uma família de músicos que vivia em um submarino. Os filmes eram curiosamente inocentes — Peter os achava chatos, mas Otto e Heddy adoravam sem nenhuma ironia. O rosto de Otto se suavizava durante os filmes, Heddy no sofá entre ele e Peter, os pés com meias despontando por baixo do cobertor. Às vezes, Peter os ouvia falando, absortos em conversas longas, intensas, suas vozes soando estranhamente adultas, conversas que cessavam sempre que Peter entrava no cômodo. Ele se surpreendera com o fato de os dois não darem muita importância à nudez, de Otto atravessar o corredor nu para tomar banho.

Quando Otto falava com Peter, o único assunto era a safra. Quantas toneladas de amêndoas por hectare, que tipo de tratamento fariam no solo dali a algumas semanas, depois do fim da colheita — emulsão de peixe. Chá de compostagem. Quando passaram de carro por algum dos trabalhadores em seus ponchos impermeáveis azuis, trepados em escadas no alto das árvores ou reunidos em torno de *coolers* de água roliços e cor de laranja, Otto buzinou, fazendo-os pular. Um homem levantou a mão em um cumprimento silencioso. Outros fizeram sombra sobre os olhos para ver a picape passar.

Eram, na maioria, trabalhadores sazonais, seguindo de uma fazenda para outra, e uns poucos estudantes de faculdades caras. Os estudantes aceitavam uma permuta de produtos da terra e moradia pelo próprio trabalho, um arranjo que Otto achava infinitamente engraçado. "Eles têm diplomas!", se gabava. "Mandam umas dissertações de merda por e-mail para mim. Como se eu fosse recusá-los."

O novo sujeito que Otto havia contratado era diferente. Otto nem perguntou se ele aceitava fazer permuta. O homem já tinha pedido por um adiantamento do salário, além de minuciosas listas de horas trabalhadas no verso de envelopes. Peter sabia que Otto também havia deixado a esposa do sujeito trabalhar. Ninguém parecia se importar com quem cuidava do menino deles, exceto Peter, que ficava de boca fechada.

POR VOLTA DO MEIO-DIA, Otto estacionou a picape em uma alameda de carvalhos. Eles deixaram as portas abertas, Peter com uma sacola de papel entre os joelhos: um sanduíche que Heddy havia preparado na noite anterior, uma pera dura como pedra. Otto pegou um saco de frios e uma fatia de pão branco.

— O garoto de Boston está perguntando se pode tirar fotos enquanto colhe — disse, colocando uma fatia de embutido no pão. — "Pra quê?", eu pergunto. — Ele parou para mastigar, depois engoliu fazendo barulho. — "Para o site", ele me diz. — Otto revirou os olhos.

— Devíamos ter um site — comentou Peter. — Não é uma má ideia.

Na verdade, tinha sido ideia de Heddy. Ela havia escrito em seu caderno. O caderno de Heddy não era expressamente secreto, mas Peter sabia que não devia lê-lo. Era para o desenvolvimento pessoal dela. Ela anotava ideias de negócios para a fazenda. Mantinha listas detalhadas do que havia comido, além da contagem de calorias. Anotava os dias da semana em que usaria fitas branqueadoras nos dentes, os dias em que correria em volta dos pomares, ideias para nomes de bebês. Tinha escrito o início de canções ruins, piegas, que confundiam Peter, canções sobre bolsos cheios de chuva, homens sem rostos. Preencheu uma página com o nome dele, repetido inúmeras vezes com uma caneta esferográfica. Repetido daquela maneira, o nome de Peter assumia uma nova vida.

— Um site — repetiu Otto, atochando o presunto na boca. — As Fazendas Freeman na Web. Mande um dos universitários fazer. Com fotos. Maçãs que dão vontade de cometer pecados.

Otto riu da própria piada. Sob a alameda de árvores distantes, Peter via os trabalhadores reunidos para o almoço. Como havia parado de chover, alguns penduraram os ponchos gotejantes em galhos, para fazer sombra.

OTTO E PETER PASSARAM o resto da tarde no escritório. Otto mandou Peter cuidar dos telefonemas para os clientes.

"Você soa mais gentil", disse. Quando Peter terminou uma ligação com a cooperativa de Beaverton, Otto apontou uma caneta mastigada na direção dele.

— Vá encontrar alguém para fazer o nosso site — ordenou. — E quero um lance chamativo, luzes piscando e vídeo, a porra toda. — Ele fez uma pausa. — Talvez um espaço para uma foto nossa também. Assim as pessoas podem ver com quem estão fazendo negócios.

— Boa ideia.

— Isso dá segurança às pessoas — concluiu Otto. — Não dá? Ver um rosto.

HEDDY TINHA IDO COM o carro dele para a faculdade, então Peter foi com a picape de Otto até os *trailers*, o banco do carona cheio de caixas com ovos extras da granja. Os trabalhadores viviam em cinco *trailers* com laterais de alumínio; nos telhados, um emaranhado de fios e antenas parabólicas; quintais infestados de bicicletas e uma lambreta quebrada. Ele conseguia identificar quais carros pertenciam aos universitários pelos adesivos nos para-choques — eles precisavam que até seus carros tivessem opiniões. Otto tinha deixado os universitários fazerem uma laje de concreto perto da estrada havia alguns meses; agora tinha uma churrasqueira de tijolos, um aro de basquete e até um pequeno jardim, esturricado e cheio de mato.

Ao se aproximar, Peter viu um menino do lado de fora, na frente do primeiro *trailer*, o menino da nova família, quicando uma bola quase murcha no pavimento de concreto. Devia ter uns 11 ou 12 anos e parou de brincar para ver a picape se aproximando. Havia uma sombra sobre a cabeça raspada do menino; ao encostar perto do *trailer*, Peter percebeu que era um tipo de crosta ou queimadura escurecida pelo sangue pisado, era fina e ligeiramente rachada. Cobria parte da cabeça do menino como um boné vistoso.

Uma mulher — a mãe do menino, deduziu Peter — abriu a porta do *trailer* e ficou em pé nos degraus de cimento, sem fechar totalmente a porta atrás de si. Estava de chinelos e vestia calças masculinas, ajustadas na cintura por um cinto, e uma regata canelada. Era mais jovem do que ele imaginava.

— Oi — cumprimentou Peter, saltando do carro. Passou os dedos pelos cabelos. Ficava incomodado toda vez que Otto o mandava falar com os trabalhadores. Peter tinha 20 anos, a mesma idade que alguns dos universitários. Falar com eles não era tão ruim, mas os trabalhadores de verdade, os homens mais velhos… Peter não gostava de dar ordens para eles. Homens que pareciam seu pai; olhos avermelhados, a corcunda de trabalhadores braçais. Peter havia colhido alho durante as férias de verão no ensino médio, saía com o pai quando ainda estava escuro, a cabine fedendo a graxa magenta que eles usavam nas tesouras Felco. Se lembrava de como o grupo ficava em silêncio quando avistava a picape do capataz, de como eles só voltavam a aumentar o volume do rádio depois de a picape ter sumido, como se o mísero prazer de escutar música fosse algo que precisasse ser ocultado.

— Otto disse que podíamos sair às três — disse a mulher, remexendo na bainha da camiseta. Até que era bonita, Peter reparou ao caminhar na direção dela: longos cabelos negros trançados, o contorno desfocado de uma tatuagem malfeita subindo pelo ombro. Ela o fazia lembrar das garotas de Fresno. — Já passou das três — concluiu ela.

— Eu sei — tranquilizou Peter, intuindo a preocupação da mulher. — Tudo bem. Otto só queria saber se alguém é bom com computadores. Tipo, para fazer um site. Ele me pediu para perguntar ao pessoal.

— Eu sei mexer com computadores — anunciou o menino enquanto pegava a bola. O acabamento da bola tinha um tom desbotado e ordinário de rosa, e o menino a apertou entre as mãos, fazendo-a inchar.

— Zack, meu amor — disse a mulher —, ele não está falando de você.

— Sei fazer muita coisa — continuou Zack, ignorando a mãe.

Peter não sabia o que dizer. O menino parecia doente ou algo do gênero, os olhos desfocados.

— Otto quer um site para a fazenda — disse Peter, olhando de Zack para a mulher. — A propósito, me chamo Peter. — Ele estendeu a mão.

A mulher deixou a porta se fechar, foi até ele e apertou sua mão.

— Me chamo Steph — apresentou-se. Pareceu ter ficado encabulada. Pôs as mãos nos ombros finos do filho. — Matt é o meu marido. Sabe? O da barba?

— Otto gosta muito dele.

— Matt dá duro — disse Steph enquanto arrancava bolinhas da camiseta de Zack. — Ele está na loja agora.

— Ele entende alguma coisa de computadores?

— O Matt é burro — interrompeu Zack.

— Isso não é coisa que se diga, meu amor — repreendeu Steph. Lançou um olhar para Peter, analisando sua expressão, depois tentou sorrir. — Matt não leva muito jeito com computadores. Talvez um dos mais jovens seja melhor — disse, indicando com a cabeça os *trailers* com as redes armadas no pátio.

— Vou perguntar a eles — concordou Peter. — Ah — lembrou-se —, tenho ovos para vocês. — Ele foi até o carro e pegou uma embalagem no banco do carona. — É da granja.

Steph franziu a testa. Peter demorou um instante para entender.

— São ovos extras — explicou ele. — Não fazem parte do pagamento nem nada do gênero.

Steph, então, sorriu e pegou a embalagem.

— Obrigada. — Quando ela se aproximou, Peter viu que a tatuagem em seu ombro era uma espécie de trepadeira, grossa e cravejada de folhas negras.

Zack deixou a bola cair no concreto e esticou as mãos para pegar os ovos. Steph balançou a cabeça de leve para o filho.

— Vão acabar quebrando, querido. Deixa que eu pego.

Zack chutou a bola com força, e Steph se encolheu quando a ouviu bater na lateral de metal do *trailer*.

Peter se afastou.

— Vou aqui ao lado — anunciou ele, acenando para Steph. — Foi um prazer conhecer vocês.

— Igualmente — disse Steph, segurando os ovos junto ao peito. — Diga tchau, Zack.

Steph, ao contrário de Peter, não podia ver como o rosto de Zack havia se contraído. O menino levantou a mão para alisar a borda da ferida. Coçou-a e logo um filete de sangue escorreu pela testa dele.

— Ele está sangrando — disse Peter. — Meu Deus. Steph bufou.

— Merda, merda. — Ela envolveu Zack com o braço livre, o outro ainda agarrando os ovos, e começou a empurrá-lo para casa. — Entre agora — ordenou ao filho. — Obrigada — disse ela, olhando por cima do ombro para Peter, esforçando-se para fazer Zack subir os degraus. — Muito obrigada.

Depois os dois entraram, e a porta se fechou com força.

HEDDY VOLTOU PARA CASA sem fôlego; beijou as duas bochechas de Peter, deixou as bolsas jogadas na bancada. Usou o computador do escritório para procurar um vídeo na internet que mostrasse como encapar livros com sacolas de papel usadas, depois ficou meia hora na escrivaninha do quarto perdida em devaneios, escrevendo o nome de cada matéria, esfumando o lápis com a ponta dos dedos.

— É a única maneira de conseguir um sombreado realista — explicou Heddy. — Gostou? — perguntou a Peter, levantando um livro.

— Ficou ótimo — disse Peter. Ele estava nu, em cima das cobertas, e Heddy abaixou os olhos depressa para analisar o próprio desenho mais uma vez. Peter planejara contar a ela como havia sido seu dia, falar de Steph e Zack. Aquela ferida horrível. Mas aquilo a deixaria triste, pensou, e ela andava chorando à toa. Peter se preocupava até mesmo quando ela tinha um pesadelo, como se o medo pudesse penetrar de alguma maneira em seu sangue e afetar o bebê.

— *Le français* — disse Heddy, lentamente. — Preciso escolher um novo nome para a aula. Escolhi Sylvie. Não é bonito?

— Bem legal — disse Peter.

— Fui a segunda a escolher de uma lista. As garotas que escolheram por último ficaram com, tipo, Babette. — Ela apagou algo com grande concentração, depois soprou os resíduos para longe. — Preciso comprar sapatos especiais — continuou —, para salsa.

— Salsa? — Peter se sentou para olhar para ela. — É uma matéria?

— Preciso de um crédito de educação física — explicou Heddy, abrindo um sorriso misterioso. — Dançar... É bom aprender, para o nosso casamento.

Ele mudou de posição. De repente, pensou que preferiria estar de cuecas.

— Com quem você dança nessa aula?

Heddy olhou para ele.

— Com meus colegas de classe. Tudo bem?

— Não quero que algum babaca se meta a besta com você.

Ela riu.

— Meu Deus, Peter. Eu estou grávida. Acho que estou a salvo.

Ele decidiu não contar a ela sobre Steph e Zack.

— Vamos fazer um site para a fazenda — anunciou Peter, recostando-se no travesseiro.

— Que ótimo — disse Heddy. Peter esperou que ela acrescentasse algo, que dissesse que a ideia tinha sido sua, e não dele. Peter se levantou e viu que ela ainda estava curvada sobre os livros.

— Um site — repetiu mais alto. — Um dos trabalhadores sabe fazer. Ele pode configurá-lo para que as pessoas façam pedidos on-line.

— Isso é maravilhoso — disse ela, finalmente sorrindo para ele. — Sempre achei que devíamos ter um.

— Bom, precisei convencer o Otto. Mas todo mundo tem um site. Faz sentido.

— Exato — concordou ela. Depois deixou os livros na escrivaninha, foi para a cama e pôs a cabeça no peito dele. Sentir o peso de Heddy ali era gostoso, a pressão de sua barriga firme. Peter a beijou no topo da cabeça, os cabelos dela guardavam o frescor do ar lá de fora e não tinham cheiro de absolutamente nada.

PETER USOU UM TIJOLO para manter a porta aberta e carregou do carro até a mesa da cozinha as caixas de papelão cheias de comida enlatada e as sacolas de plástico com bananas. Tinha sido encarregado de comprar os mantimentos desde o início das aulas de Heddy. Havia vinte anos que não chovia tanto e, no caminho para casa, Peter pisou em uma minhoca no gramado. Era uma minhoca fininha, tinha uma cor viva de sangue fresco.

Peter limpou a geladeira antes de guardar os mantimentos, jogou fora a bandeja de espinafre vencida que estava ali desde a última compra, as folhas formando uma massa úmida e fedorenta. Ele ainda estava aprendendo a comprar a quantidade certa de comida.

Peter ouviu Otto circulando no escritório. Ele vinha trabalhando no site com um dos universitários. A questão do nome do domínio já tinha sido resolvida e algumas fotos já haviam sido carregadas, o formulário para os pedidos estava quase pronto. O universitário passava muito tempo na varanda falando ao celular, um cigarro pinçado entre dois dedos com toda a delicadeza.

Peter o observou voltar até os *trailers* caminhando em meio à chuva cinzenta. Ao longe, uma fumaça gordurosa se erguia da churrasqueira de tijolos. Talvez Steph estivesse lá. Peter a viu algumas vezes trabalhando ao lado de Matt, mas ela não se deu conta da presença dele. Peter nunca mais viu Zack fora do *trailer*, nem nos dias ensolarados.

Peter tinha aproveitado a ida ao mercado para comprar um caderno. Queria escrever, como Heddy fazia. Registrar as próprias ideias, os pensamentos a respeito do mundo. Abriu-o sobre os joelhos e ficou esperando com um lápis e um copo d'água. Percebeu que não tinha nada a dizer. Anotou o que Otto havia dito sobre viver bem em meio hectare, quais plantas comprar. Que árvores cresciam de estacas. Que tipo de drenagem seria necessário. Coisas que precisaria saber quando ele e Heddy tivessem o canto deles. Peter se permitiu imaginar esse lugar: nada de *trailers* poluindo a propriedade. Nada de Otto deixando vírgulas de pentelhos no assento do vaso sanitário. Só ele e Heddy e o bebê. Peter pôs o caderno de lado. A água no copo havia perdido o gás. Pegou uma maçã da fruteira na mesa e abriu o canivete, fez cortes a esmo na casca. Heddy só voltaria para casa dali a algumas horas.

Logo começou a entalhar desenhos, palavras. Sentia prazer em ir aprimorando a técnica, usando a lâmina para retirar partes inteiras com precisão. Escreveu o próprio nome várias vezes em círculos que se uniam em volta do talo.

Apreciando a revelação da polpa úmida sob a casca vermelha. Alinhou as maçãs terminadas na geladeira, onde antes estavam os espinafres podres.

Cochilou no sofá e sonhou com Heddy deixando um copo cair, os dois observando a explosão azul na altura do chão. Acordou sobressaltado. Já estava escuro. Otto entrou na cozinha e acendeu a luz. Abriu a geladeira e explodiu em uma gargalhada.

— Você está enlouquecendo.

Peter olhou do sofá para ele. Otto girou duas maçãs, segurando-as pelos pedúnculos, os cortes de Peter murchos e amarronzados, as bordas, cortadas com precisão, agora estavam enrugadas.

— Você só trabalha com maçãs? Ou há margem para diversificação? Estou falando de laranjas, peras… — provocou Otto. — Fico orgulhoso por você se manter ocupado.

PETER SE LEVANTOU QUANDO ouviu o carro lá fora. Sua camisa estava amassada, mas ele a pôs para dentro das calças como pôde.

— Está um gelo — disse Heddy enquanto entrava às pressas sem nenhum agasalho. Seus cabelos gotejando sobre os ombros, a capa de chuva embolada nos braços. — Veja. — Ela esticou a capa de chuva. — Mofo — completou, jogando-a no chão. — Que loucura, né?

Heddy não esperou a resposta de Peter.

— Vou ter que comprar outra — continuou ela, beijando-o rapidamente. Heddy estava com gosto de cloro. Tinha começado a nadar no centro esportivo da faculdade depois das aulas. Exercício de baixo impacto, era como ela chamava. Dizia que era bom para o bebê. Peter tentava não pensar no corpo dela exposto a estranhos naquele maiô cavado. Tentava não pensar na parte de trás do maiô, que às vezes entrava no rego. Ela estava chegando em casa cada vez mais tarde.

— Como foi a natação?

— Boa — disse Heddy, seus cabelos estavam molhando o chão todo e ela parecia nem estar percebendo.

— Você sempre foi péssima nadadora — disse Otto para Heddy. Abriu com os dentes um dos sacos plásticos onde estavam as bananas. Tentou descascar uma, mas só conseguiu amassar a ponta. Heddy esticou o braço e a tirou da mão de Otto.

— É mais fácil descascar de baixo para cima — disse ela, puxando a ponta mais grossa, a casca se soltando sem dificuldade sob seus dedos.

Otto estreitou os olhos na direção da irmã e pegou a banana de volta.

— Obrigado, gênia. Fico feliz em saber que você está aprendendo tanta coisa. *Voulez-vous coucher avec moi* e todas essas babaquices. — Ele se virou para Peter. — Sam ajeitou a *home page*. Agora todas as fotos carregam.

— Ótimo — disse Peter. — Eu disse à cooperativa que eles poderiam começar a fazer pedidos on-line daqui a mais ou menos uma semana. Eles ficaram contentes.

Heddy ignorou ambos e chutou a capa de chuva na direção da lata de lixo. Toda vez que estacionava no campus, ela tinha que pagar dez dólares, e Peter sabia que ela queria comprar o passe de estacionamento que a faria economizar cem dólares. Na semana anterior ela finalmente disse a

Peter que havia esperado tanto que o passe não valia mais a pena. O fato de não ter comprado a tempo parecia representar para ela um grande fracasso.

Heddy pôs água no fogo para fazer chá, depois preparou a mesa para fazer as tarefas da faculdade. Tinha tirado uma nota baixa na primeira prova de francês e, desde então, parecia perplexa e magoada. Peter não sabia como ajudá-la.

Otto estava contando a Peter uma história sobre um dos trabalhadores, sobre um *motorhome* que eles queriam estacionar na propriedade.

— Aí eu digo "Claro, fique à vontade, se é que você consegue dirigir esse troço". Garanto que ele não vai conseguir dar a partida com tanta facilidade.

— Vocês podem ir lá para fora? — pediu Heddy, enfim olhando para eles. — Desculpem. É só que... preciso falar com uma pessoa da faculdade. No telefone.

ESTAVA FRIO NA VARANDA, o ar carregado com o cheiro de terra molhada. Peter se encolheu dentro do casaco. Otto ainda estava falando, mas Peter não estava mais ouvindo. Olhou para o céu, mas não conseguiu se orientar. Quando tentava focar, as estrelas oscilavam e formavam uma única cintilação gasosa, deixando ele tonto. Mesmo na varanda, ele ouvia Heddy lá dentro ao telefone. Estava falando em um francês entrecortado com alguém que ela chamava de Babette. Peter sentiu vergonha por ter suspeitado que fosse alguma outra coisa. Ela ficava o tempo alternando idiomas, se corrigindo em inglês.

— Eu sei — disse Heddy. — Ela está *très mal*. — O sotaque de Heddy era constrangedor, Peter teria preferido não perceber isso. Pelas janelas, ele a via circulando pela cozinha, a silhueta familiar distorcida pelo vidro martelado.

Otto interrompeu o monólogo para estudar Peter.

— Onde você está com a cabeça, meu irmão? Está no mundo da lua.

Peter encolheu os ombros.

— Estou bem aqui.

Lá dentro, Heddy se despediu com um "*Bonne nuit*". Peter a observou pegar os livros e subir, os ombros um pouco curvados. A bunda dela estava ficando maior, uma modesta flacidez que o comovia. Ela apagou as luzes quando saiu, como se tivesse se esquecido de que havia alguém lá fora.

PETER ACHOU QUE TIVESSEM sido coiotes, aquela gritaria que o acordou. Ficou de pé olhando pela janela do quarto, sentindo o ar frio do outro lado do vidro. Os chamados irregulares filtravam pelas árvores escuras e tinham aquele tom de farra típico dos coiotes — o pai dele dizia que o som dos coiotes lembrava o de adolescentes em festa, e era verdade. Depois que o pai foi embora, eles nunca mais se falaram. Mas Peter tinha Heddy agora. Talvez, em breve, uma casa só deles na qual viveriam com o bebê, o quarto da criança com cortinas que ela fazia questão de costurar por conta própria.

A ideia o agradava e ele se virou para olhá-la. Heddy ainda estava dormindo serenamente, a boca aberta. Tinha tomado banho antes de se deitar e uma marca escura se espalhava pelo travesseiro por causa dos cabelos molhados. No entanto, havia algo novo em seu rosto, uma sombra de resignação, desde a nota ruim em francês. Pelo menos ela ainda estava indo a todas as aulas. Havia feito uma careta quando ele perguntou sobre a matrícula do semestre seguinte, como se até aquilo fosse incerto, apesar de as aulas terminarem um mês antes da data prevista para o parto.

Fazia um tempo que um cachorro estava desaparecido; Heddy jurou que tinham sido os coiotes, por isso Peter sabia que precisaria descer para se certificar de que os três cachorros estavam presos, de que ninguém havia deixado nenhum resto de comida. Pegou as botas embaixo da cama e alcançou o chapéu. Heddy se mexeu, mas não acordou.

Os cachorros estavam bem, ergueram-se nas patas traseiras quando ouviram Peter chegando. Gemeram e puxaram as correntes, arrastando-as pesadamente pelo chão.

— Estão ouvindo os coiotes? — perguntou ele. As tigelas de comida estavam vazias e prateadas, cheirando ao hálito dos cachorros. — Vocês estão com medo?

Peter ouviu novamente o barulho e se enrijeceu. O som dos coiotes parecia muito humano. Ele soltou um grito absurdo em resposta.

— Rá — disse, coçando os cachorros. — Também sou assustador.

Naquele momento, porém, os ruídos duplicaram, e Peter identificou, em meio à massa de gritos, o que pareciam ser palavras inteiras. Viu, lá longe no pomar, faróis de carros se acendendo abruptamente em uma das estradas de terra, lançando um feixe de luz ardente no campo à sua volta.

— Merda. — Peter olhou em volta. A picape de Otto não estava lá; ele provavelmente estava na cidade. Peter correu até a própria picape e deu a partida, depois saltou para desamarrar um dos cachorros, um pastor-australiano que Heddy havia batizado, para o desgosto de Otto, de Snowy.

— Dentro — disse Peter, e Snowy obedeceu.

Heddy tinha usado a picape para ir à faculdade, e o veículo estava cheirando a roupas molhadas e cigarros, o rádio sintonizando à toda altura com os resquícios de músicas cheias de interferência da estação de country. Peter não sabia que ela tinha voltado a fumar, mas sabia que ela não deveria — grávidas não podem fumar. De repente, ele não tinha mais certeza. Heddy não fumaria se aquilo pudesse fazer mal ao bebê, disse a si mesmo. Talvez ele estivesse enganado. Mexeu no volume do rádio até desligar o aparelho e enveredou pelas estradas do rancho o mais rápido possível com os faróis apagados.

As luzes estranhas que ele tinha visto ainda estavam acesas, mas o carro da onde vinham não estava se deslocando. À medida que se aproximava, Peter foi desacelerando, mas sabia que tinha sido ouvido por quem quer que estivesse no outro carro. Seu coração batia forte, ele mantinha a mão no cachorro.

Estava tão perto que os faróis do outro carro iluminavam sua picape agora. Estacionou e tateou embaixo do banco até pegar um pequeno pedaço de viga de ferro.

— Olá? — gritou ele da picape. Os faróis do outro veículo zumbiam sem interrupção e pontinhos de insetos entravam e saíam dos dois fachos de luz.

Peter saltou da picape, o cachorro atrás.

— Olá? — repetiu.

Demorou um pouco para perceber que conhecia a outra picape. E, antes que ele pudesse compreender a situação,

Otto emergiu da escuridão, aparecendo no espaço luminoso delimitado pelos faróis.

Peter nunca o vira tão bêbado. Estava sem camisa. Olhava em volta do rosto de Peter e sorria.

— Peter. Você está aqui.

Atrás dele, Peter viu duas mulheres dando risinhos no pomar. Percebeu que uma delas estava nua, uma câmera de plástico em um cordão em volta do pulso. Notou a camiseta e a calcinha lilás e transparente da outra mulher antes de se dar conta, nauseado, de que se tratava de Steph, seus cabelos negros grudados no rosto.

— Steph e eu conhecemos uma amiga — falou Otto com a voz arrastada. — Venham — disse a Steph e à outra mulher, impaciente. — Venham logo.

As mulheres se seguraram uma na outra e avançaram hesitantes pela grama rumo aos carros, a da máquina fotográfica era mais baixa que Steph. As duas estavam de tênis e meias.

— Conheço você — disse Steph, apontando para Peter. Estava bêbada, mas devia ter tomado alguma coisa além de álcool. Não conseguia focar em Peter e sorria de uma maneira estranha, fanática.

— Oi — disse a garota rechonchuda. Tinha cabelos loiros e longos, com pontas picotadas. — Me chamo Kelly. Nunca estive em uma fazenda.

Steph abraçou Kelly, seus pequenos seios pontudos pressionando os seios maiores da outra. Steph chegou perto do ouvido de Kelly e disse alto:

— Ele é o Peter.

Otto continuava a lamber os lábios, tentando atrair o olhar de Peter, que não conseguia olhar para ele. Snowy foi correndo até as mulheres e ambas gritaram. Quando o cachorro tentou cheirar sua virilha, Steph o chutou com seus tênis sujos.

— Não as mate — disse Otto para Snowy. — Gosto delas.

— Aqui, cachorro — comandou Peter, batendo na própria perna.

— Você não vai embora, vai? — Otto encostou na picape. — Me ajude a terminar isto aqui — disse, a garrafa balançando na mão.

— Não vá, Peter — pediu Steph.

— Eu disse que elas só iam beber do melhor. — Otto esticou a garrafa de champanhe de supermercado para Peter. — Abra para as garotas.

A garrafa estava morna. Snowy estava agitado, girando ao redor de Peter. Quando Peter torceu a rolha, que saltou para a escuridão, o cachorro soltou um uivo e saiu correndo atrás dela. Steph pegou a garrafa de Peter, uma cascata de bolhas escorrendo pelos seus braços. Kelly tirou uma foto.

— Viu? — disse Otto. — Foi fácil.

— Steph — chamou Peter. — E se eu levar você de volta para casa?

Steph tomou um gole no gargalo. Observou Peter. Depois deixou que a boca se abrisse, bolhas e líquido escorrendo do peito abaixo. Riu.

— Você é nojenta, garota — disse Otto. Snowy foi farejar as botas de Otto, que afastou o cachorro chutando-o com força. Snowy gemeu. — Nojenta — repetiu Otto.

— Ei, cale a boca — disse Kelly, docilmente.

— Vá se foder — rebateu Otto, abrindo um sorriso largo.

— Vá. Se. Foder.

Peter começou a se encaminhar para a própria picape, mas Otto se aproximou e o puxou de volta, a mão firme sobre o peito de Peter.

— Vem aqui — disse Otto a Steph, a mão dele ainda em cima de Peter. — Vem.

Steph deu as costas para Otto, fazendo beicinho. Através das calcinhas de trama aberta, suas nádegas estavam disformes e cobertas de marcas deixadas pelo terreno.

— Ah, não fode — disse Otto. — Vem aqui.

Steph riu, depois deu passos cambaleantes na direção de Otto. Ele a pegou e empurrou a boca contra a dela. Quando se afastaram, ele agarrou sua bunda.

— Muito bem, agora beija ele.

Peter balançou a cabeça.

— Não.

Otto estava sorrindo e segurando Steph pelos quadris.

— Beija ele, meu amor. Vamos.

Steph se inclinou para a frente e seus lábios descascados roçaram na bochecha de Peter, seu corpo pressionando o braço dele. A máquina fotográfica fez clique antes que Peter conseguisse se afastar.

— Escutem aqui — disse Peter —, por que vocês não vão para algum outro lugar?

— É mesmo? — Otto riu. — Ir para outro lugar. Sugestão interessante.

Peter hesitou.

— Só esta noite.

— Eu sou o dono desta merda toda. Você está na minha propriedade.

— Otto, vá para casa. Vamos dormir. Isso não está certo.

— Certo? Você não trabalha para mim? Você não mora na minha casa? Come minha irmã. E eu tenho que escutar essa merda. — Ele empurrou Steph para longe. — Você acha que a conhece? Tem ideia de quanto tempo eu e Heddy moramos aqui sozinhos? Anos — cuspiu ele. — Anos, caralho.

HEDDY AINDA ESTAVA DORMINDO quando Peter entrou no quarto, que, no escuro, tinha um tom azul-marinho. Tirou as roupas e deitou na cama ao lado dela. Seus próprios batimentos cardíacos o mantinham acordado. A casa estava silenciosa demais, o espelho na penteadeira de infância de Heddy refletia o luar na forma de uma lâmina de prata. Poderia um lugar ter o mesmo efeito de uma doença em alguém? Daquela vez em que choveu e todas as estradas inundaram, eles ficaram presos na fazenda durante dois dias. Não era possível criar um bebê em um lugar como aquele. Um lugar no qual se podia acabar preso. Peter sentiu um aperto na garganta. Depois de um tempo, os olhos de Heddy se abriram, como se, de alguma maneira, ela pudesse ter ouvido os pensamentos desembestados de Peter. Ela piscou para ele como uma gata.

— Pare de ficar me olhando.

Ele tentou abraçá-la, mas ela já havia fechado os olhos de novo, encolhendo-se longe dele, seus pés acariciando um ao outro embaixo dos lençóis.

— Precisamos de um lugar só para nós.

A voz dele saiu mais áspera do que o pretendido e ela logo abriu os olhos. Heddy se sentou, e ele viu a silhueta sombreada de seus seios nus antes que ela tateasse em busca das cobertas e as enrolasse apertadas no corpo. Peter ficou triste por ela estar cobrindo os seios na frente dele.

Peter suspirou.

— Posso arrumar outro emprego. Você poderia ficar mais perto da faculdade.

Ela não disse nada, ficou olhando as cobertas, cabisbaixa, futucando a bainha de cetim falso.

De repente, ele sentiu vontade de chorar.

— Você não gosta da faculdade? — perguntou ele, a voz começando a se desfazer.

Houve um instante de silêncio antes que ela falasse.

— Só posso trabalhar aqui. Para o Otto. — Heddy começou a se virar para o outro lado. — E onde é que eu vou poder falar francês? Você acha que vamos levar o bebê para Paris?

DE MANHÃ, PETER ACORDOU e o quarto estava vazio. O travesseiro de Heddy afofado, sem vestígios de uso, o sol fraco lá fora atravessando a neblina. Da janela, ele via o cachorro dando voltas nas árvores desgrenhadas e, um pouco mais longe, uma fila de *trailers*. Peter forçou-se a levantar, mexendo-se como se fosse um sonho, quase sem perceber que estava vestindo as roupas. Lá embaixo, encontrou Otto no sofá, ainda calçado, exalando um suor alcoólico. Um edredom em tom pastel estava embolado em um canto e as almofadas do sofá estavam no chão. Otto fez menção de se sentar quando Peter passou por ele. Na cozinha, Heddy tinha aberto a torneira, estava enchendo a chaleira.

— E ali, no sofá, você pode encontrar meu querido irmão — disse Heddy, levantando as sobrancelhas para Peter. Nada em sua voz indicava alguma lembrança da conversa que tiveram naquela madrugada, nada além de um leve cansaço em seu rosto. Ela fechou a torneira. — Ele está fedendo.

— Bom dia, Peter — disse Otto, entrando na cozinha. Peter se esforçou para manter o olhar fixo na mesa enquanto Otto puxava uma cadeira.

Heddy saiu descalça e seguiu na direção das escadas com sua caneca de água com limão, virando-se para olhá-los. Otto ficou observando até que ela saísse, então foi até a pia e encheu um copo com água. Bebeu de um gole só, depois mais um.

— Estou no inferno — disse Otto.

Peter não respondeu. Sentiu uma pressão aumentando em torno das têmporas, uma dor de cabeça estava a caminho.

Otto tomou mais goladas da água, depois abriu o armário.

— Você me perdoa?

— Claro.

Otto fechou o armário sem pegar nada. Virou-se para Peter e balançou a cabeça, sorrindo.

— Cacete. "Claro" é a resposta dele. Escuta — continuou Otto —, hoje vou encontrar uns caras com quem tenho trocado uns e-mails. Eles querem trabalhar. Você também precisa conhecê-los.

A dor de cabeça ia ser das fortes, o brilho fantasmagórico da luz do teto começava a se insinuar na visão de Peter.

— Acho que não vou conseguir.

— Ah, vai, sim — retrucou Otto.

Peter não disse nada. Otto prosseguiu:

— Então vamos nos encontrar aqui. Ou você quer que eu diga a eles para nos encontrarmos na cidade?

Peter puxou o colarinho, depois deixou a própria mão cair.

— Acho que na cidade.

— Fácil — disse Otto. — Não foi fácil?

Terminaram o café da manhã em silêncio. O silêncio tornou o cômodo sufocante, o ar opressivo, um ar que parecia ter cem anos. Heddy se abaixou para dar um beijo de despedida em Peter, sua bolsa a tiracolo. Ele percebeu que ela havia traçado com o delineador duas linhas escuras que destacavam ainda mais o branco de seus olhos. Forçou-se a sorrir, a retribuir o beijo.

— Pombinhos — disse Otto, as mãos erguidas para enquadrá-los.

Heddy se levantou para ir embora, afastando-se de Peter, deixando no ar um leve cheiro de cigarro. Estava de cabelos presos, revelando seu pescoço. Ela estava usando uma jaqueta leve em vez da velha capa de chuva; quando, já na porta, Heddy se virou para acenar, seu olhar pareceu deslizar para além de Peter. Parecia uma nova pessoa, uma desconhecida para ele.

Northeast Regional

QUASE CINCO HORAS DE trem. E depois vinte minutos de táxi da estação até a escola. Ele teria tempo para ligar para o advogado, avaliar as opções. Estava com o número de uma consultora, caso Rowan precisasse se candidatar em outro lugar. Talvez a escola fosse obrigada por lei a contatar a faculdade que o admitira, mas Richard não tinha certeza. E talvez as coisas não chegassem a esse ponto. A escola não ia querer tornar nada daquilo público. A ideia o acalmou — muito bem, muito bem. Eles estavam do lado de Richard, embora não tivessem dito isso com todas as letras: não eram bobos.

Os trens ficavam abrigados no subsolo, em frescos túneis de concreto, e Richard se encaminhou para o primeiro vagão. Metade dos lugares estava ocupada, o ar interno reciclado criava um frio artificial. Richard se acomodou, aquele breve momento em que podia se apresentar de uma maneira diferente no contexto daquele mundo reduzido. Podia ser gentil, podia ser preciso e consciencioso, bastava pôr sua jaqueta dobrada sobre o assento ao lado e enfiar o jornal no bolso de náilon vazado.

Os comprimidos de Richard estavam na mala, reunidos em um único recipiente. Pelo formato e pela cor, ele conseguia identificar facilmente quais comprimidos eram para depressão e quais eram para insônia. Orientavam seu humor como o toque de um parceiro de dança, uma pressão sutil, mas real. Ele apalpou o bolso da frente da mala à procura do porta-comprimidos — lá estava — e com isso ficou tranquilo, leve.

O vagão foi se enchendo lentamente. Os recém-chegados mantendo uma educada zona de privacidade, escolhendo assentos e sacudindo o jornal como se estivessem preparando uma cama. Todos certinhos demais, generosos demais. Passando a goma de mascar silenciosamente para um guardanapo segurado à altura da boca. Apesar disso, com uma hora de viagem, todo o zelo seria esquecido, música vazaria de fones de ouvido, telefonemas seriam feitos aos berros, crianças sairiam desembestadas pelo corredor.

Uma garota emburrada e o pai estavam parados ao lado de Richard no corredor, esperando que um homem guardasse a bagagem. A garota olhou para Richard, uma espinha recém-aflorada entre as sobrancelhas como um terceiro olho. Devia ter uns 14 anos, alguns mais nova do que Rowan, mas parecia muito mais infantil do que seu filho. O olhar dela era inquietante, específico demais — Richard baixou os olhos para o telefone.

O sinal era ruim no subsolo, nenhuma tranquilizadora escala de barrinhas na tela, mas depois que o trem começou a se movimentar, ele conseguiu fazer ligações. Releu o e-mail de Pam. Depois o e-mail do advogado indicando a consultora. "Ela é muito boa", havia escrito. "Uma profissional de verdade." Nenhuma mensagem de Ana. Pobre Ana, com seu fim de semana arruinado. Ela tentara ao máximo levar tudo na esportiva. Ele tinha certeza de que esse era o pano de fundo de seus pensamentos, como uma fita adesiva: levar tudo na esportiva levar tudo na esportiva levar tudo na esportiva.

ELE E ANA TERIAM se divertido mais se pudessem ter entrado na água. No verão, teria sido possível entrar na água e isso teria ajudado, mas não era verão, então eles não entraram. Ficaram sentados encostados em uma cerca de madeira que delimitava o retângulo da praia particular de alguém. A areia estava quente e pálida, e o mar, escuro. Ana segurava a mão dele sem muita firmeza, um chapéu branco mole formando uma sombra sobre o rosto dela. Richard pensou que talvez ela tivesse comprado aquele chapéu para usar especificamente naquele fim de semana e essa ideia o fez estremecer.

Almoçaram na cidadezinha, um almoço infinito. Richard não conseguia que o garçom olhasse para ele e os pratos ficavam na mesa tempo demais, os talheres eram sujos e enviesados, e quem é que gostaria de ficar olhando para os instrumentos lambuzados da própria refeição? O vinho branco tinha gosto de granito. Ana saiu para ligar para o marido. Da mesa, Richard conseguia vê-la caminhando de um lado para o outro no pátio. Ela levou a mão ao colarinho, virando-se para esconder o rosto.

Ana voltou para a mesa, partiu um pãozinho ao meio e o mergulhou no azeite. Mastigava energicamente, um entusiasmo sem véus. Conduzia a conversa: trabalho, trabalho, um problema com um inquilino que não queria sair de uma casa. Notícias de doença de um primo na Costa Oeste. As respostas de Richard eram curtas, mas Ana parecia não notar, almoçava com toda a calma: comia de maneira normal, sensata, livre de fomes mais obscuras. "Como está o Rowan?", perguntara ela. Richard não havia recebido o telefonema, ainda não, então não ficou ansioso ao ouvi-la mencionar o nome do filho — Rowan estava bem, disse, tirando boas notas. Notas estas que, no entanto, Richard só via se a ex-mulher mandasse, embora a escola fosse paga por ele.

O garçom passou perguntando se eles queriam sobremesa.

— Deveríamos? — disse Ana, ofegante, o garçom sorrindo com uma cumplicidade ensaiada. Richard não suportava interpretar o próprio papel, bancar o impertinente.

— Se você quiser — falou baixinho, forçando-se a apagar qualquer rastro de impaciência da própria voz. Mesmo assim, Ana percebeu.

— Para mim, nada. — Ela devolveu o cardápio ao garçom, fazendo uma expressão de arrependimento digna de desenho animado. Não precisa se desculpar com ele, Richard desejou dizer. O garçom, na verdade, não está nem aí. Depois se sentiu mal pela grosseria. Apertou a mão de Ana do outro lado da mesa; ela se iluminou.

O MARIDO DE ANA estava fora o fim de semana todo e aquela era a primeira vez que ela e Richard passavam a noite juntos. Tudo parecia significativo para ela — os mantimentos que ela pôs na geladeira, os filmes baixados no laptop, aquele chapéu. O estresse havia causado uma macha rosada em seu olho, um caso brando de conjuntivite que ela tentou minimizar. A cada quatro horas, Ana inclinava a cabeça para trás e pingava antibiótico nos olhos.

Richard não precisava daquilo, mas fazia assim mesmo — procurava por mulheres casadas, por aquelas que olhavam para ele do outro lado de uma mesa cheia de tournedos e arranjos de peônias enquanto os maridos conversavam com a pessoa sentada à direita deles. Mulheres cuja lingerie era assombrada pela picada da etiqueta plástica que elas haviam tentado arrancar para que ele não percebesse que era nova.

Essas mulheres faziam o tipo incomensuravelmente comovido pela própria tristeza. Mulheres que queriam contar de novo os detalhes de suas piores tragédias durante a prostração pós-sexo. Ana não parecera ser daquele tipo. Mantinha as próprias fraquezas sob controle, despindo deliberadamente a roupa íntima, sem nunca tirar o relógio. Como as outras mulheres casadas, ela também sempre sabia que horas eram.

Era corretora de imóveis, a casa onde eles estavam integrava seu portfólio. O imóvel pertencera à mãe de Richard, e agora, que ela estava morta, era dele. Richard nunca gostou de visitar a mãe nesta casa e a ideia de ficar responsável por ela nunca tinha passado pela sua cabeça.

Na tarde em que se conheceram, Ana se mostrara otimista em relação à propriedade. "Tem um bom terreno", dissera. "Grande, mas não demais." Andava na frente de Richard, abrindo portas e torneiras, atravessando cômodos e acendendo luzes. Estava usando um short de alfaiataria, para mostrar as belas pernas.

Da segunda vez: as mãos de Richard abandonadas sobre a cabeça de Ana enquanto ela corajosamente se ajoelhava. Eles estavam do lado de fora, na varanda dos fundos, Richard com a bunda pressionada contra as escorregadias ripas de plástico de uma cadeira de jardim enquanto tentava febrilmente imaginar alguém os observando. No fim, disse "obrigado" enquanto Ana discretamente cuspia na grama.

"Sério", dissera Richard. "Foi ótimo." O sorriso de Ana era meio torto. Era verão e, atrás deles, a massa verde formada pelas árvores se movia em silêncio. Aquela era a peculiaridade de ficar com mulheres casadas, de repente, momentos ocultos do dia se revelavam. Uma pressão mínima e a grade cedia, expondo o excesso de horas. Eram apenas onze da manhã, ele ainda tinha o dia inteiro pela frente.

Na cidade, ela aparecia nos horários mais estranhos, carregando uma bolsa de ginástica que ficava intacta ao lado da porta. Jonathan, o marido de Ana, era importador de azeite e outras coisas que ficavam guardadas em armazéns escuros e frescos. Ana mencionava o nome dele com frequência quando estava com Richard, mas isso não o incomodava. Ficava feliz com a incontrolável evocação da vida real — ele não precisava ficar se lembrando dos limites, o fim já estava visível na primeira vez em que ela apertou a mão dele, mas talvez ela precisasse. Os mantimentos que ela havia trazido naquele fim de semana o preocuparam, a pureza do esforço para criar um clima doméstico, assim como as perguntas sobre o filho dele, a suposição de que Richard estava acompanhando a saga sobre a saúde da sobrinha dela. O modo como ela cobriu o colchão com os lençóis que eles haviam levado, com a avidez de uma noiva.

Eles voltariam para a cidade dali a dois dias, Jonathan voltaria sabe-se lá de onde e a casa seria enfim vendida. Tudo vai ficar bem, todas as coisas vão ficar bem — a frase aflorou em seu cérebro, um resíduo das baboseiras hippies que Pam entoava para si mesma.

ESTAVA ESCURO LÁ FORA, o céu esmorecendo rumo ao breu. Ana pingou uma gota de antibiótico em um olho e depois no outro, em seguida fechou-os com força.

— Um minuto — disse, os olhos ainda fechados. — Me avise quando tiver passado um minuto.

Richard estava guardando os pratos.

— Um minuto — anunciou ele depois de um tempo, embora tivesse se esquecido de verificar, e ela abriu os olhos.

— Estão melhores? — perguntou Richard.

— Estão. Muito. — Ela era uma mulher inteligente. Percebeu uma mudança na atenção dele e agora estava deliberadamente alegre, tranquila, evitando revelar coisas demais. Seus pés descalços sovavam as almofadas. Havia ligado o laptop e na área de trabalho estava o ícone de um filme em preto e branco ao qual ele não queria assistir. — Alguém poderia derrubar essa parede — disse ela, indicando o cômodo com a cabeça — e pôr a mesa de jantar aqui.

— É verdade.

— Esse é o Rowan? — perguntou Ana. Havia uma foto em um porta-retratos: Rowan, com só algumas horas de vida, nos braços de Pam.

— É.

Ana se levantou para olhar mais de perto.

— Ela é bonita.

Ele queria dizer a Ana que não havia necessidade de catalogar os atrativos de Pam, nem de avaliar o que Richard sentia pela ex-mulher — não tinha sobrado nada. Estavam divorciados havia dezesseis anos. Ela morava em Santa Barbara, já tinha se casado e se divorciado mais uma vez, não passava de uma voz ao telefone organizando a logística ou retransmitindo informações.

— Ele está triste por você estar vendendo a casa? — perguntou Ana.

Richard demorou um instante.

— Se Rowan está triste?

— Ele deve ter se divertido aqui. Nos verões e tal.

Richard secou as mãos nas calças; não havia panos de prato.

— Só viemos aqui algumas vezes. Acho que Rowan prefere a cidade. Acho que ele não liga.

Pam e Richard se divorciaram quando Rowan tinha 2 anos. Pam se mudou para a Costa Oeste e, desde então, Richard só via Rowan no verão, e apenas durante as poucas semanas em que o garoto não estava na colônia de férias, para falar a verdade. Mas tiveram bons momentos. Suficientemente bons — Rowan era um pequeno estranho que chegava para passar o verão, com seus olhos escuros e um saquinho de plástico com vitaminas que Pam mandava com instruções detalhadas de como administrá-las. Ele tinha um jeito muito próprio e hábitos ritualizados; certo verão, apareceu obcecado por uma carteira de couro que devia ter ganhado de algum namorado da mãe.

***

RICHARD ADORMECEU DURANTE O filme e acordou com o próprio ronco, a cabeça apoiada no peito. Ana riu, uma ponta de crueldade.

— Você ronca. Eu não sabia que você ronca.

— Ainda não acabou? — perguntou ele. Os atores na tela tinham rostos bonachões; ele não fazia ideia do que estava acontecendo.

— Não estamos nem na metade. Quer que eu volte?

Ele balançou a cabeça, forçando-se a ficar acordado. O filme terminou com trombetas estridentes, FIM passando na tela em caracteres pretensiosos e dourados. Ela fechou o laptop no meio de um toque de corneta.

— Cama? — disse ele.

Ela encolheu os ombros.

— Acho que vou ficar acordada mais um pouco.

Richard percebeu que ela queria conversar, estava louca para que ele a cutucasse, sondasse a fonte de sua insatisfação.

— Preciso dormir — anunciou ele.

Ana revirou os olhos.

— Tudo bem. — Ela esticou as belas pernas sem olhar para ele, a juventude sendo seu ás na manga.

SOZINHO NO QUARTO DO andar de cima, Richard tirou as calças e passou os dedos nos pelos da barriga. Ficou de cuecas samba-canção, feitas de um algodão branco escorregadio que Ana odiava, e se cobriu com o lençol. De onde Ana tinha tirado aquele filme e que lógica a fizera pensar que ele ia gostar de um filme em preto e branco? Ele só tinha 50 anos. Ou 51. Adormeceu.

— Ei. — Ana o sacudia, empurrando seu ombro. — Richard.

Ele reconheceu a voz dela vagamente, como uma ondulação na água, mas não abriu os olhos.

— Seu telefone — disse ela mais alto. — Anda.

TINHA VIBRADO, EXPLICOU ANA, uma chamada que ela havia ignorado, só que aconteceu mais duas vezes. Richard se sentou e pegou o telefone, atordoado: Pam. Três ligações perdidas. Calculou o horário: eram só dez da noite em Santa Barbara. Mas ali já era uma da madrugada — Rowan. Alguma coisa relacionada a Rowan. Richard ainda estava meio adormecido, uma sensação ruim apenas começando a se manifestar.

— Está tudo bem? — perguntou Ana, e ele teve um sobressalto; havia se esquecido dela, a estranha na cama, olhando para ele com aqueles olhos rosados.

Ele desceu até a cozinha para ligar de volta para Pam.

— Richard, meu Deus — disse ela, atendendo no primeiro toque. — Tudo bem, ele está bem, não está correndo nenhum perigo. — Richard disse a si mesmo que nunca havia cogitado outra possibilidade, embora tivesse passado pela sua mente uma sequência pornográfica de todas as coisas ruins que podiam ter acontecido com o filho. — A escola ligou... — continuou ela. — Na verdade, não estou entendendo direito, eles não me dizem nada. Ele está bem, mas a escola precisa de um de nós dois lá. Algum problema, uma briga ou algo assim.

Uma pausa.

— Eu estava dormindo — disse ele. — Desculpa.

Pam suspirou.

— Só consigo chegar lá na segunda-feira — resmungou ela. — Por que essas escolas ficam no meio do nada?

— Mas ele está bem.

— Está. Acho que alguém se machucou. Ele estava envolvido, ou pelo menos foi o que disseram.

Quando criança, Rowan não gostava de violência. Procurava os cantos mais apertados de cada cômodo e se enfurnava lá dentro.

— Você falou com ele?

— Ele não disse muita coisa. É difícil avaliar.

Richard pressionou o dedo entre as sobrancelhas.

— Aquelas pessoas daquela maldita escola — disse Pam em um rompante. Enquanto ela falava, Richard avistou Ana na soleira fazendo de conta que não estava ouvindo, os olhos cuidadosamente baixos.

— Eu vou — disse ele interrompendo Pam. — Amanhã cedo.

Ana ficou em alerta — aquela era uma informação que a afetava. Nitidamente tentou, mas não conseguiu disfarçar sua decepção.

O TREM SE DESLOCAVA a uma velocidade anacrônica, já esquecida. Ele tomava o trem com frequência quando trabalhava para o Departamento do Tesouro, dez anos antes. Pegava o expresso, com passageiros habituais se encaminhando direto para os mesmos assentos de sempre. O trem ia sacolejando com todos os arquejos e baforadas de um brinquedo de parque de diversões. Passando por casas quadradas e sem graça com gramados na frente, as sebes bem aparadas, como o corte de cabelo dos militares. A escola de Richard costumava exigir aquele tipo de corte de cabelo. Uniformes também. Cinza-escuro, de lã cardada, paletós com botões de latão. Mas isso já fazia cinquenta anos. Agora qualquer sugestão de violência havia sido eliminada; mais do que uma escola, parecia um estábulo misto, os alunos sendo afunilados rumo a universidades da Ivy League ou a faculdades de humanas — não focavam em nada que não fosse o ensino superior, em primeiro lugar a aceitação. O convite para uma festa, mas com a festa sendo só um detalhe. Rowan havia sido admitido em uma universidade que superou as expectativas — Pam ficou surpresa e satisfeita —, o site da instituição tinha um design bonito, era um labirinto de fotos e citações em itálico com um esquema de cores vagamente empresarial.

O garoto queria estudar relações internacionais, o que aparentemente significava que ele queria estudar no exterior e beber em novos países. Rowan não demonstrava nenhum interesse pelo trabalho de Richard, a não ser por uma ou duas perguntas sem entusiasmo que surgiam do nada.

"Quanto você ganha?", perguntou ele certa vez.

Richard não sabia se devia mentir, se outros pais seguiam alguma aritmética moral complicada a respeito disso. Acabou dizendo a verdade, enfeitando-a um pouco — o ano estava prestes a melhorar, ele tinha certeza —, e Rowan pareceu devidamente impressionado, seus olhos se tornando frios e adultos enquanto ele processava a informação.

Fazia tempo que Richard não pensava tanto em Rowan, não com tantas preocupações concentradas. De vez em quando, ele ligava para o filho ou mandava uma série de mensagens, com as respostas de Rowan se tornando cada vez mais curtas, até que a conversa se reduzisse praticamente ao silêncio — *Como estão as aulas? Tudo bem.* Eram missivas inúteis, mas Richard sentia que precisava fazer essas contribuições. Se houvesse um acerto de contas, um momento em que exigissem ver os registros, ele poderia apresentar aquelas mensagens. Prova de que ele havia tentado. Ana devia estar no carro agora, voltando para a cidade. Ele enviou uma breve mensagem para ela enquanto o trem partia, desculpas por ter que interromper o fim de semana de forma tão abrupta, mas não tinha obtido nenhuma resposta. Talvez ela não tivesse visto ainda, ou talvez estivesse emburrada. Era uma mulher infantil, pensou ele, admitindo que tinha se livrado dela, feliz pela fuga que o telefonema de Pam lhe proporcionara. Ele bebeu água de uma garrafa de plástico. Olhou o telefone mais uma vez. Ia se encontrar com o diretor à tarde.

Richard ia esperar que o trem estivesse na metade do caminho para tomar um comprimido. Era o tipo de regra tácita, como um ruído sob a superfície desperta de sua mente. Mas as regras eram facilmente flexibilizadas por racionalizações obscuras. O olhar frio de um estranho, um ronco de fome ou impaciência, um desconforto: qualquer uma dessas coisas podia, de repente, dar a Richard a certeza de que ele merecia tomar um comprimido naquele momento. Então ele abriu o porta-comprimidos, só se dando conta do que estava fazendo quando já estava olhando para toda aquela fartura. Oval, decidiu após um instante. Apoiou o comprimido na ponta da língua e o engoliu com um único gole d'água, deglutindo com força. Quando o comprimido desceu, foi o fim do nado cachorrinho contra a maré alta do dia: ele podia relaxar, deixar que tudo aquilo passasse. Com uma cadência como a dos trilhos.

RICHARD FICOU DEZ MINUTOS esperando um táxi: não apareceu nenhum. Ao seu redor, pessoas saíam em direção ao estacionamento ou se apressavam até os carros de entes queridos, carros que chegavam como em um passe de mágica e recolhiam a carga dessas pessoas sem esforço. Os passageiros dirigiam-se sozinhos aos seus devidos lugares, os porta-malas eram fechados com força. Richard checou o telefone — ainda nenhum sinal de Ana, meu Deus. Já era quase meio-dia, as nuvens começavam a se condensar no céu.

Foi perguntar ao atendente do estacionamento sobre táxis. "Qualquer hora aparece um", disse o homem, e Richard voltou para a calçada, a bolsa batendo na lateral de seu corpo.

Finalmente, um furgão bordô encostou. Richard suspirou alto, embora não houvesse ninguém para ouvir. O motorista tinha cabelos compridos, usava óculos sem aros e correu para abrir o porta-malas.

— Vou levar a bolsa comigo — disse Richard.

— Tudo bem — disse o homem, jogando o próprio peso de um pé para outro. — Tudo bem. Você quer se sentar na frente?

— Não — respondeu Richard após um momento de confusão. Existiam pessoas que escolhiam se sentar na frente? Conforme entrava na parte de trás do carro, ele entendeu que, sim, alguns passageiros de fato iam na frente, senão o homem não teria perguntado. Que tipo de passageiro? Pessoas que queriam ostentar a própria bondade. Richard não se importava se o motorista o achasse um babaca por não querer viajar ao lado dele.

Quando Richard disse o nome da escola, o motorista se virou para o banco traseiro.

— Você tem o endereço?

A onda de irritação fez o couro cabeludo de Richard formigar.

— É a única escola da região. Você não conhece?

— Claro que conheço — respondeu o motorista, agora com um tom grosseiro. — Só quero introduzir no navegador, entendeu? Assim ele me diz qual é o melhor caminho.

É por isso que se escolhe viver na cidade — a abundância protege dos caprichos do contato humano. Se aquilo tivesse acontecido onde Richard morava, ele teria saltado e pegado o táxi seguinte. Mas ali era forçado a ficar sentado enquanto o homem mexia no GPS, a confrontar toda a monótona realidade daquela pessoa. Recostou-se e fechou os olhos.

A ESCOLA FICAVA NO topo de uma colina, com visão panorâmica da cidade, o caudaloso rio atravessado por uma ponte de pedra. Os edifícios do campus eram de pedra calcária cinza, ordenados e despojados. Parecia que tinha nevado alguns dias antes, mas não o suficiente para ser pitoresco e, em meio aos restos lamacentos, tudo ficava meio triste.

Rowan combinou de encontrá-lo em frente à capela, mas não estava lá. Richard deveria ter feito uma parada antes para deixar a bolsa na única pousada da cidade, com sua cesta de muffins de milho embrulhados em filme plástico aguardando-o na recepção. Ele estivera na escola em duas ocasiões: uma vez, em setembro do primeiro ano, para deixar Rowan, e outra para pegá-lo para um único e constrangedor dia de Ação de Graças juntos.

Richard passou a bolsa para o outro ombro, olhou o telefone. Uma hora até o encontro com o diretor. Rowan não estava respondendo às mensagens nem atendendo ligações. Richard olhou de novo para a tela em branco — aquele espaço galáctico, o zumbido vazio. Com que frequência estava olhando o telefone? Nem sequer uma palavra de Ana. Digitou outra mensagem para ela. *Tudo bem por aqui*. Observou o cursor piscar, acabou apagando o texto.

Ficou ali mais alguns minutos até avistar um garoto e uma garota vindo em sua direção, o rapaz ainda não reconhecido como o seu filho. Era Rowan, estava claro agora que tinha se aproximado, e Richard fez de conta que nunca teve dúvida. Não era isso o que os pais deveriam fazer? Ser capazes de identificar os próprios filhos em uma multidão, em um piscar de olhos, o mais primitivo dos reconhecimentos?

— Pai — disse Rowan com um meio-sorriso. O filho nunca o tinha chamado de Pai, mesmo quando era pequeno. Estava usando uma jaqueta brilhosa que parecia emprestada de alguém; os pulsos apertados em mangas pequenas demais. Richard olhou da garota para o filho. Ia abraçar Rowan, mas titubeou, um momento de hesitação, e sua bolsa escorregou pelo braço e ele teve de recolocá-la no ombro, um movimento desajeitado, e, naquele ínterim, a garota esticou a mão.

— Oi, sr. Hagood — disse ela.

Antes que Richard conseguisse entender de quem se tratava, ela já estava apertando a mão dele. Os olhos da garota eram de um verde deslavado, os cabelos eram animalescos, espessos, e batiam na cintura dela.

— Oi.

— Livia — disse Rowan. — Minha namorada.

Richard nunca tinha ouvido falar de uma namorada. Olhou para Rowan.

— Que tal nós dois conversarmos a sós por um instante?

— Podemos conversar na frente dela. Não é, meu amor?

Uma dor de cabeça latente voltou à vida.

— Acho que precisamos conversar — insistiu Richard. — Sozinhos.

— Deixa disso — retrucou Rowan. — Ela é incrível.

Richard podia sentir Livia os observando.

— Tenho certeza de que ela é incrível — disse, tentando manter a voz estável. — E tenho certeza de que ela pode nos dar licença um minuto. Não é mesmo, Livia? — Ele forçou um sorriso. Depois de um instante, a garota encolheu os ombros para Rowan e, com toda a calma, abriu alguns passos de distância. Com as mãos em concha, ela abafou a própria respiração, desviando estudadamente o rosto quando Richard a olhou.

— Vou me encontrar com o diretor em menos de uma hora — disse Richard.

A expressão de Rowan não mudou.

— Pois é.

— Você tem algo a dizer?

Rowan estava olhando para além de Richard, os braços cruzados e apertados dentro das mangas da jaqueta.

— Não foi nada sério. — Rowan sorriu. Está constrangido, ponderou Richard, um constrangimento que ele mesmo também estava sentindo; uma careta contraiu seu rosto. Rowan pareceu entender aquilo como um sinal de cumplicidade e relaxou o corpo. Pegou um maço e acendeu um cigarro com a elaborada desenvoltura de adolescente.

— Não fume — pediu Richard. — Deve ser proibido.

Rowan deixou o cigarro suspenso no ar por um instante, o cheiro se expandindo entre eles.

— Frisch não se importa. E há coisas piores do que fumar — argumentou, dando um trago. — Nem faz tão mal assim.

Richard contraiu as mãos, mas logo relaxou. O que ele podia fazer, arrancar o cigarro do filho? A dor de cabeça piorou. O efeito do comprimido estava passando, a granularidade de cada minuto se tornava mais aparente. Ele queria olhar o telefone. O filho continuava a fumar, exalando finas linhas de fumaça que serpenteavam pelo ar antes de se desfazer. Agora a garota estava batendo os pés, as botas volumosas davam a impressão de que as pernas dela eram minúsculas e frágeis, e, por um segundo, Richard imaginou quebrá-las com um só golpe. Pigarreou.

— Onde fica o escritório do diretor?

PAUL FRISCH HAVIA FREQUENTADO a escola na adolescência, na época em que só garotos eram admitidos. Seu tempo ali fora deturpado pela distância até parecer abençoado, quatro anos tecidos por amizades sinceras, professores gentis e trotes do bem. Pouco importava o fato de ele não ter sido muito popular, ocasionalmente vítima de violências propositais, como a vez em que levou um soco tão forte que vomitou um círculo incrivelmente preciso na neve. Depois empurraram seu rosto no vômito ainda morno. De fato, era fácil esquecer. E aconteceram muitas outras coisas do lado oposto do fulcro — uma bolsa de estudos para a universidade e uma garota sensata que se tornou sua esposa, com aqueles longos cabelos presos em uma única trança. Ele voltou à escola e atuou como professor durante muitos anos antes de assumir a diretoria, esse escritório com mobília de carvalho e janelas maineladas. Uma vida que podia ser considerada boa, exceto por ocasiões como esta, uma rara reunião deste tipo, que lhe causavam um refluxo amargo no fundo da garganta, uma sensação familiar abrindo caminho a cotoveladas para vir à tona.

O aluno: gorducho, uma corpulência inevitável que se devia aos remédios psiquiátricos, não ao excesso de prazer. Cabelos emaranhados, como os ninhos que os cervos fazem na grama. Não era feio, apenas tosco, óbvio demais. Frisch havia encontrado os pais do garoto naquela manhã. A mãe parecia mais velha do que realmente era. O pescoço avermelhado, um olhar irrequieto, selvagem. O marido mantinha um braço em torno dela, os dois formando uma massa uniforme e cansada.

Eram boas pessoas, incapazes de imaginar ou se preparar para algo daquele tipo.

E agora ali estava o pai de Rowan Hagood, usando um capote de lã que cheirava a ar frio, um homem que ficava inclinando o telefone no colo para olhar a tela, como se Frisch não pudesse claramente ver o que ele estava fazendo. Frisch mudou de posição na cadeira, o assento de couro emitindo um rangido flatulento que trouxe à vida um constrangimento antigo. De início, o pai de Rowan se mostrou cordial, disposto a encontrar uma solução, a cooperar. Tinha muito cabelo e a expressão agressivamente agradável de alguém acostumado a conseguir o que quer. Exibia um sorriso contido, respeitoso, um sorriso que presumia que ali havia um interesse em comum.

Rowan não poderia permanecer na escola, ainda que seu pai esperasse o contrário. Nem mesmo o pai mais raivoso com o mais raivoso dos advogados teria conseguido manter Rowan ali. Frisch repetiu os fatos. À medida que ele prosseguia, a cordialidade do homem parecia ir se desfazendo, o telefone sendo passado de uma mão para outra com agitação crescente. Frisch expôs a linha temporal que eles tinham conseguido reconstruir, o que dizia o laudo hospitalar.

A vida de Rowan não estava arruinada. Em vez de serem expulsos, ele e os outros seriam convidados a se retirar. Rowan teria a chance de pedir transferência para outra escola e terminar o semestre. As universidades não seriam informadas, o incidente nunca seria inscrito em registros formais, acessíveis. Aquele era o melhor desfecho para Rowan, explicou Frisch, e o sr. Hagood deveria ficar grato, pois o futuro de seu filho continuava intacto. Tudo aquilo ficaria para trás na vida de Rowan, Frisch tinha certeza, uma ponta solta que facilmente seria cimentada. Pessoas como Rowan e seu pai eram sempre protegidas de si mesmas.

Mais cedo, naquela mesma manhã, quando os pais do outro garoto estavam deixando o escritório de Frisch, a mãe parou e olhou para o diretor. "Ele vai ficar bem, não vai?", perguntou ela com a voz se desmanchando.

Frisch havia garantido aos pais que o garoto ficaria bem. Eles precisavam ouvir aquilo. Tudo ia ficar bem. E que outra coisa ele poderia ter dito? Confessar que havia falado com o garoto algumas horas depois do ocorrido, olhado em seus olhos negros, irrequietos, e que não soube dizer o que aconteceria em seguida, o que tudo aquilo significaria?

RICHARD DESCEU AS ESCADAS escuras, estreitas, que davam no salão do único restaurante requintado da cidade. Toalhas de mesa brancas e cortinas de renda engomadas — aquela era uma parte do país em que o sombrio correspondia ao formal. Rowan e Livia vinham atrás, mantendo a respeitosa e, ao mesmo tempo, vagamente ameaçadora distância típica de guarda-costas e adolescentes. Os sussurros entre os dois só eram interrompidos pelas risadas irritantes da garota. Eles chegaram com vinte minutos de atraso ao hotel, mas o restaurante estava bastante vazio. A reserva de Richard fora um inútil hábito urbano.

Pam tinha chorado ao telefone quando ele ligou depois da reunião, embora Richard tivesse feito questão de repetir o que o diretor havia lhe dito: Rowan ainda iria para a faculdade; era algo que poderia ser solucionado em breve. Havia uma logística a ser cumprida, mas era possível resolver o problema. Richard não preencheu as lacunas da história. Não entrou em todos os detalhes obscenos do incidente — detalhes que, pelo visto, o diretor fez questão de esmiuçar, estudando o rosto de Richard enquanto reconstituía tudo. Era como se quisesse que Richard se sentisse mal, como se coubesse a Richard se desculpar. No fim das contas, ele de fato se sentiu mal — a história era horrível, perversa, causou-lhe engulhos. Mas o que ele podia fazer, o que qualquer um podia fazer? Pediu desculpa, calibrando atentamente as palavras — o bastante para reconhecer a gravidade do incidente, mas não para encorajar algum tipo de processo no futuro.

A garçonete distribuiu os cardápios enquanto Rowan e Livia juntavam suas cadeiras. Rowan obviamente já tinha contado que precisaria sair da escola — quando os dois enfim apareceram no hotel de Richard, os olhos da garota estavam inchados de tanto chorar. Agora ela parecia estar bem, Richard não conseguiu perceber nenhuma tristeza residual. Quando muito, uma hilaridade secreta que a tornava efervescente, ela e Rowan trocando olhares cúmplices. Os dois começaram a soltar risinhos estranhos, mantendo uma conversa em código que Richard não tentou acompanhar. Meias-luas de suor escureciam a camisa da garota na altura das axilas. Richard apoiou o telefone na mesa, casualmente, assim podia dizer a si mesmo que não estava checando as mensagens. Ainda nada de Ana. Sentiu um vazio no estômago e mexeu no guardanapo. Esforçou-se para sorrir para Livia, que só olhou para ele com uma expressão neutra e balançou os cabelos despenteados.

Rowan recebera a notícia de modo estoico, a cabeça inclinada de maneira exasperante enquanto olhava pela janela atrás de Richard no dormitório. Conforme o pai falava, Rowan retorcia um bastão de lacrosse nas mãos, rolando-o para a frente e para trás, mantendo uma bola branca presa na rede.

O movimento era incomum, hipnótico, uma espécie de deslizamento enfeitiçado. No canto, o umidificador do colega de quarto do filho trabalhava, exalando lufadas de umidade.

A indiferença de Rowan redobrou a dor de cabeça de Richard.

— Você entende que poderia ter sido muito pior? — perguntou Richard.

Rowan deu de ombros, mantendo a bola na rede.

— Acho que sim.

Richard tinha de constantemente lembrar a si mesmo de que aquele era seu filho e tal fato deveria ser mais importante do que tudo.

— Nós sempre ajudaremos você — disse, ciente da própria tentativa de adotar um tom formal, uma postura paterna. — Sua mãe e eu. Quero que você saiba disso.

Rowan fez um barulho no fundo da garganta, a mais escassa das respostas, mas Richard viu a máscara cair por um segundo, viu um lampejo de puro ódio no rosto do garoto.

RICHARD SABIA QUE NÃO devia misturar os comprimidos com bebida, mas, mesmo assim, pediu uma cerveja.

— Ou melhor — disse —, um gim-tônica.

Ana dissera uma vez que os destilados claros eram os mais saudáveis — ela bebia vodca. Ana, com aquelas pernas bonitas, aqueles sapatos confortáveis e a pele limpa e pálida como a de uma estátua.

— Também vou querer um — afirmou Rowan, provocando um ataque de risinhos em Livia. A garçonete olhou para Richard esperando autorização.

— Não — disse ele. — Deus do céu.

A raiva oscilava em Richard, crescia e sumia tão facilmente quanto respirar ou quanto não reagir. Enfiou na boca um naco de pão, seco e sem sal, e mastigou com vontade.

DEPOIS QUE TODOS FIZERAM o pedido — Richard notou que a garota escolheu o prato mais caro do cardápio —, Richard foi até o estacionamento. "Já volto", anunciou aos dois. Eles o ignoraram. O rio ficava tão perto que dava para ouvi-lo.

Richard ligou para Ana. Pressionar o botão aplacou uma ansiedade imediata, reduziu-a um pouco. Ele estava agindo, ainda tinha algum controle. As chamadas, porém, também não tiveram resposta. Então a ansiedade dobrou. Eram toques demais. Ele sentia o silêncio entre cada toque. Desligou. Talvez ela tivesse se surpreendido com a ligação — via de regra, eles nunca falavam ao telefone. Ou talvez o telefone dela estivesse no modo silencioso, ou talvez Jonathan tivesse voltado para casa mais cedo. Talvez. Ou talvez ela simplesmente o estivesse ignorando. De volta ao próprio apartamento, sem nada para fazer, usando aquelas calças de moletom que não lhe caíam bem, o sutiã surrado. O nojo fechou sua garganta.

Richard sabia que não devia ligar outra vez, mas era muito fácil suportar a mesma série de toques. Pressionou o telefone contra a orelha, perguntando a si mesmo até quando aqueles toques podiam continuar. Houve um momento, um clique, em que ele pensou que Ana havia atendido — sentiu um nó no estômago —, mas era apenas a caixa postal. A gravação fazia a voz dela parecer assustadora e distante. No silêncio, após o bipe, ele tentou pensar em algo a dizer. Podia ver a própria respiração.

— Vagabunda — disse de repente, antes de desligar.

VOLTOU À MESA, ABAIXANDO-SE para pegar o guardanapo que havia caído no chão. Um prazer indireto animava seus movimentos, um fluxo de otimismo. A comida chegou rápido, a garçonete sorria enquanto dispunha os pratos na mesa. Richard pediu um segundo drinque. Enquanto a garçonete se afastava, Rowan apontou para as costas dela.

— Mulher-lagarta — anunciou ele. — Dois pontos.

Livia começou a rir de novo.

Richard só piscou, o drinque era uma onda que ele estava surfando, havia outro a caminho. Aquela pessoa sentada ao seu lado era seu filho? Está tudo bem, pensou, tudo vai ficar bem, todas as coisas vão ficar bem.

Cortou o lombo de porco, salgou o purê de batatas, encheu o garfo. Rowan tinha pedido massa, dizendo-se vegetariano — o que parecia mais uma de suas piadas —, e comia sem parar, os lábios besuntados de óleo. Livia bebericou a água e cutucou o filé. Cortou pedaços de carne, mas só os passou de um canto para outro do prato. Rowan estava no meio de uma frase quando Livia rapidamente transferiu um dos pedaços para o prato dele. Ele olhou para baixo, mas não parou de falar.

— Ouça — disse Richard a Livia, embora não tivesse planejado falar nada —, você não pode só beber água no jantar.

Livia o encarou.

— Você precisa comer algo — insistiu Richard.

— Meu Deus — resmungou Rowan. — Você também não está comendo muito.

— Estou bem assim — rebateu Richard. O filho parecia tenso. Richard percebeu que, por baixo da mesa, Rowan estava com a mão no joelho de Livia. — Estou bem — repetiu —, mas não vou permitir que Livia passe fome.

— Que papo é esse, porra? — disse Rowan.

Richard nunca havia batido no filho, nem uma vez sequer. Sentiu a boca se encher de saliva e os olhos latejarem. Do outro lado da mesa, Livia continuava o encarando.

— Coma a sua comida — falou Richard. — Não vamos sair daqui enquanto você não comer.

Os olhos da garota ficaram marejados. Ela pegou o garfo, agarrando-o com força. Espetou uma fatia grossa de carne e a levou até a boca, mastigando com os lábios apertados, o pescoço se contraindo enquanto ela engolia. Pegou mais um pedaço, os olhos cada vez mais arregalados.

— Meu Deus, pare — protestou Rowan. — Já chega.

Livia continuou a comer.

— Para, amor — disse Rowan, agarrando o pulso da namorada, cuja boca estava cheia como em um desenho animado. Livia soltou o garfo, deixando-o cair ruidosamente no chão. — Você é um babaca — vociferou Rowan, fulminando o pai com os olhos. — Você sempre foi um babaca de merda.

A garçonete chegou às pressas com outro garfo, seu rosto congelado em uma expressão de cortesia frenética, o que significava que tinha visto tudo.

— Desculpe — disse a garota, lágrimas pingando no seu colo.

— Não tem problema — tranquilizou a garçonete com uma entonação exagerada —, não tem problema nenhum.

— Ela substituiu o garfo e curvou-se para pegar no chão o que estava sujo. Sorria ostensivamente, mas sem estabelecer contato visual com ninguém ali. Quando ela se afastou, deixando-o sozinho com o filho e a garota aos prantos, Richard imaginou, com a lógica tardia de um sonho, que a garçonete devia ter pensado que ele era o vilão de toda aquela situação.

Marion

CARROS DA COR DE melões e tangerinas ferviam nas entradas das garagens em ruas sem saída. Cachorros deitados de barriga para cima ofegavam na sombra. Era mais fresco nas colinas, onde a família de Marion vivia. Todos os que moravam no rancho eram parentes, dizia Marion, de sangue ou não, e ela chamava a todos de irmão ou irmã.

A casa principal projetava-se do terreno, serena e solitária como um navio, incrustada de delicados detalhes vitorianos que acumulavam sujeira nas cornijas e espirais. A primeira proprietária fora uma herdeira das tâmaras, contou Marion, adorada e mimada e cujos caprichos de menina eram evidentes nas janelas ovais que se abriam para dentro, no lago agora seco, mas que outrora era cheio de ninfeias e peixes exóticos. As folhas das palmeiras pendiam encrespadas das árvores que margeavam a parte externa da casa. Todo aquele paisagismo era um resquício do que fora, agora tomado por novas plantas, mas ainda visível entre a grama alta, na fileira de árvores que delimitavam uma trilha até a porta de entrada, ladeada por colunas de gesso brancas.

Passávamos a maior parte do tempo nos cômodos amplos da casa principal. Ali cuidávamos dos bebês, embalando-os e ninando-os, balançando fitas com contas de vidro sobre seus rostos úmidos. Montávamos qualquer quebra-cabeça que aparecesse, imagens de castelos barrocos ou de gatinhos lustrosos em cestas, recomeçando tudo assim que terminávamos. Encontrei um livro sobre massagem, com ilustrações desdobráveis dos pontos de pressão, e praticamos: Marion deitada de bruços, a camisa levantada, eu montada em cima dela, movendo minhas mãos, descrevendo círculos firmes em suas costas, minhas palmas escorregadias e amareladas de óleo. Marion tinha acabado de completar 13 anos. Eu tinha 11.

Minha mãe estava passando por uma fase, tendo suores noturnos e desmaios. Pagava para que pessoas a tocassem: o naturopata, que punha dedos quentes em seu pescoço e nos seios; o acupunturista chinês, que raspava seu corpo nu com uma plaina de madeira polida. Eu acabava ficando na casa de Marion semanas a fio, nossas roupas misturadas, o meio-irmão dela roubando de mim cédulas de baixo valor, o pai dela, Bobby, beijando nós duas na boca para nos desejar boa noite.

Uma tarde, estávamos sentadas nos degraus da frente da casa principal dividindo um refrigerante e vendo o pai dela cavar buracos no quintal, os quais, depois, ele forraria de folhas e encheria de maçãs.

— Preciso de um cigarro — resmungou Marion, passando a garrafa para mim. Tomei um gole do refrigerante com uma apatia adulta. — Vamos pedir uns ao Jack — disse ela, sem olhar para mim. Jack era um amigo de Bobby que morava em Portland. Era esguio, os pelos pálidos de seus braços pareciam neon em contraste com a pele bronzeada. Ele estava hospedado no celeiro junto com a namorada, Grady, que usava saias compridas e fitas no rabo de cavalo. No jantar, quando Grady levantava os braços para ajeitar o laço no cabelo, eu via pelos escuros em suas axilas e desviava o olhar.

— Não é nada de mais. Ele vai dividir com a gente — disse Marion, puxando um fio da bainha desfiada do short. Ela estava usando o short por cima de seu biquíni favorito, de um laranja berrante, o tecido áspero esticado sobre os seios, os ombros brilhando de filtro solar. Eu também estava usando a parte de cima de um biquíni, emprestado por Marion, e fiquei o dia inteiro com um sentimento de ansiedade causado pela sensação estranha do ar no meu peito e na minha barriga. Marion ergueu a sobrancelha para mim quando não respondi. — Estamos vestidas assim porque está calor, entendeu? Não se preocupe tanto.

Os homens a olhavam naquela roupa, e ela gostava. Na primeira vez em que foi jantar no rancho, Jack seguia Marion com os olhos toda vez que ela se levantava da mesa. Naquele dia, quando ele ficou olhando para Marion no celeiro enquanto enrolava um cigarro para ela, senti como se eu tivesse uma pedra quente nas vísceras. Quando ele olhou para mim, me virei e arqueei os ombros, tentando aliviar a pressão dos seios contra o tecido emprestado. Nunca mais saí com aquele biquíni.

NA ÉPOCA, NENHUM DE nós sabia que os escolitídeos estavam abrindo túneis dentro das árvores, pondo milhões de ovos que eliminariam milhões de árvores. Bobby estava prenunciando um ataque tão grande que os Estados Unidos se fechariam em si mesmos como um punho. Era tarefa dos homens proteger as mulheres. Todo mundo que morava no rancho estava armazenando coisas, congelando quantidades enormes, inacreditáveis de alimentos e limpando o matagal das velhas cavernas indígenas, onde iam pegar água em jarras. Bobby queria construir uma torre de pedra, com doze metros de altura e circular, no topo de uma colina onde a energia era paramagnética e auspiciosa. Cercaram o local com bandeiras de seda e candeeiros a óleo antes de começar a construção. Marion e eu observávamos do flanco da colina, dando tapas nos mosquitos em nossas pernas. Bobby dizia que estava armazenando armas para as guerras e nunca sabíamos ao certo se ele estava brincando ou não. Marion vivia revirando os olhos para ele, mas engolia, apesar do gosto horrível, a tintura de coptis que ele nos dava todas as manhãs para regularizar o intestino e engrossar os cabelos. "Como os de um pônei", dizia e torcia a trança de Marion em volta do pulso.

A família dela cultivava pés de maconha no flanco da colina voltado para o sul, misturados com plantas de sálvia e manjericão. Diziam aos amigos que tinham trinta plantas, mas, na verdade, tinham o quíntuplo disso, escondidas por todo o rancho. Vendiam para dispensários em Los Angeles e, às vezes, se minha mãe estivesse viajando em um fim de semana de jejum extremo à base de sucos detox, Marion e eu tínhamos permissão para fazer as entregas de carro com Bobby. A mãe de Marion, Dinah, nos ensinou a usar a seladora à vácuo nos saquinhos de plástico que embalavam a droga.

"Ponham as luvas", dissera Dinah, jogando para mim um velho par de luvas de jardinagem. "Se vocês forem parados, vão cheirar suas unhas procurando vestígios de resina."

Embalamos a maconha em três sacos e a colocamos em nossas mochilas. Dinah pôs as mochilas em grandes bolsas de viagem e as cobriu com toalhas de praia, roupas de banho, cadeiras dobráveis e um engradado de peras bem maduras para disfarçar qualquer cheiro residual. Marion e eu nos sentamos no banco traseiro, de mãos dadas, nossas coxas nuas grudando e deslizando no assento de couro. Percorremos as sinuosas estradas litorâneas, passando por favelas e pomares murchos devido ao calor, por colinas secas e pela distante cadeia de montanhas roxas, as vacas imóveis no meio de um campo.

EU JÁ TINHA ESTADO NO SUL, mas eu e minha mãe tínhamos percorrido a I-5, não as estradas secundárias. Minha mãe jamais teria parado na loja de pedras, onde Bobby deixou que cada uma de nós comprasse um pedaço de ágata, ou na fazenda de tâmaras, onde um velho fez milk-shakes para nós três. Eram densos e eu chupei o canudinho até minha boca ficar dolorida. Marion terminou primeiro, depois ficou sacudindo o canudo no copo vazio. Ela baixou a janela, atraindo a minha atenção, colocou o copo para fora do carro e o deixou cair na estrada. Quando olhei para trás, o copo estava quicando silenciosamente no meio do mato.

— Ei — disse Bob, virando-se no banco. Tentou dar um tapa em Marion, mas ela afastou as pernas para fora do alcance dele. — Não faça isso — repreendeu ele. Eu estava sorrindo, assim como Marion, mas, quando Bobby levantou a voz, parei. — Não jogue coisas para fora de um carro cheio de maconha — gritou, agitando a mão na direção de Marion. Ele acertou um tapa na coxa nua dela, e eu a vi ficar vermelha. — Quer que a gente seja parado por uma besteira? — disse, virando-se novamente para a estrada.

— Caramba — resmungou Marion, esfregando a perna. — Doeu.

Bobby limpou a mão no volante. Olhou novamente para mim pelo retrovisor e eu desviei o olhar.

— Eles adoram parar as pessoas por besteiras assim.

Sorri quando Marion olhou para mim. Ela fez uma careta, brincalhona de novo, mas eu a vi apertar a ágata.

Levantei a minha ágata contra a luz que entrava pela janela do carro. Era lisa, de um azul pálido, estriada com delicados fios brancos. A mulher na loja de pedras explicou que era um símbolo de graciosidade, ajudava a alçar voo.

— Boa para proteção — dissera ela, quando eu levei a pedra até o balcão. — A ágata azul estriada pode ajudar com seus pedidos para os anjos. Também cura eczema, sabe, se sua pele ressecar.

A ágata que Marion escolhera não era lisa. Era irregular e luminosa. Ágata de fogo, foi como a mulher a chamou.

— Está vendo? — disse, erguendo-a, girando-a entre os dedos. — Parece um carvão, não é? Um carvão em brasa.

— Vai servir pra quê, no meu caso? — perguntou Marion, esticando-se para tocar na pedra.

— Ah, é boa para visão noturna — respondeu a mulher. — Para curar vícios também, mas você é jovem demais para isso. Quer saber? — Ela olhou para Marion. — É simplesmente uma boa pedra da terra. Dá força.

— São todas assim — retrucou Marion. — Protegem de tudo, têm todos os poderes e blá-blá-blá. — Ela sorriu para a mulher. — Existem pedras más? Tipo, que te enfraquecem, te deixam burra ou algo assim?

— Pois é, ou que causam câncer — aventurei-me, recompensada pela risada que Marion soltou.

A mulher olhou para mim como se estivesse decepcionada e eu desviei o olhar. Por fim, entregou para Marion e para mim saquinhos de seda.

— Não as exponham diretamente à luz do sol — disse enquanto saíamos. — Isso drena o poder delas.

QUANDO PARAMOS PARA ABASTECER, fiquei observando Bobby manusear a bomba enquanto puxava desconfortavelmente o cós da calça. Percebi que era uma das primeiras vezes que eu o via totalmente vestido: estava usando calças esportivas feitas de algum tecido brilhoso, os tênis eram emprestados, os braços cruzados rigidamente sobre o logotipo esportivo na camiseta.

No banco de trás, Marion jogava a ágata de uma mão para outra.

— Desculpe por papai ter gritado — disse ela. — É só a tensão. A viagem.

— Tudo bem — falei. — Sério. Eu não ligo.

— Ele às vezes é um babaca. — Marion encolheu os ombros, toda concentrada para pegar a ágata.

— Pois é.

Marion parou.

— Mas ele também é incrível — disse, apertando os olhos. — É um ótimo pai.

Nós duas olhamos para cima: Bobby afastou os limpadores e começou a passar um rodo molhado no para-brisa. Através da água e do sabão, a estrada do outro lado parecia embaçada e distante.

— Não acho ele babaca — falei, abaixando a voz. Bobby estava pegando um monte de papéis-toalhas. — Eu nunca pensaria isso.

Ouvimos o rangido agudo do vidro. Bobby tinha tirado toda a água do para-brisa, e o mundo fora do carro estava nítido novamente: as ripas de madeira da pequena loja de conveniência, os tanques de propano e a rodovia, próxima e vazia e infinita.

BOBBY DEIXOU A MACONHA em um templo japonês em Burbank. Enquanto os homens negociavam, Marion e eu jogávamos água turva uma na outra e observávamos o peixinho dourado no chafariz da estrada de acesso escancarar a boca e brilhar ao sol.

— Não existem regras — disse Jack, de volta no rancho. Ele nos mostrava tudo o que queríamos no celeiro, nos deixava pegar ossos de ratos, piões velhos. Guirlandas de bulbos em vasos, suculentas que perfurávamos com as unhas. — Vocês não precisam pedir permissão para tocar em nada.

Jack deixou que folheássemos livros vagabundos com fotografias em preto e branco de cadáveres, de lençóis ensanguentados.

— Ufa — disse ele, torcendo os dedos. — Conheci Beau antes de ele se misturar com aquela gente. Ele escrevia poemas. Poesia melosa e ruim.

Com Jack, aprendemos sobre runas, sobre a Ku Klux Klan, sobre Roman Polanski. Aprendemos que os homens com anéis nos polegares são mentirosos. Quando Jack pediu licença para ir ao banheiro lá fora, Marion vasculhou as roupas íntimas de Grady na cômoda.

— Não mexe nas coisas dela — falei. Eu gostava de Grady.

— Ele disse que podíamos tocar em tudo — argumentou Marion. — Opa — gritou, erguendo uma calcinha de renda preta. Enfiou os dedos em uma fenda na virilha e os contorceu. — Calcinha com abertura na frente. — Marion riu e atirou a calcinha em mim.

— Que nojo! — protestei. Quando joguei a calcinha de volta, Marion a enfiou no fundo do bolso traseiro. Olhou para mim, me desafiando a dizer alguma coisa, depois passou para as *Playboy*, virando cada página, analisando as mulheres.

— Essa aqui é bem magra, mas tem peitos grandes. Como eu. Os homens adoram.

Outra página, uma morena com um traço indiano no rosto. Depois vinham as tirinhas, que, de algum jeito, eram ainda mais safadas do que as fotografias: as camisas rebentadas e os traseiros roliços, as braguilhas abertas.

UMA GAROTA DE 13 ANOS. Conversamos muito a respeito, sobre como devia ser a aparência da garota, como Roman Polanski a conheceu, como tudo aconteceu. Ela tinha seios? Já tinha menstruado? Estávamos com ciúme, imaginando um namorado que desejasse tanto você a ponto de infringir a lei. Semanas inteiras iam passando, fazíamos fogueiras à noite, tomávamos vinte picolés um atrás do outro. Tínhamos um jogo de esconder as embalagens — amassando-as até formar bolinhas e enfiando-as em fendas nas árvores, dobrando-as nas páginas dos velhos almanaques e das enciclopédias religiosas de Jack. Ficávamos sentadas na traseira da picape enquanto Bobby dirigia pela rede de vinhedos e soltávamos embalagens de nossos punhos cerrados, como se fossem pássaros.

MARION FOI MINHA PRIMEIRA melhor amiga. Nunca tive as fotos em porta-retratos, do tipo que as garotas gostam de dar umas para as outras. Eu nunca havia usado pulseiras de amizade nem compartilhado com outra menina o ódio por alguém. Minha vida parecia algo novo e inesperado: Marion sorrindo para mim ao sol, deixando-me usar sua tornozeleira de tecido por dias a fio, trançando meus cabelos que haviam se tornado descoloridos e grossos, empoeirados e impregnados do cheiro peculiar do calor. Bobby costumava circular usando um sarongue que descia pelos quadris, mas às vezes também andava nu, por isso nenhuma das outras garotas da sétima série podia visitar o rancho, mas Marion preferia assim. Certa noite, ela furou minhas orelhas com uma agulha, segurando um pedaço frio e branco de maçã atrás do lóbulo, e quase não sangrou. Ajudou-me a traçar com batom o contorno do meu rosto no espelho do banheiro para determinarmos qual era o formato dele (coração) e, assim, o corte de cabelo mais adequado para mim (franja, que ela cortou com as tesouras de unha de Dinah).

Seu hálito quente soprando os cabelinhos cortados para longe dos meus olhos.

PASSÁVAMOS CADA VEZ MAIS tempo no celeiro. Marion dizia que não fazia sentido esperar uma viagem à cidade para obter cigarros ou pastilhas de menta se Jack nos dava tudo de graça. Marion ficava observando ele sentado atrás da escrivaninha, digitando em um computador ligado à casa principal por uma extensão elétrica, e passávamos tardes inteiras fuçando as estantes de Jack, murmurando entre nós, sentadas de pernas cruzadas no chão. Marion sorria para ele com uma intensidade que a fazia parecer quase cruel. Eu tentava sorrir da mesma maneira.

Marion se encostou na escrivaninha e contou a ele do menino que tinha sofrido uma convulsão e se cagado na piscina pública. "As mamães tiraram todas as crianças da água rapidinho depois disso", concluiu ela, e esperou que Jack risse.

Marion havia mandado eu ficar de olho e dizer depois se eu achava que Jack gostava dela. Então fiquei apartada, passando o dedo por filas de livros e geodos, enfiando na boca colheradas de sopa de tomate tiradas de uma caneca. Eu notava quando Jack olhava para a porta ou para as coxas magras de Marion sob o short desfiado.

Marion começou a se oferecer para ficar indo da cozinha ao celeiro levando as mensagens de Grady para Jack, ou sanduíches de sorvete nos horários mais quentes do dia. Eu me perguntava se ele percebia que o estávamos observando.

Nunca contei a Marion da vez em que vi Grady e Jack nus, deitados lado a lado sobre uma mesa de piquenique no quintal. "Estamos nos recarregando", Grady riu, de olhos fechados. "À luz do luar." Pelos escuros se espalhavam em suas coxas e subiam pela barriga como um animal adormecido. Jack sorria preguiçosamente, com a mão sobre ela.

MARION PEGOU EMPRESTADA A velha Kodamatic de Dinah e me levou para o alto das colinas, onde se despiu e me fez tirar fotos do seu corpo nu sobre as pedras.

— Você tem jeito para isto, eu sinto — disse. Amarrou uma fita vermelha no pescoço, igual tinha visto em uma das garotas na *Playboy*. Fechou os olhos, abriu a boca e pôs os dedos sobre o peito avermelhado. Achei que estava realmente muito bonita, mas que também parecia morta. Quando tiramos o filme da câmera, deixando-o secar ao sol, umas pálidas sombras azuis se espalharam por seu peito e sua garganta.

Marion guardou as fotos junto com uma nota de vinte dólares, depois cortou uma mecha de cabelo e pôs junto, deixou tudo em uma caixa amarrada com a fita vermelha. Disse que Jack ia gostar assim, que ele era refinado e entenderia o significado daquilo. Disse que seu pai havia lhe contado que cabelos e dentes têm estruturas celulares coesas que contêm poder. Um dente seria melhor, disse, e escancarou a mandíbula, deixando-me olhar dentro de sua boca rosada. Apontou para um dente na fileira de cima, disse que já estava bambo mesmo, por causa de um tropeção que tinha dado, e que ela estava se empenhando, forçando-o com a língua para deixá-lo ainda mais solto, empurrando-o com os dedos o máximo possível. Logo o dente cairia e ela o daria a Jack, disse, e ele entenderia tudo.

* * *

PASSÁVAMOS EMBAIXO DOS OLHOS um óleo com vitamina E que atraía e refletia uma pálida luz lustrosa. No espelho do banheiro, parecíamos lêmures de olhos brilhantes.

— Vamos ficar longe alguns dias — disse Marion, olhando para si mesma, passando o dedo em volta dos lábios, sentindo o volume deles. Eu sabia que ela estava pensando na beleza da própria boca, pois era no que eu estava pensando também. — Você deve deixar os homens em alerta. Sentindo a sua falta.

Planejamos nosso momento de retorno ao celeiro: que sutiãs usaríamos, o que diríamos. Marion havia escrito o nome de Jack em seu corpo, nas plantas dos pés, onde a tinta escorria para as espirais da pele. Vi tudo quando nos trocamos para deitar.

AS MULHERES ESTAVAM SECANDO ramos de limonete e sálvia em folhas de papel-alumínio espalhadas por toda parte no quintal, e um filhote de cachorro que Jack havia trazido da cidade continuava a revirá-las com o nariz. Marion estava lendo um volume duplo da revista em quadrinhos *Archie* recostada em um muro de pedra, e eu estava colando paetês minúsculos nas minhas unhas. O dia estava quente e eu deixava os círculos prateados caírem na terra o tempo todo. Marion tirou uma casquinha da parte superior do próprio braço, pôs na boca, mastigou-a um pouco e depois cuspiu.

— Que nojo!

— Você que é um nojo — disse ela, virando a página.

— Cacete, eles não fazem outra coisa a não ser comprar cachorros-quentes e manter as garotas longe do Archie.

O calor do dia se espalhava sobre o gramado como um cobertor. Tentei atrair a atenção do filhote, mas algumas crianças o estavam puxando.

— Quem você acha mais bonita? — perguntou Marion enquanto olhava pensativa para a história em quadrinhos.

— Betty. Sei lá. Ela é mais legal.

— Ela se veste como a sua mãe. Você acha que o Jack gostaria de qual?

— Das duas — respondi. Parei com um paetê suspenso sobre a unha observando Marion para ver se ela ia rir. Ela se levantou de supetão.

— Vamos tirar fotos hoje — disse. — Preciso colocá-las na caixa.

SAÍMOS PEDALANDO AS VELHAS bicicletas, sacolejando por causa do cascalho e dos sulcos na trilha. Eu estava carregando a câmera no ombro. Marion estava em pé sobre os pedais, com as pernas bronzeadas flexionadas. Seguimos até a beira do lago, a água zumbindo por causa das moscas, faixas grossas de algas contornando as margens.

— Vamos fazer essas direito — disse Marion, bruscamente.

— Você pode fazer o que der na telha e eu fotografo.

— Não — disse ela, partindo um grumo de algas com um graveto e virando-se para olhar na direção da casa principal. — Você tem que aparecer nas fotos hoje.

Tirei as roupas e as dobrei ordenadamente na margem. Marion posicionou minhas mãos em cima da minha cabeça e puxou uns fios de cabelo sobre meus olhos. Enfiou delicadamente o dedo entre meus dentes para mostrar quanto eles deviam ficar separados.

— Você está linda — elogiou Marion, o rosto escondido pela câmera. Ela estava tirando fotos de longe, agachada na terra. — Tem um ar jovem, realmente linda.

Em seguida se aproximou com a câmera, chegou tão perto que tocou o bico do meu mamilo com a lente, depois deu risada e caiu na grama.

— É dureza — disse ela, ofegante.

Comecei a vestir meu short desfiado, mas Marion rapidamente se levantou e veio até mim. Jogou os braços em volta do meu pescoço, como uma criança, e me beijou de olhos abertos.

— Tudo bem — falou. — Faz de conta que eu sou o Jack. Você deve parecer sonolenta. Deve parecer sexy. Tente se parecer comigo. — Estávamos as duas sem fôlego. — Arranque meu dente — pediu ela.

Marion apontou para aquela coisa serrilhada dentro da boca que se mexia quando ela tocava.

— Use as mãos — insistiu.

Ela estava sorrindo. Nós duas estávamos, feito idiotas. Tentei, mas não consegui segurar direito. Marion puxou meus dedos mais para dentro de sua boca. Eu estava delirando. Ela pegou uma pedra e a pôs nas minhas mãos.

— Vamos — murmurou ela, depois tirou meus dedos de sua boca. A mão dela estava tremendo. — Um golpe só, forte.

Olhei para ela; as cores enfeitiçadas do crepúsculo sobre seu rosto, seus olhos velados e inexpressivos. A boca escancarada, o dente já contornado de sangue.

— Vá em frente. — Ela respirou.

Levantei a pedra e dei uma batidinha.

— Espere — disse ela, retraindo-se. Respirou fundo. Depois abriu a boca de novo, de maneira que eu pudesse enganchar meus dedos em sua mandíbula. Bati no dente mais uma vez. — Nnnh — choramingou ela, mas então bati mais forte e senti o dente ceder. O sangue cobriu seu queixo. Ela ficou ali em pé, atordoada, as mãos na boca.

Quando acabei de me vestir, Marion já estava pedalando para longe.

QUANDO CHEGUEI NA CASA, ela não estava lá. O filhote esfregou o focinho no meu pé. Bobby passou na minha frente com pedaços de feltro cinza nos braços.

Eu sabia que não deveria procurá-la. Em vez disso, fui até a casa principal, até a cozinha, que estava fresca e na penumbra, o rádio ligado. Dinah estava cozinhando e Grady extraía um líquido esbranquiçado dos talos das plantas, apertando os dedos ao longo dos caules. As duas estavam coradas e me acariciaram com generosidade e afeto quando passaram por mim. Grady fez sinal para que eu fosse me sentar do lado dela.

— Você e Marion deviam passar isso no rosto duas vezes por dia. Assim nunca vão ter rugas, nunca.

Sorri para as duas, senti-me radiante quando, com movimentos circulares meticulosos, Grady passou o líquido da planta embaixo dos meus olhos, em volta da minha boca, entre as minhas sobrancelhas. Dinah estava catando feijão, empurrando os ressecados para um lado, fuçando a podridão escondida, enquanto eu, sentada na bancada, cortava os tomates do jardim. Estavam queimados de sol, a pele esticada, e, sob ela, um zumbido pesado e quente. Eu os abria e as sementes escorriam pelas minhas mãos.

Marion não apareceu para jantar. Adormeci sozinha, cochilando na cama retrátil que eu dividia com ela, de calcinha embaixo do frescor dos lençóis. Acordei desnorteada em meio à luz noturna. Dinah estava lá embaixo, chamando meu nome.

QUANDO ENTREI NA COZINHA para procurá-la, Dinah me encurralou. Agarrou meu braço e me puxou em sua direção.

— Marion disse que você a beijou. Disse que você bateu nela. — Ela estava chorando e tremendo. Pensei na mulher catando feijões, o sol em seus cabelos, e em como ela estava diferente naquele momento. — Marion me mostrou a boca. Sua garotinha idiota.

Grady apareceu atrás de Dinah e acendeu as luzes da cozinha — de alguma maneira, a iluminação repentina era pior do que a escuridão. Grady parecia chateada. Tentei mexer meus ombros, mas Dinah os segurava com força.

— Você acha isso normal?

Dinah balançou uma foto de Marion na minha frente, a da fita em volta do pescoço e as pernas abertas. Cobri minha boca com as mãos, mas ela já tinha visto meu sorriso. Aproximou o rosto do meu, pondo a boca nos meus cabelos.

— Eu sei — disse ela no meu ouvido. — Não pense que eu não sei para quem era isto.

GRADY PÔS A MINHA mochila jeans na caçamba da picape e se inclinou ao meu lado no banco do carona.

— Não se preocupe — disse, mas sua voz estava tensa. — Deixe passar uns dias. Vai ficar tudo bem.

Dinah saiu da casa vestindo um dos velhos agasalhos de Bobby. Ela e Grady falavam com Bobby enquanto eu permanecia sentada com a cabeça encostada no banco, olhando para as gramíneas amarelas. Nos campos, havia uma névoa de trigo sarraceno e já era quase outono de novo. Como é que não notamos o trigo sarraceno? Como é que não vimos seu borrão nas colinas?

— É só dizer à mãe dela que precisamos de um tempo — bradou Dinah. — Diga que estamos resolvendo questões de família.

— A mãe dela nunca está em casa.

— Diga alguma coisa, qualquer coisa. Não me importa — concluiu Dinah.

Vi pelo retrovisor Dinah se afastar, decidida, e Bobby entrou na picape e deu a partida sem dizer nada. Olhei as luzes da casa principal ficando para trás de nós, o celeiro projetando-se sombrio contra o céu, depois sumindo.

Meu rosto estava molhado e eu soluçava, mas não tinha a sensação de que estava chorando. Não sabia dizer por que minha testa também estava molhada, e minhas orelhas, não sabia de onde estava vindo toda aquela água. Bobby estava ofegante, olhava fixamente para a frente enquanto percorríamos as estradas irregulares do rancho.

— Marion é uma menina burra. Não se pode brincar com os dentes. Eles não voltam a crescer. Eu sei o que ela estava fazendo, e não funciona com quem tem coração ruim. E os dentes também estão ligados ao cérebro, à maneira como você processa a dor, à memória. Sinta os seus dentes... Até onde eles sobem na cabeça?

Passei a língua na gengiva.

— Tudo cálcio — disse ele.

Bobby pôs a mão nas minhas costas e esfregou minha pele nua para cima e para baixo.

— E isso, essa coisa que você tem aqui... Antes éramos todos peixes. A coluna é o que sobrou daqueles esqueletos aquáticos.

Fechei os olhos, imaginando peixes horríveis nadando em águas turvas, primordiais. Então ele me contou como os símbolos estavam se reunindo à sua volta, como aquilo tinha a ver com a minha entrada na vida deles, com os sonhos em que o pavimento da casa de sua infância ficava coberto de figos brancos, com a quantidade de vezes que ele encontrou um cervo morto no rancho. As abelhas dele estavam desaparecendo, colônias inteiras em colapso sem motivo aparente. Ele as encontrava amontoadas, com as patas peludas cobertas de poeira e pólen. Disse que conseguia ouvir um zumbido nas árvores por toda parte, conseguia sentir que as coisas estavam implodindo. Aquela noite era a confirmação. Disse que eu não deveria me preocupar, que eu era uma pessoa iluminada e que as coisas iam ficar bem, que eu só precisaria ficar afastada um tempinho. Marion logo ligaria para mim, disse ele. Nós poderíamos ser amigas novamente, mas eu sabia que nada disso era verdade.

— Você é uma garota meiga — disse Bobby, a mão dele no meu ombro. — É melhor do que todas elas.

"A Balada de Mackie Messer"*

ELE ANDAVA TRISTE, DE um posto de vista clínico, mas, no geral, as coisas haviam melhorado. Era primavera. Jonathan não estava mais tomando certos remédios: a dor de cabeça tinha melhorado, ele estava dormindo a noite toda. Era um fim de tarde agradável, quente o suficiente para ficar só de camiseta. Ele havia comprado cinco idênticas àquela, bastante caras, em um impulso de otimismo. Agora estava preocupado que fossem justas demais. A caminho do jantar, Jonathan deixou a pasta com o dever de casa de Annie no prédio da ex-esposa. Deixou com o porteiro; Maren pedira que ele não subisse mais.

* * *

---

* Canção cujo título original, em alemão, é "Die Moritat von Mackie Messer", composta por Kurt Weill e com letra de Bertolt Brecht para *A ópera dos três vinténs*. Tornou-se muito popular nos Estados Unidos sob o título "Mack The Knife". No Brasil, ganhou uma versão de Chico Buarque, em 1979, intitulada "O Malandro" e apresentada na *Ópera do malandro*. [N. do T.]

HARTWELL HAVIA ESCOLHIDO o restaurante; era o único dos três que se importava o suficiente para ter uma opinião. Paul e Jonathan teriam ficado satisfeitos com um hambúrguer medíocre em um dos lugares de sempre, que não mudavam desde que eles eram jovens. O restaurante na Great Jones era mais novo, movimentado até em uma noite de segunda-feira. Eles estavam em uma mesa de canto. Hartwell olhou em volta, contente — satisfeito, Jonathan deduziu, com a sensação de fazer parte das coisas, de estar inserido em alguma corrente invisível da vida urbana. O acordo tácito era que todos eles iam se embebedar. A garçonete era jovem, mas não atraente. Isso não parecia importar. Ela fingia flertar com eles, eles fingiam flertar com ela.

— Nós temos que pedir a lula crocante, certo? — perguntou Hartwell. — Você curte essa opção?

— É maravilhosa — respondeu ela.

Hartwell pediu a lula, como se fosse um favor pessoal para a garçonete. Quando ela se afastou, Jonathan sentiu que Hartwell estava prestes a dizer algo sobre a moça, mas desistiu. Além da lula, uma porção de camarão e ostras, mexilhões, um filé de costela para dois, mas que seria dividido pelos três, com uma crosta de pimenta. Como acompanhamento, uma porção de brotos de brócolis na qual ninguém nem sequer tocaria. Cortaram em turnos o filé em uma grande tábua no meio da mesa. Jonathan chamou a garçonete para pedir batata frita. Fazia quase dois meses desde a última vez em que conseguiram se encontrar os três ao mesmo tempo. O filho de Paul estava esperando respostas das universidades.

— Ele quer ir para o oeste — disse Paul. — O que seria bem legal, mas sabe-se lá.

O filho dele era um garoto meigo, como o pai, embora ambos fossem um pouco limitados, como se a vida os tivesse atordoado. Desde a hospitalização do filho, Paul havia começado a usar um colar, uma única conta azul em um cordão. Estava ficando meio sebento, o cordão, um pouco acinzentado. Em outras circunstâncias, Jonathan o teria sacaneado. Eles se conheciam desde pequenos. Era estranho como Paul podia ser um homem de 50 anos e de repente se transformar naquele garoto de 13 que era o mais alto entre eles, o mais bonito, iluminado por uma espécie de luz dourada. O câncer de seu filho entrara em remissão, mas Jonathan tinha ouvido a mulher de Hartwell dizer que o prognóstico de longo prazo não era bom. Jonathan e Paul nunca falaram sobre o assunto diretamente.

Na festa mais recente organizada por Jonathan, onde a maioria das pessoas presentes era amiga de Julia, Paul fora um dos últimos a ir embora. Ele tinha cheirado uma carreira de pó com Julia e o empresário dela, depois ficou atrás de Jonathan, querendo conversar, embora o amigo estivesse ocupado reordenando e limpando tudo, esvaziando os cinzeiros na lata de lixo, esvaziando os copos de plástico na pia. Eles deveriam viajar de bicicleta pela região vinícola da França, dissera Paul. Ou por que não percorrer um trecho da Pacific Crest Trail? Ou a trilha toda? Eles não viviam falando disso na faculdade? Paul teve uma ideia para um programa de TV que Jonathan deveria escrever. Os dois sabiam, no entanto, que Jonathan nunca escreveria aquele programa. Que nenhum dos dois jamais percorreria nenhum trecho da Pacific Crest Trail. Eles não eram esse tipo de pessoa.

No outono, quando Julia o deixou, Paul ligou para Jonathan quase todos os dias para saber como ele estava. Ao lembrar disso, Jonathan, sentado ali na companhia dos velhos amigos, sentiu vontade de chorar. Ele sabia que Paul o amava. Do outro lado da mesa, Hartwell riu de boca aberta, empurrando os óculos nariz acima. Paul tentava em vão cortar o filé de costela.

Uma mensagem de texto de Julia. Ele olhou o telefone embaixo da mesa. Ela estava tomando drinques com um amigo que morava no mesmo bairro, um tal de Kito. Ele era um cara legal, dizia que tinha visto e até apreciado alguns programas de TV de Jonathan, embora os roteiros, na verdade, muitas vezes fossem reescritos até a ideia original ser quase totalmente eliminada. Ele costumava fazer piadas sobre o navio de Teseu na época em que fazia mais questão que as pessoas o achassem inteligente. Agora, na maioria das vezes, o que queria era que as pessoas não pensassem nele.

Ainda com Kito, manda um oi para o harts etc.

Pode deixar, respondeu Jonathan.

— Julia manda lembranças — anunciou ele.

— Ela não quer vir para a sobremesa? — perguntou Hartwell. — Ou podemos tomar alguma coisa em outro lugar?

— Não, tudo bem, ela está em Gowanus com um amigo — disse Jonathan. — Na verdade, ela conheceu o Ted na semana passada.

Eles tinham jantado às dezoito horas com o pai de Jonathan em um daqueles restaurantes implacavelmente impassíveis de Midtown, com aquelas luminárias grandes desalinhadas de seda drapeada e um *maître* pretensioso com hálito de chiclete ao lado da chapelaria. Julia havia trocado de roupa duas vezes, acabou estreando as calças quadriculadas caras que ele havia comprado para ela e usando um dos velhos suéteres de lã de Jonathan. "Estou me sentindo uma entregadora de jornais", dissera ela.

— E ela adorou o Ted? — perguntou Hartwell.

Hartwell era a única pessoa que Jonathan conhecia que realmente gostava de seu pai. Ted recebera toda a família de Hartwell na casa de Millbrook para um fim de semana de Páscoa — Hartwell com a esposa esportista e os filhos esquisitões. Jonathan ficou irritado com a tolerância de seu pai em relação aos filhos de Hartwell, até mesmo quando o caçula, Jax, uma prima-dona que usava o que Jonathan teve quase certeza de que eram leggings femininas, continuava a dizer o nome em mandarim de todos os objetos à vista. Ted só se limitara a acenar com a cabeça, anuindo de maneira simpática.

Hartwell e Jonathan foram andando até o lago para fumar um cigarro eletrônico antes do jantar, voltaram agradavelmente chapados, o que foi ótimo, até o presunto no prato deles assumir o estranho aspecto de carne humana. Depois, Hartwell escreveu um bilhete de agradecimento que o pai de Jonathan ainda mencionava em todas as conversas. Desde a morte da esposa, Ted havia se tornado um cara sentimental e ficava comovido com gestos como aquele.

— Duvido — respondeu Jonathan. — Nada de amor entre eles. Talvez simpatia.

O pai de Jonathan se mostrou nervoso naquele jantar, falou sem parar das obras, ficou encarando a garçonete por tempo demais quando ela perguntou se ele havia realmente terminado o *cioppino*. Jonathan ficou surpreso que o pai soubesse o que era *cioppino* — qualquer coisa vagamente europeia costumava deixá-lo agitado. Houve alguns vácuos, alguns silêncios, Julia bebeu demais. E Jonathan sentia-se cansado demais para tentar interferir. Era difícil imaginar que o pai não tivesse corrido para fofocar com os irmãos sobre a namorada jovem, com pouco mais de 30 anos, de Jonathan. Ou, pior, com Maren. Aparentemente, eles ainda mantinham contato, outra revelação que havia chocado Jonathan, descoberta só depois que Maren dissera algo a respeito quando ele foi entregar-lhe alguma coisa.

— Você é um cara corajoso, amigo — disse Hartwell. — Tenho certeza de que correu tudo bem.

— Veremos.

A garçonete voltou com outra rodada de bebidas, embora Jonathan já tivesse bebido além da conta; dois bourbons e agora a segunda cerveja. Quem dera ele não tivesse parado de fumar. Esse era o momento da noite em que poderia dar uma saidinha para fumar, suficientemente bêbado para achar que estava tudo bem, que ele tinha bons amigos, que não havia entendido mal as regras básicas, que não havia se embrenhado em uma selva escura. Mas chega de cigarros, chega de comidas com alto teor de colesterol, ou pelo menos ele devia comer menos dessas comidas. Segundo Julia. Por motivos de longevidade.

Havia um artista sessentão muito famoso que morava no prédio de Jonathan com a esposa; ela era 30 anos mais jovem e agora estava grávida do terceiro filho deles. Jonathan costumava ver o artista fumando na calçada em frente ao prédio, fumando furiosamente, impiedosamente, como se quisesse apressar a morte, às vezes cruzava com ele no elevador com o filho pequeno nos braços, ignorando os socos implacáveis do menino. Jonathan sabia que eles tinham alguns amigos em comum no âmbito profissional, mas nunca se falaram. Às vezes, aquele artista aparentava ser o arauto do futuro infeliz reservado a Jonathan — parecia um perfeito idiota, de cabelos grisalhos, com o maxilar indefinido, carregando o filho pequeno. Parecia um velho nojento. Uma vez Jonathan o viu com a cabeça enterrada nas mãos, apoiado na janela do antiquário no térreo do prédio. Não entendeu se ele estava chorando.

— Sobremesa? — perguntou Hartwell.

Era uma pergunta sem sentido: Hartwell sempre pedia sobremesa. Raspadinha de laranja sanguínea, pudim de caramelo com sorvete de bourbon e xarope de bordo. Paul dava pequenas colheradas do sorvete com um sorriso simpático e meio embriagado. O querido Paul. Hartwell contava-lhes sobre uma árvore histórica em sua casa de campo que tinha sido ressuscitada com uma técnica de paisagismo japonesa, usando galhos de outras árvores.

— Sem pregos — disse Hartwell. — Ele fazem entalhes e juntam tudo. É lindo.

Ele tinha contratado um mestre jardineiro. Só Deus sabe onde ele ficava sabendo dessas coisas. Logo após a separação, quando Jonathan ainda tinha o costume de andar furtivamente por aí, Hartwell deixou que ele e Julia usassem a casa por um fim de semana. Eles ficaram em pé ao lado da ilha da cozinha comendo coquetel de camarão de uma embalagem de plástico para viagem, viram metade de um filme. Fumaram um pouco de maconha com um vaporizador de metal. Jonathan gostou de limpar o aparelho com as escovinhas para cachimbos vendidas especialmente para aquilo. Julia encomendou a maconha de um serviço que só vendia para mulheres e só usava entregadoras — todas excessiva e inutilmente bonitas. De início, ele não sabia se podia estar no apartamento de Julia quando elas chegassem. Como se fosse necessário evitar o contágio dos homens. Mas elas não pareciam se importar, ou pelo menos ninguém disse nada. A presença de uma estranha no apartamento, uma mulher bonita, tornava a situação automaticamente erótica, a primeira cena de um pornô. No entanto, todas elas pareciam conscientes daquele clichê e o resultado era um profissionalismo irônico, implacável. Apesar disso, Jonathan sempre ficava desanimado quando as mulheres iam embora, ainda que fosse impossível para ele vislumbrar alguma coisa acontecendo, conceber um primeiro passo viável.

SEM DISCUTIR O ASSUNTO, Hartwell pagou a conta sozinho. Ele já havia emprestado a Jonathan uma quantia significativa; esse era outro tema sobre o qual eles não falavam.

— Ei, obrigado — disse Jonathan. — A próxima é por minha conta. — Ele pareceu convincente?

— Sem problema — falou Hartwell, assinando o recibo, em seguida dobrando com precisão a cópia e colocando-a na carteira. — Topam mais um drinque?

Jonathan checou o telefone. Julia havia ligado. E depois mandado várias mensagens ao longo da última hora.

Kito me deu ketamina devo tomar?
lol má ideia ou não?

Vou tomar.

Vem pra cá

Onde vc está

Cadê vc

Ele não conseguia entender se ela estava brincando ou não.

— Julia disse que tem ketamina.

— Sério?

Jonathan deu de ombros. Ia fazer uma piada sobre a namorada delinquente, juvenil e drogada, embora Julia tivesse, de fato, quase 32 anos. Às vezes, ele se pegava fazendo piadas sobre ela sem motivo.

— Tenho curiosidade de saber como é.

— Nunca tomei — disse Paul.

— Estão começando a receitar. Li um artigo. Acho que foi aprovada pela FDA.

— Será que os planos de saúde cobririam? — perguntou Hartwell.

Estranho como o uso furtivo de drogas de quando eles eram jovens tivesse se transformado em uma espécie de hobby perfeitamente aceitável, como o interesse em vinho ou café. Um colega de faculdade de Jonathan havia investido em um dispensário em Nova Jersey. O chefe de Hartwell usava microdoses. Isso deixava as coisas um pouco menos divertidas. Eles eram basicamente pessoas responsáveis. Tinham bebido demais, mas estariam na cama antes das onze.

Paul pigarreou, empurrou a cadeira para trás.

— Preciso ir andando — anunciou. — Fique de olho para ela não se matar.

***

PAUL MORAVA NO BROOKLYN, então ele e Jonathan foram andando até o metrô em um silêncio camarada. Pegar o metrô em vez de um táxi fazia Jonathan se sentir virtuoso, no controle da situação. Estava sendo responsável, não é? Antes que fossem embora, a garçonete entregou para cada um deles um saquinho de celofane com pequenos muffins de chocolate salpicados de aveia e nozes. "Para o café amanhã cedo", disse ela. Hartwell se limitou a erguer as sobrancelhas. "Obrigado, Samantha", disse, dando ênfase ao nome da garçonete. Ela retribuiu com um sorriso, mas seus olhos já estavam vasculhando o salão. Esqueceria eles em exatamente um segundo.

JONATHAN ABRIU O SACO com os pequenos muffins na calçada, rasgando o adesivo com o logotipo do restaurante. Estava bêbado o bastante para comer o saco todo sem se dar conta. As ruas estavam movimentadas, garotas puxavam para baixo as bainhas dos vestidos de verão que agora se arrependiam de ter colocado para o primeiro dia de calor. Ele notou os novos fones de ouvido que, de repente, todo mundo passou a ter, fones sem fio — para Jonathan, pareciam um tipo de dispositivo médico, *stents* para drenar fluido cerebral. De qualquer forma, ele provavelmente ia acabar comprando porque aquele parecia ser o rumo natural das coisas, como sua filha de 11 anos com um iPhone, mesmo depois dele ter jurado que aquilo jamais aconteceria. Annie pelo menos usava uns joguinhos de ortografia, disse a si mesmo, embora ultimamente ela andasse obcecada por um joguinho gótico que o tempo todo exigia que ela comprasse pedras preciosas.

Às vezes, Julia jogava quando não conseguia dormir — estranhamente, tinha ficado muito boa no jogo, cutucando a tela com o dedo, seu rosto brilhando na luz refletida de uma floresta que pulsava suavemente.

Estavam quase chegando ao metrô quando Jonathan viu um táxi se aproximando. Foi para a rua, levantou o braço.

— Por que não, certo? Está tarde.

— Claro — concordou Paul. — Por mim, tudo bem.

— Duas paradas — anunciou Jonathan, entrando no carro.

Acabou que ele não tomou o metrô, mas pelo menos teve a intenção. E certas corridas noturnas de táxi atravessando a ponte pareciam um atalho para o prazer de viver na cidade. Era possível imaginar que todas aquelas coisas sobre a vida adulta na qual um dia acreditamos eram quase verdade.

— É difícil acreditar que já estamos quase em maio — disse Paul.

— Praticamente verão.

— Vocês vão para Millbrook?

— Annie vai para a colônia de férias em agosto. Talvez eu e Julia aluguemos alguma coisa no leste por uns dias.

Era um pensamento agradável, mas improvável. Ele não tinha dinheiro para uma casa naquela região. Ele e Julia tinham ido para a praia no ano anterior, levado um saco plástico cheio de cerejas e gelo, um recipiente com azeitonas verdes e uma garrafa de água com gás morna. Comeram tudo durante a viagem de carro. Ela nadava muito mal mesmo tendo crescido no litoral de Washington — ninguém nadava no mar lá, era frio demais. Julia só ia até onde dava pé. Ficava preocupada com a areia no maiô e com a água salgada nas lentes de contato. Apertava o nariz toda vez que furava uma onda.

— Adoro isso — disse ela, e ele viu em seu rosto queimado de sol que era verdade. Ela chutou para longe um emaranhado de algas que vinha na sua direção. — Faz você se sentir um ser humano bom.

— A gente costumava brincar de cadáver — disse ele —, quando criança. A brincadeira foi invenção nossa. Você fica sentado na arrebentação e a regra é que não pode usar as mãos.

— Então você só fica levando caixote? Que jogo horrível!

— Era divertido — disse ele, e era mesmo; a sensação de impotência, o risco que era ao mesmo tempo real e improvável. Do grupo de amigos, Paul era de longe o que nadava melhor no mar, era o melhor em tudo. O primeiro a transar, o primeiro a usar drogas pesadas, o primeiro a nadar para além da boia na colônia de férias. Ele sempre pareceu um homem enquanto os outros ainda eram garotos, talvez para sempre.

Jonathan queria perguntar se Paul se lembrava de quando eles brincavam de cadáver, mas os olhos do amigo estavam fechados, os braços cruzados. Com o fluxo de ar e o barulho que entrava pelas janelas abertas, foi fácil para Jonathan também fechar os olhos.

Quando o táxi parou na esquina em que Paul desceria, ele apalpou os bolsos.

— Posso dar uma nota de vinte?

— Tá tudo certo — disse Jonathan, gesticulando para ele sair. — Deixa comigo.

Um pensamento nauseante, mas talvez verdadeiro: aqueles sentimentos de generosidade só ocultavam a parte dele que queria manter por perto alguém cujo sofrimento era indiscutivelmente maior que o seu. Talvez Hartwell sentisse a mesma coisa em relação a Jonathan.

— Poxa, obrigado então, Johnny. — Paul era a única pessoa que ainda o chamava daquela maneira. — A gente se vê em breve?

— Sim. Claro. Lembranças para a Wendy.

MAIS UNS DEZ MINUTOS no táxi até ele chegar ao bairro de Julia. O pai de Jonathan provavelmente nunca esteve no Brooklyn. Jonathan havia levado a filha até lá uma vez, quando ainda estava casado — Annie parecia não entender por que eles estavam naquele bairro, por que tinham pegado o metrô só para ir tomar sorvete e passear às margens de um rio sujo. Mesmo assim, era pequena o bastante para ser afável, para confiar na lógica abrangente por trás de tudo o que o pai fazia. Eles compraram hambúrgueres e cachorros-quentes e ela ficou segurando o *pager* entregue pelo atendente do caixa como se fosse um celular, fazendo de conta que estava tirando fotos de si mesma.

Te amo, enviou para Annie, embora ela estivesse dormindo. Uma vez ela mostrou como enviar um coração pulsante nas mensagens, mas ele não conseguia se lembrar naquele momento. Annie o fazia rir de verdade. Às vezes, ele ficava preocupado ao perceber o desespero que perpassava as brincadeiras frenéticas da filha, mas talvez fosse apenas projeção. Ela certamente era mais resistente do que ele jamais fora, menos ferida. Mesmo nas próprias fotos de infância, Jonathan achava que o presságio do desespero futuro estava visível de alguma maneira, uma tendência aos erros de cálculo.

Uma vez, enquanto tentava pensar em uma história para contar para Julia, Jonathan falou de Snoopy, um esquilo recém-nascido que ele e a babá haviam resgatado no Central Park quando ele tinha 6 anos. Era estranho os pais dele terem aceitado aquilo, mas aceitaram; Jonathan dava água com açúcar para o esquilo, acariciava-o com um dedo, transportava o animal minúsculo no colo, dentro de uma caixa de sapato, da Rua 18 até Millbrook todo fim de semana. Depois de um tempo, a mãe dele anunciou que era hora de levar Snoopy de volta para a natureza. Ela levou Jonathan ao parque, apontou para todos os outros esquilos, todas as árvores em que Snoopy poderia subir. Jonathan não se lembrava se tinha ficado triste ou não ao deixar seu animal de estimação para trás, só lembrava que a mãe o levara embora depressa quando outros esquilos cercaram Snoopy, avançando e grasnando na direção dele. Não era Snoopy, era algum outro esquilo que eles estavam atacando, dissera sua mãe enquanto eles voltavam a pé para o apartamento. Ao contar a história para Julia, Jonathan percebeu pela primeira vez que, obviamente, os outros esquilos haviam matado Snoopy. Por que ele nunca tinha se dado conta disso? Eles notaram algo vulnerável em Snoopy, algo inadequado ao mundo, horas demais em uma caixa de sapato Bass Weejun na rodovia Taconic, o amor exagerado, supérfluo, ávido de um menino de 6 anos que tinha medo de tudo: do escuro, das mariposas, dos irmãos mais velhos. Quando ele contou a história, Julia ficou com os olhos marejados, mas também riu. Por que a história a deixou triste? Ela imaginou que o esquilo receberia Jonathan no céu, que Snoopy, de alguma maneira, ficaria encarregado de animá-lo no caminho para o além. Ela estava, ao mesmo tempo, brincando e falando sério.

JONATHAN SALTOU NA ESQUINA para que o táxi não precisasse dar a volta no quarteirão. Julia não atendeu a ligação. Ele foi indo na direção do apartamento dela, ligou novamente. Ainda parecia uma novidade estar de volta naquele bairro, os seis meses em que estiveram separados foram suficientes para tornar a maioria das coisas distante. Ela havia saído com um coprotagonista de série que tinha praticamente a mesma idade dela. Jonathan mandou uma mensagem quando ouviu que a série tinha sido cancelada de surpresa, mas ela não respondeu. Só depois ele descobriu que Julia já estava morando com o novo cara. Eles não conversaram a respeito. Jonathan também namorou alguém, uma quarentona com dois filhos, administradora de uma escola secundária de artes cênicas. Isabel era gentil, interessante, infinitamente conciliadora. Tinha cabelos escuros, usava um corte Chanel e sua voz era grave, atraente. Eles ficavam o tempo todo enviando fotos dos filhos um para o outro. As mensagens de Isabel tinham frases longas com atenção incessante à gramática. Depois do primeiro beijo, ela sorriu com doçura para si mesma, intimamente. Jonathan via que ela, prevendo o sofrimento futuro, resistia à ideia de ficar com ele, mas depois se permitia seguir em frente mesmo assim. Eles pediam comida tailandesa e assistiam a filmes de verdade, levavam para passear o pastor-australiano dela. Sob todos os aspectos, Isabel parecia a pessoa certa. Até o término da relação havia sido fácil — ela fez Jonathan sentir que estava se comportando de maneira honrada. Por que ele nunca falou de Isabel para Julia? Quando ainda era casado, ele às vezes mentia para Maren sobre pequenas coisas: o que tinha almoçado, a que horas tinha dormido. Era algo sem importância, inócuo, mas que o tranquilizava com a ideia de que a realidade era mutável.

PARA ELE E JULIA, era melhor se concentrar no que fosse mais evidente. Eles estavam juntos de novo. Jonathan tinha oficialmente se divorciado. Não havia mais limitações a enfrentar, nenhuma deslealdade ou tragédia como música de fundo. Julia tinha conseguido o que queria, ou talvez o que tinha começado a achar que queria. Era difícil não ceder à versão predominante, o clichê — ela queria que ele deixasse a esposa, ele não deixou, e assim por diante, e todos desempenhavam o próprio papel corretamente. Às vezes, naqueles velhos telefonemas, ele ouvia as falas antes que Julia as dissesse, como se estivessem sendo sopradas para ela da coxia: "Você disse que me amava. Fez uma promessa."
  Julia estava deprimida. Julia puxava brigas, ou talvez fosse ele, era difícil dizer. Ultimamente, depois das brigas, ele ficava deitado no escuro segurando o telefone, passando em revista as mensagens antigas de Isabel, fazendo menção de escrever, de procurar saber como ela estava. Mas nunca escreveu. Seria muito desestabilizador, muito semelhante aos velhos tempos, quando, em um minuto, a vida dele era coesa, inteligível, e, logo em seguida, de repente, era estranha, inacreditável — ainda reconhecível, mas alterada de manei-

ra fundamental. O navio reconstruído ainda era o mesmo navio? Ele tentou explicar isso a Julia uma vez, aquela bobagem do navio de Teseu. Ela mal ouviu. E quem se importa com o momento em que um barco velho se tornou um barco novo? Talvez o real problema fosse nunca conseguir fazer algo diferente, não conseguir fazer, digamos, uma casa. Mesmo substituindo todas as tábuas velhas por novas e acreditando de verdade que se poderia ir parar em outro lugar, mesmo acreditando que se poderia de fato fazer uma casa — mesmo assim, depois de todo aquele trabalho, no fim ainda se tinha um barco. Ele havia mudado tanto, tinha mudado tudo. Por isso era pior, quando a poeira baixava, levantar a cabeça e ver sua vida assumindo a mesma forma de antes.

De vez em quando, ele sentia falta dos antidepressivos.

Ligou para Julia mais uma vez e ela finalmente atendeu.

— Oi.

A voz dela estava estranha.

— Você está bem?

— Estou drogada — disse, depois riu. — Preciso de você.

— Estou a um quarteirão de distância.

DA RUA, ELE VIA que a luz dela estava acesa. O interfone não estava funcionando, então Jonathan mandou outra mensagem. Depois de um tempo aparentemente longo, viu movimento. Pela janelinha da porta, observou-a descer as escadas. Estava segurando o corrimão. Os olhos esbugalhados. Ela não olhou para ele ao abrir a segunda porta, ao levantar o braço para destrancar o ferrolho. Sua mão estava suspensa sobre a maçaneta, sem se mexer. Olhando da escuridão lá fora, ela parecia bastante assustada, mas quando finalmente abriu a porta, abriu também um grande sorriso, puxando Jonathan para a entrada iluminada. Estava usando uma camiseta de manga comprida e calcinha listrada.

— Olá. — Ela continuava a sorrir, piscando sem parar.

Ele riu um pouco.

— Você estava falando sério.

— Vamos subir — chamou ela.

No último lance de escada, ela foi se ajoelhando em câmera lenta. Sorriu para ele.

— Vou me levantar — disse, e ele a suspendeu.

— Caramba — soltou Jonathan, mas era engraçado. Ela parecia estar bem. Ele já se imaginava contando aquela história para Hartwell no dia seguinte.

A lâmpada do corredor no andar de Julia estava apagada; ele conseguia enxergar pilhas de caixas desmontadas e amarradas com barbante, caixotes vazios. Uma bicicleta com um pneu furado. Os vários casacos de inverno dela amontoados em um cabideiro.

— Sujo — avisou ela, abrindo a porta.

O apartamento estava escuro, a não ser pela luz de uma luminária de chão e de um dos abajures pequenos e vagabundos na mesinha de cabeceira. Muito lixo por toda parte. Caixas da Amazon, sacolas de plástico da farmácia ainda com coisas dentro, plantas moribundas. O empresário dela andava mandando-lhe orquídeas — um presente ridiculamente sofisticado para alguém com depressão, lutando para fazer o básico. Julia também não lia mais roteiros. Estavam amontoados do lado de fora com as caixas.

Algumas sacolas de plástico estavam cheias de garrafas d'água vazias esperando para serem levadas para o lixo reciclável lá embaixo. Não seria mais fácil comprar um filtro? Ele não tentava mais solucionar problemas que pareciam resolvíveis — talvez ela não quisesse que as coisas fossem mais fáceis.

QUANDO ESTAVA ESPERANDO A resposta de uma audição, Julia costumava acordar de manhã travada, incapaz de falar. Ele piscava, tentando acordar, via as costas nuas de Julia viradas para o outro lado e encostava a mão, às vezes movendo-a em círculos. Só muitos meses depois percebeu que eram ataques de pânico. Quando ele se deu conta, já quase não aconteciam mais. Julia tomava estabilizadores de humor, mas tinha duas semanas que havia parado. Era difícil dizer se ela estava melhor. Ele percebia que Julia monitorava sua preocupação em relação a ela e sentia que aquela preocupação toda a deixava ansiosa. Jonathan tinha o número de telefone da irmã dela, caso as coisas piorassem novamente. Por enquanto, tudo bem. Tudo estava se normalizando. Ele ainda ia para outro cômodo para falar ao telefone com a filha. Às vezes, Julia estava assistindo a um programa de TV no iPad dele e aparecia uma ligação via FaceTime, a foto sorridente da ex-esposa surgindo na tela de repente. Julia soltava o iPad instintivamente, como se pudesse de alguma maneira ser vista. Segundo Jonathan, eles estavam acostumados a ter segredos, todos eles, uma vida paralela à vida real. Só que agora aquela era a vida real. Era algo que ele precisava ficar lembrando a si mesmo.

* * *

— VEM PRA CAMA — chamou Julia —, eu preciso deitar. E entrou debaixo do edredom. Seu laptop estava aberto a meio-mastro, uma música folk saía pelos minúsculos alto-falantes. O ventilador de teto estava ligado. — Você está ouvindo? — disse ela. — Adoro essa música. — As palavras de Julia saíam enroladas e mansas. — É tão bonita!

Era uma regravação — o cantor era um homem velho que ele não reconheceu, mas a música era conhecida.

— Você sabia que é sobre um assassino? — disse Jonathan.

— Hã?

— É — disse ele. — Se prestar atenção, a letra é realmente assustadora.

— Mas é tão agradável. — Ela abriu os olhos. — Nessa parte ele quase rosna, é legal.

Jonathan tirou os sapatos, as calças. A música era uma gravação ao vivo, terminava em aplausos. Recomeçou.

— Você pôs para repetir — disse ele. Julia não respondeu.

Deitaram-se lado a lado, as mãos de Julia estavam pegajosas, seus pés gelados tocando nos tornozelos dele. Quando se conheceram, Julia nunca tinha conseguido um trabalho de verdade. Isso já fazia muitos anos. Agora ela tinha uma assessora de imprensa e um empresário, mas ultimamente eles ficavam sem nada para fazer.

Ela apontou para a mesinha de cabeceira. No meio das receitas médicas, do retinol, de uma embalagem de barrinha de proteína, estava uma pequena balança preta e um saco plástico transparente com logotipos da Adidas impressos.

— Elegante — disse Jonathan.

Ela sorriu de olhos fechados.

— Muito chique — concordou, a voz enfraquecendo. — Kito não quis. Acho que você deveria usar um pouco.

Ele estava suficientemente bêbado para se sentir feliz ali, deitado ao lado dela. Despreocupado. Não havia nada de errado. Às vezes, ela parecia especialmente jovem, como naquela noite. A pele de Julia tinha ficado mais uniforme após um tratamento com antibióticos que a deixou radiante. Os lábios dela estavam muito rachados. Ele a amava.

— Você tem que cheirar? — perguntou Jonathan.

Ela encolheu os ombros.

— É gostoso. É estranho. — Ela continuava a abrir os olhos como se tivesse sido acordada de repente.

Ele olhou o telefone, levantou-se para pôr o carregador na tomada. Tirou a camisa, voltou para a cama. Julia estudou a mão de Jonathan esfregando a coxa nua dela na penumbra do quarto.

— Tenho pernas de aspargos — disse, rindo de si mesma.

— É mesmo?

— É.

Ela levantou uma perna, depois a outra, e olhou para ele de soslaio.

— Você está no videoclipe — anunciou Julia. — Você viu? Parece que você está no fundo com toda a fumaça e... Como se chama? A escadaria. O andaime.

Ela se sentou com grande esforço.

— Uau — suspirou ela. — Cheire um pouco. — Ela equilibrou a balança eletrônica sobre um livro, estreitando os olhos para mexer nos botões. — Também vou cheirar mais um pouco, mas só um pouquinho.

Julia pôs flocos brancos sobre a balança. Os números piscaram e o aparelho reiniciou.

— Muito profissional — elogiou Jonathan. — Quanto você deve cheirar?

— Na verdade, não sei, a balança não está funcionando. Mas estava. Funcionou antes.

Julia cheirou meia carreira com uma nota de um dólar mal enrolada.

— Eca — disse Jonathan.

— Vou fazer uma pra você — disse ela. — Não faz mal nenhum, sério, você não morre nem nada do tipo.

Ela parecia levemente maníaca?

Jonathan tirou a cédula da mão dela para enrolá-la melhor. Na faculdade, ele teve um probleminha com cocaína. Até ficou famoso no campus pela quantidade prodigiosa que conseguia cheirar em uma noite. Não havia muito mais a se fazer nos bosques de New Hampshire, na companhia das mesmas pessoas com as quais havia crescido e frequentado o ensino médio, o elenco imutável de toda a sua vida. Aquele ano na faculdade tinha sido provavelmente a única vez, até o divórcio, em que ele realmente fez algo de errado, escolhas que talvez fossem um pouco arriscadas. E, na verdade, talvez fosse até decepcionante a velocidade com que aquele período passou, a forma como, no fim, não houve nenhuma consequência. Um semestre de matrícula trancada, para viajar, para dar um tempo nas drogas, mas só isso. Ele se formou no tempo previsto, foi guiado com o rebanho rumo à rotina previsível da vida adulta. Era quase como se nada tivesse acontecido.

A música já havia recomeçado várias vezes.

— *Children of darkness*. Eu curto.

Julia já tinha se deitado de novo. Ele tocou na coxa dela, na virilha por baixo das calcinhas. Ela não reagiu.

— Que estampa é essa na sua camiseta? — Era um emaranhado de desenhos em preto e branco: um sol, um par de dados, uma fotografia granulada. Incomum para ela.

— Gostou?

— Gostei.

Ela esticou os braços para examinar a própria camiseta.

— Então você gostou?

— Do quê?

— Da minha camiseta.

Ele revirou os olhos.

— Gostei.

— Preciso tirar as lentes de contato.

Os dois piscaram juntos para o ventilador de teto.

— Podemos ouvir outra coisa? — perguntou ele.

Julia silenciou o computador.

— Tudo bem. — Ela clicou no *touchpad* com o dedo mole. — Você vai cheirar um pouco, né? Você vai gostar.

Ele era ridículo, um velho ridículo usando drogas.

— Tudo bem — disse. Ele só ia pegar a filha na sexta-feira. Não havia nada que precisasse ser feito com urgência no futuro próximo, só umas anotações sobre uma série com a qual não se importava mais, uma série que provavelmente nunca seria produzida. Chega um momento em que se para de esperar que as coisas sejam feitas e começa a se desejar o reembolso por cancelamento.

— Você quer alguma coisa? Vou pegar água.

Ela não respondeu.

***

A COZINHA DO APARTAMENTO de Julia era minúscula. Na verdade, estava mais para um nicho. O congelador tinha sido mal fechado e agora exalava um hálito de luz gelada. Ele o fechou. Julia havia pegado um saco de lixo novo, mas o deixara dobrado em cima da tampa da lata de lixo. Ele ia dar um jeito em tudo aquilo de manhã, descer com o lixo reciclável, talvez tentar arrumar uma lâmpada para o corredor do andar. Bebeu um copo d'água olhando para a escuridão nos vários quintais dos vizinhos lá fora, com a cidade emergindo atrás do topo dos sobrados. Era uma cena agradável, as luzes dos prédios altos ao longe e a escala humana dos apartamentos. Ele enxaguou o copo e o deixou pingando no escorredor de pratos.

QUANDO VOLTOU PARA O quarto, viu que os olhos de Julia estavam cheios de lágrimas.

— Nossa — disse ela, a voz melosa —, eu nem estou realmente triste. — Ela parecia assustada. Jonathan acariciou seus cabelos, tirou a balança de suas mãos e a pôs na mesinha de cabeceira. Lágrimas escorreram pelo rosto de Julia, molhando os cabelos dela. — Está tudo bem — afirmou ela.

De repente, aquilo o deixou magoado. Era muito óbvio — ela estava tentando com todas as forças. Ainda esperando para descobrir se aquela se revelaria uma história boa ou ruim. Ele costumava visitá-la em seu antigo apartamento. Na época, levava coisas que achava que a agradariam: pastilhas, livros, um cardigã cor de romã. A cama ficava em um mezanino, perto do teto. Era verão e, de vez em quando, traças corriam para se esconder nos cantos. Ele encomendou repelente para traças na Amazon, comprou um ar-condicionado quando julho chegou, mas não foi ajudá-la a instalar. Ele se sentia um estudante do colegial por transar em uma cama na qual era preciso uma escadinha para subir. Na época, ela estava tomando soníferos e costumava telefonar falando de alucinações estranhas, uma figura com uma capa preta esperando embaixo da escadinha, mandando-a descer da cama. "Fazia sentido porque eu morria de medo de cair acidentalmente lá de cima", dissera. "Eu morria de medo e queria muito que acontecesse. Assim, se realmente acontecesse, eu pararia de ter medo." Ele se lembrava daquela época com carinho, embora fosse o período que ela mencionava com maior frequência quando eles brigavam. Chorava a ponto de ficar sem fôlego — você me abandonou, dizia. Você me abandonou.

— QUEM SABE A gente não passa um tempo na praia no verão? — sugeriu ele. — Você gostou.

A respiração de Julia era suave. Seu rosto estava molhado, mas ela havia parado de chorar. Pôs música clássica: ele ficou surpreso por ela ter aquilo no computador.

— Lembra? — disse ele. — Vamos brincar de cadáver.

— Cadáver — repetiu ela.

— Vai ser ótimo. Vou ensinar você a nadar no mar. — Jonathan acreditou naquelas palavras ao dizê-las. Na verdade, ele não era um bom nadador.

Julia abriu os olhos, mas não disse nada, só o observou. Ele se curvou sobre a balança e cheirou a carreira. Julia não a havia esmiuçado o suficiente. Talvez aquilo fosse uma burrice. Ele se abaixou mais e cheirou o resto.

— Você nem vai sentir nada de manhã — disse ela.

Eles tinham tudo o que queriam.

— Porque é muito pura — completou ela —, uma das trinta drogas puras do mundo. — disse, depois riu de olhos fechados. — Do que eu estou falando mesmo?

I/S/L

MONTANHA, MONTANHA, MONTANHA. Montanhas por todos os lados. Montanhas que pareciam pixeladas pelo cascalho e pelo chaparral, montanhas com flancos que pareciam estar desmoronando. Em certas horas do dia, com o sol desaparecido e as montanhas delineadas, a serra parecia um maremoto prestes a eclodir, prestes a varrer tudo para longe.

O CALOR CONSTANTE DO deserto fazia com que Thora passasse e repassasse bálsamo medicinal nos lábios e constantemente enchesse sua garrafa d'água nas jarras coletivas, água matizada com fatias de limão e menta. Eles não podiam ficar com os celulares, mas podiam ligar para casa quantas vezes quisessem — depois da primeira semana, pelo menos. Podiam ir à cidade sob supervisão dos funcionários. Thora não saiu do Centro, mas sua colega de quarto, Ally, voltou com filtros dos sonhos azul-turquesa e revistas, além de grandes biscoitos da padaria embalados em plástico filme.

Quando Thora não estava em um grupo de terapia ou nas sessões com sua psicóloga, ela e Ally ficavam à beira da piscina usando roupões de banho, recostadas em espreguiçadeiras que cheiravam um pouco a mofo. Ally tinha 20 anos, era filha de um senador. Ficava se perguntando em voz alta quantos seguidores devia ter perdido no Instagram sem o telefone. Como Ally tinha diabetes, os funcionários permitiam que ela ficasse com a insulina e as seringas, carregadas em uma bolsinha de zíper cor-de-rosa com uma coroa estampada.

Keep Calm and Carry On.

Thora gostava de ver Ally aplicar as injeções, beliscar a pele pálida acima da cintura. Era como se ela mesma estivesse se drogando.

No fim das contas, era um lugar agradável. O paisagismo era profissional, mantido por muitos homens bronzeados. A comida tinha cara de pré-mastigada, montes de purês e vitaminas, embora a fama do lugar fosse de oferecer boas refeições, melhores do que outros. Thora podia comprovar, nada de bastõezinhos de frango empapados nem tortas de chocolate congeladas com lascas de gelo crocantes. Eles eram bem alimentados ali. Os funcionários distribuíam vitaminas em porta-comprimidos de plástico, além de vitaminas granuladas e probióticos em forma de chocolate, o que era outra maneira de dizer que aquela não era exatamente uma clínica de reabilitação, e sim uma espécie de estação a meio caminho da clínica de reabilitação, as regras aplicadas com certo jogo de cintura, a noção de autoridade introduzida sem a verificação necessária.

Era mais como uma sala de espera, um lugar silencioso — partia-se do princípio de que todos ali estavam muito cansados. Todos estavam assoberbados, estressados, e talvez aquilo os tivesse levado a tomar decisões ruins que afetaram adversamente as pessoas à sua volta. A Sala Multimídia estava abarrotada de velhas cópias promocionais de filmes da Academia, mas, nas últimas duas semanas, Ally e Thora assistiram todas as noites a um documentário de Ken Burns sobre os parques nacionais. Isso, por si só, parecia rejuvenescê-las anos.

QUANDO LIGAVA PARA JAMES, uma vez por dia, Thora percebia que ele tentava encarnar um tipo de seriedade, assumindo um tom solene que depois ele relataria ao próprio terapeuta. Thora percebia que ele estava tentando marcar presença. Ela só estava longe havia duas semanas e James já começara a parecer teórico, como uma série de fotos que não se ajustavam, não formavam a pessoa com quem ela havia se casado.

— Você parece forte — disse James. — De verdade.

— Hum — murmurou Thora.

— Eu te amo — declarou ele, soturno, sua voz tendo descido uma oitava.

Por um instante, ela analisou o silêncio entre eles com curiosidade: de repente, conseguia fazer coisas como aquela — parar de responder, parar de falar —, e estava tudo bem.

Forçou-se a falar: "Eu também te amo."

Ela sabia que James não era má pessoa.

* * *

ESTAVAM ENTEDIADAS, COM AS luzes apagadas e a lanterna de cabeça de Thora iluminando os cantos do quarto: as pinturas abstratas não tão terríveis, a janela entreaberta para deixar o ar noturno entrar. Lá fora, havia as silhuetas escuras das grandes espécies de babosa, os cactos. Thora olhou para as camas de solteiro, as cobertas da mesma cor. Ela não dividia quarto desde a faculdade. Fazia muito tempo: não conseguia lembrar se realmente tinha gostado de alguma das amigas que teve, a garota de cabelos curtos que morava com ela, que assava pães de fermentação natural na cozinha do dormitório. Agora era guia ambiental. Thora tinha certeza de que aquela garota acharia a vida dela pavorosa. Talvez fosse.

Ally dormia nua. Thora poderia até ter reclamado — reclamações eram quase incentivadas, mostravam que eles estavam estabelecendo limites e respondendo de maneira proativa ao ambiente —, mas ela não se importava. Gostava da simples presença de Ally, gostava de observá-la circulando, procurando pelos no mamilo de um de seus peitos pálidos sob a luz da lanterna. Tiraram a pinça de Ally depois que ela arrancou todos os pelos da axila esquerda, mas ela mostrou a Thora que conseguia fazer a mesma coisa só com as unhas. Muitas vezes, Ally adormecia com a mão na virilha, como se fosse seu animal de estimação. Naquela noite, ela estava entretida com o livro que andava lendo havia duas semanas. Thora tinha visto um monte de gente carregando aquele livro no Centro: fazendo questão exibi-lo durante o almoço, mulheres apertando com força a capa dura contra o peito enquanto se encaminhavam para o Yoga Restaurador.

— Posso ver? — pediu Thora, e Ally passou o livro para ela.

Thora leu somente algumas páginas. Era sobre um corajoso fabricante de bonecas na Paris ocupada durante a Segunda Guerra Mundial. Parecia um livro para pessoas que odeiam livros.

— É terrível — disse Thora, virando o livro para ver a foto da autora. Uma mulher olhava para trás em meio a um emaranhado de joias astecas. — A autora parece a menina de 9 anos mais alegre do mundo.

— Na verdade, é muito bom — retrucou Ally, pegando o livro de volta. Thora a havia magoado.

— Desculpe — disse Thora. Ally não respondeu, prestes a ficar emburrada. Puxou as cobertas para cima do corpo, dando as costas para Thora. — Quer testar meu sangue? — arriscou Thora.

Ao ouvir aquilo, Ally se animou. Sentou-se. Já vinha implorando para Thora que a deixasse medir sua glicemia.

— Vem cá — disse, batendo com a mão na cama, pegando sua bolsinha cor-de-rosa. De repente, parecia muito profissional, apesar da nudez.

Ally segurou a mão direita de Thora, a palma para cima, os dedos abertos.

— Lá vamos nós. — Ally furou o dedo de Thora, depois segurou um pedaço de papel para absorver a gota vermelha. Doeu mais do que o imaginado. Thora chupou a ponta do dedo com força.

— Você faz isso em si mesma o tempo todo?

— Um, zero, cinco — disse Ally, bruscamente, após inserir a tira de papel em sua maquininha. — Muito bom.

Em seguida ela jogou a agulha usada em uma garrafa de água com gás vazia, um amontoado de lixo e guardanapos ensanguentados que ela mantinha na mesinha de cabeceira, como um globo de neve sanguinolento.

THORA ACORDOU EM MEIO à luz azulada da manhã, a voz de Ally vindo da cama ao seu lado.

— As pessoas estão comendo — murmurou ela. — As pessoas estão comendo. — A medicação que Ally estava tomando parecia deixá-la meio doida. Quando foi vê-la, Thora percebeu que a garota ainda estava dormindo, um travesseiro apertado entre os joelhos.

— Você continuava a repetir — contou Thora no café da manhã. — Sem parar.

Ally pressionava por detalhes, perguntando a Thora se havia dito algo mais.

— Eu dou conta — insistiu ela —, pode me dizer.

Thora percebeu que em vez de estar patrulhando nervosamente o que havia transbordado da própria psique, preocupada com coisas perigosas que eventualmente deixara escapar, Ally estava realmente esperando aprender algo valioso e desconhecido sobre si mesma.

ANTES DE IR PARA lá, Thora havia entrado no que sua psicóloga, Melanie, chamaria de uma espiral descendente.

Era tudo culpa das tardes, quando dava três horas, era como se um sino fúnebre soasse, a casa parecia excepcionalmente imóvel, ainda restavam horas demais de luz solar no dia. Como é que Thora havia começado a frequentar salas de bate-papo? A última vez que entrara em uma sala de bate-

-papo ela ainda estava no ensino médio, quando dormia na casa de alguma amiga e as garotas se amontoavam em volta de um monitor de tubo e escreviam coisas doentias para homens na internet, tudo de brincadeira, depois se masturbavam furtivamente, cada uma em seu saco de dormir. Ou, pelo menos, é isso o que Thora fazia. E anos depois lá estava ela de novo digitando um nome de usuário.

Thora18.

As mensagens chegavam muito rápido:

Oi Thora!

Nome fofo.

ISL.

ISL.

A fim de teclar

ISL?

Você tem 18 anos ou quaaase 18 ☺

Com o laptop na cama e o marido no trabalho, ela se divertia respondendo aqueles homens. Invocando uma garota de 18 anos que não existia, uma garota de 18 anos que Thora, sem dúvida, nunca havia sido: loura, olhos azuis, líder de torcida. As escolas de ensino médio ainda tinham equipes de líderes de torcida? Por mais absurdas que fossem as coisas que ela dizia, por maiores que fossem os peitos que ela inventava, por mais curta que fosse a saia do suposto uniforme de líder de torcida, os homens pareciam acreditar, incondicionalmente, que ela era real. Uma ilusão ridícula que eles construíam juntos, e ela descobriu que gostava daquele leva e traz. Fingindo não saber por que os homens estavam batendo papo com ela. Escrevendo *hahahaha* toda vez que falavam em sexo. *O que é isso,* digitou ela quando alguém mencionou dupla penetração. Quando faziam perguntas explícitas, tendenciosas sobre sua *verdadeira* idade, ela finalmente admitia que, de fato, tinha só 16 anos.

Eles ficavam em êxtase, respondiam instantaneamente, o uso repentino de pontos de exclamação como eletrocardiogramas de suas ereções pulsantes:

Pode deixar que eu não conto, meu bem!!!!

Sua estupidez fascinava aqueles homens. Eles finalmente a haviam encontrado: uma adolescente líder de torcida que queria aprender sobre sexo, que queria aprender com eles! Tonta demais para compreender o que eles estavam tirando dela!

Depois de um tempo, eles começavam a querer fotos. Ela geralmente ignorava os pedidos, fechando a janela, mas então pensou: *Por que não?*

Ficou uma hora na cama tentando tirar uma foto com a maior parte do rosto escondida, uma foto em que ela não aparentasse seus 35 anos, mas parecesse uma adolescente: um dedo na boca, a língua despontando como a de uma gatinha. Sua língua saía estranha, pálida demais, mas, se usasse um filtro, se cobrisse os mamilos com um braço, talvez parecesse ter 18 anos.

Os homens adoravam a foto. Mas logo queriam mais.

Você é depilada?

Ah, sim, dizia ela. Mas não era.

Quantos paus você já viu.

Humm, digitava ela. *Dois. Isso é estranho?*

Você já teve um namorado?

Não, respondia. *Quem me deeeera!*

Incrível como aquilo tinha consumido sua tarde, quatro horas se passaram sem que Thora tirasse os olhos da tela. Não tinha visto duas mensagens de James.

Se tivesse amigas mais próximas, teria contado o que andava aprontando. Ou se James fosse um tipo diferente de pessoa. Afinal, não era engraçado? Agora ela tinha toda uma série de fotos de si mesma no telefone: curvada para a frente, as calcinhas bem apertadas na bunda, fotos do rosto com o nariz para baixo, um mamilo entre os dedos. Todos queriam uma foto da boceta, então ela encontrou uma na internet para usar. Mandava a mesma foto todas as vezes, então, aos poucos, começou a acreditar que aquela boceta nua e rosada era a sua, aliás, começou a se orgulhar de como aquela boceta — a sua boceta! — era perfeita.

Ela nunca fora o foco de tanta atenção. Todos aqueles homens tentando seduzi-la ou enganá-la para obter algo dela. E aquela era a parte de que mais gostava, o saber/não saber: não era possível evocar artificialmente, a interpretação de papéis não funcionaria. Tinha que ser real.

Ela só os odiava quando eles se tornavam maldosos: quando ela dizia que tinha que sair e eles respondiam furiosos:

Vc tá de sacanagem me ajuda a gozar pfvr
Pfvr
Meu pau tá duraço
Piranha

Quando ficava entediada de conversar com os mesmos homens, Thora começava a entrar com nomes diferentes. Geralmente, *James45*. Às vezes, *DaddyXO*. Ela conversava com os homens, fingia que era homem também, eles mandavam fotos de adolescentes de biquíni em piscinas públicas e ela mandava fotos de si mesma.

Que putinha, digitava ela. *Uma putinha adolescente.*

Ah, cacete, respondeu um homem. *Adoro esses peitinhos de adolescente.*

Parecia óbvio que as fotos dela não eram fotos de uma adolescente, mas isso não importava. O desejo deles de que os peitos pertencessem a uma adolescente era forte a ponto de criar uma realidade alternativa. Ela nunca se sentira tão excitada: ver a si mesma do mesmo modo que aqueles homens a viam, uma idiota em plena formação e que precisava ser comida. Seus lençóis cheiravam a suor, as cortinas ficavam todas fechadas. Thora passava dias inteiros sem comer.

— Você está tão molhada — disse James uma noite, surpreso, quando pôs a mão em sua calcinha. Mesmo assim, depois eles transaram como sempre faziam, James gozando na barriga dela, o corpo dele sacudindo em uma série de convulsões, como se tivesse sido crivado de balas no O.K. Corral.

Tudo tinha parecido divertido, só que, no fundo, ela preferia fazer aquilo do que qualquer outra coisa: resolver as questões domésticas de sempre que mantinham tudo em movimento, ver James, jantar com ele. Era como se ela finalmente tivesse uma vocação, do jeito que imaginara no passado. Uma vida organizada em torno de um objetivo maior.

Enquanto James dormia, de costas para ela e com as cobertas chutadas para longe, ela digitava furtivamente no telefone, conversando com homens que mandavam fotos de paus, às vezes pequenos pavios de carne entre coxas enormemente gordas, às vezes pênis descomunais com a marca d'água do site pornô visível no canto.

Uau, dizia ela toda vez. *Não sei se vai caber.*

O motivo de ela ter ido parar no Centro não foram exatamente as salas de bate-papo, mas elas não ajudaram.

ESTAVA MARCADA UMA CAMINHADA para aquela manhã, antes que a temperatura se tornasse insuportável. Na van, a caminho do ponto de início da trilha, Melanie sintonizou o rádio em uma estação cristã, que Thora tinha confundido com a rede pública nacional até perceber que a palavra "ressurreição" estava sendo repetida em excesso.

Thora subiu contornando as rochas, em meio à poeira e aos arbustos de sálvia. Bebeu água morna; Melanie distribuía barrinhas de proteína. Da última vez, alguém tinha ficado amassando as barrinhas até formar espirais que depois eram deixadas nos mictórios, ou, pelo menos, foi o que contou Ally, uma veterana do programa. Era um problema real, pois merda falsa era, basicamente, tão difícil de limpar quanto merda de verdade. Havia uma lição naquilo?

Quando eles voltaram, G. já havia chegado.

Ninguém sabia que ele estava a caminho. Ele era exatamente igual à pessoa das fotos no jornal — cara de sapo, atarracado, bem alimentado. Durante as cinco temporadas de seu programa, apareceu de barba feita, roliço dentro do avental e das camisetas de bandas, o rosto redondo como a lua umedecido pelo vapor do que estivesse cozinhando no fogão. Agora estava com uma barbinha por fazer, branca, que se estendia para além do maxilar, chegando ao pescoço e às bochechas e imprimindo uma certa forma ao rosto dele. Estava usando um boné de beisebol e as mesmas roupas largas de todos os outros ali — calças de moletom folgadas com cinturas moles. Os dias já eram considerados suficientemente difíceis e toda a energia que antes gastavam com botões e zíperes agora deveria ser redirecionada para outra finalidade.

Homens e mulheres ficavam separados, exceto na hora do almoço, mas a maioria acabava almoçando no próprio quarto. G., surpreendentemente, optou por comer em uma mesa de piquenique sombreada à beira da piscina, perto o suficiente para que Thora e Ally analisassem seu rosto de sapo em busca de sinais de maldade e o vissem beliscar uma batata-doce afogada em shoyu. Ele tinha comido a batata-doce de modo particularmente cruel?

O PESSOAL AUTORIZAVA o uso de benzodiazepínicos e SSRIs, desde que os médicos mantivessem as receitas atualizadas. Por coisas assim era difícil acreditar que os funcionários dali realmente acreditavam estar ajudando alguém. Às vezes, Ally e Thora se divertiam trocando remédios; Thora tomou uma dose do Lexapro de Ally e entrou no que pareceu um leve estado de mania: pedalou uma hora na bicicleta ergométrica, depois comeu vorazmente, derramando *salsa verde* no roupão. Na noite em que G. chegou, Ally tomou um comprimido do Stilnox de alguém, mas ficou acordada preenchendo seu Manual de Terapia Comportamental Dialética.

Quais três mudanças concretas você pode fazer para melhorar sua vida?

Na manhã seguinte, ela mostrou a Thora as respostas, uns garranchos embolados por causa do Stilnox:

1. Comprar tênis brancos acolchoados
2. Fazer dois furos nas orelhas
3. Transar com G

Aturdida pelo sedativo-hipnótico, Ally levantou uma boa questão: com quem G. transaria primeiro?

O COACH DE SOBRIEDADE atribuído a G. foi Robert, o minúsculo Robert, que, com muito orgulho, contou a todos que tinha construído com as próprias mãos o forno à lenha para pizza do Centro. "Com a mesma argila que os maias usavam", dissera ele. Ninguém perguntou mais nada a respeito. Robert usava chinelos de dedo que não combinavam muito com seu desejo de ser chamado de "Coach" por todos.

Ele ficava espantado e ao mesmo tempo entusiasmado com a vida de todos ali — antes, trabalhava para o governo, para instituições públicas, por isso pessoas que tinham tanto dinheiro assim pareciam, para ele, uma brincadeira cósmica. Tentou começar um debate sério com um dos executivos sobre fraturamento hidráulico, tentou explicar os problemas que surgiriam caso a Bloomberg assumisse a liderança. Thora ouvia sua voz ecoando do outro lado da piscina: "Cara, entendo de onde vêm seus argumentos, mas você já pensou que…"

Robert estava sempre grudado em G., murmurando tão baixo no ouvido do outro que ninguém conseguia distinguir o que estava sendo dito, embora, é claro, Thora e Ally tivessem dado tudo de si, preenchido as lacunas, imaginado todo tipo de mau comportamento transformado em narrativa, urdido em uma disputa entre o bem e o mal.

* * *

NAQUELA TARDE, NO HORÁRIO dos telefonemas, Thora ligou para James. A sala dos telefones no prédio principal estava ocupada, então ela ligou do escritório de Robert, um anexo de adobe sobre uma laje de concreto. Na varanda da frente, ficavam barris cortados ao meio, nos quais Robert cultivava talos acinzentados de couve; um carrilhão de vento feito de conchas de abalone pendia da calha. A cadela branca de Robert estava grávida: ela puxou a corrente com força, depois deu meia-volta e se sentou na sombra.

A bochecha de Thora suava na altura em que o telefone estava pressionado contra a orelha.

— Alguém fala com ele? — perguntou James. — Monstro — sussurrou, embora Thora também tivesse conseguido perceber: James estava animado. Todos estavam. Thora tinha lido sobre todas as coisas nojentas que G. havia feito: todas as roçadas de pau na banheira de hidromassagem, o masturbador Fleshlight no camarim, as apalpadas sob efeito de drogas em secretárias amedrontadas cujos trajes não eram nada provocantes. Sua presença elevou o humor geral em alguns graus. O único outro residente que causava algum *frisson* era um jogador de beisebol que foi pego batendo punheta em uma sessão vespertina de *Meu Malvado Favorito 3*, mas nem se comparava a G. Thora e Ally monitoravam todas as escolhas e atividades de G., aproveitavam todas as oportunidades para sorrir para ele ou se sentar perto dele nas refeições. G. tomava suco de pepino com couve de manhã. G. fazia pilates com um instrutor particular na cidade. G. estava tentando evitar beladona depois do teste de sensibilidade alimentar. G. parecia, pelo menos aos olhos de Thora, já estar usando calças um número menor.

— Ele fica na dele — disse Thora. — Aqui estamos todos nos esforçando ao máximo.

Seguiu-se um silêncio. Ela presumiu que os dois estavam pensando em G.

— Bom — suspirou James —, estou orgulhoso de você. De verdade.

Thora estava tomando Focalin. Ou tinha tomado, até descobrirem que ela o estava cheirando em cima do iPad de James, o iPad que ele havia carregado com podcasts de crimes políticos e entrevistas com adolescentes precoces abrindo o próprio negócio. Ela tentou ouvir um deles uma vez, um dos podcasts que James tanto adorava: quando a vida tinha se tornado tão chata, uma interminável aula de estudos sociais na qual você deveria demonstrar interesse pelo funcionamento das empresas, pelas minúcias dos eventos históricos e passar seu tempo estudando para uma prova que não existia?

De repente, todo mundo estava tentando, com muito empenho, aprender coisas.

OS GRUPOS ERAM SEPARADOS por gênero e as discussões deveriam ser confidenciais, outra das "regras" que se revelavam nada mais do que uma sugestão pouco convincente: Russell contava a Ally e Thora tudo sobre o grupo dos homens quando os três tomavam canecas de chá de camomila selvagem na Varanda Sul.

— Ele chora quase todas as vezes — contou Russell. Ally conhecia Russell de sua última estadia, um ano antes.

— Não — disse Thora.

— É verdade. Ele não entra no assunto. Só diz que está aqui para aprender. Ele derrubou minha garrafa d'água e pediu desculpa, tipo, quase com lágrimas nos olhos.

Ally se recostou, apoiando-se nos cotovelos.

— Provavelmente lágrimas de crocodilo.

— E Robert não o faz entrar em detalhes, o que não é muito justo.

Mas G. não precisava entrar em detalhes, não precisava explanar todas as histórias para os outros: eles já sabiam de tudo. Às vezes, enquanto Ally dormia, Thora se esfregava contra a palma da própria mão, imaginando o volume do corpo de G. atrás dela, aquela barriga portentosa após anos de gastronomia pública batendo em suas costas. Só funcionava se Thora imaginasse G. acreditando que estava tirando algo dela.

— Você já falou com ele fora do grupo?

— Não — respondeu Russell. — Mas adivinhem só! — Ele parecia quase contente. — Estou com cistite. Meu pin--to — foi assim que ele pronunciou — está doendo.

— Não acredito — disse Ally. — Homens não têm cistite.

— Ah, foi confirmado — disse ele. — Os médicos também ficaram surpresos. — Russell insistia com orgulho: fora abençoado pela raridade da ocasião. Seu pau não era como os outros. E, de fato, ele estava com cistite. Thora nunca tinha ouvido falar de nada igual, mas era assim que a primavera avançava.

NA NOITE SEGUINTE, Ally estava lendo o livro sobre o fabricante de bonecas. Às vezes, levava a mão ao peito, comovida. Russell trouxera da cidade uma revista para Thora, mas ela já tinha visto tudo. Uma página com várias celebridades com as coxas ofuscadas por celulite. Uma outra celebridade relatando tudo o que comia em um dia. Como todos eles, por volta das três da tarde, a celebridade comia um punhado de amêndoas como lanche. Um pimentão cortado com homus. Viver daquela maneira parecia exigir habilidades que Thora não tinha. A capacidade de levar a própria vida a sério, de acreditar que você é uma entidade concreta o bastante para precisar de manutenção, como se alguma daquelas coisas pudesse resultar em algo.

Ergueu os olhos da revista quando algo se mexeu no parapeito.

— Cacete — disse Thora —, que nojo!

Ally ergueu os olhos do livro. Juntas, avaliaram a mariposa no parapeito, aquele animal seco e delicado. Devia ter entrado pela janela. Pelo menos a mariposa estava dormindo, as asas dobradas em um repouso suplicante.

— O que devemos fazer?

— Tentar enxotá-la pela janela? — sugeriu Thora.

Ally largou o livro.

— Quer ver uma coisa? — perguntou, abrindo o zíper da bolsinha cor-de-rosa, dando petelecos na ampola de insulina com ar experiente. — Fizemos isso uma vez no acampamento para diabéticos. Nada de bolhas, essa parte é importante. — Ally ficou de joelhos e foi se arrastando até o parapeito. — Está prestando atenção?

Thora revirou os olhos.

— Estou.

Ally segurou a mariposa com firmeza entre os dedos. O animal mal se mexeu.

— Observe.

Com uma rapidez impressionante, Ally injetou insulina no corpo gordo da mariposa.

— Que merda é essa? — disse Thora. A mariposa abriu as asas antes de começar a voar enlouquecida pelo quarto.

As duas berraram. A mariposa bateu na parede e caiu morta. Ally, inexplicavelmente, começou a rir.

— Irado — disse ela.

ALLY E THORA ERAM os alvos mais prováveis de G., as únicas que ainda estavam na faixa etária preferida dele. A maioria das mulheres no Centro era mais velha — executivas esgotadas, convalescentes de cirurgias plásticas, viciadas de verdade que evitavam a realidade por um pouco mais de tempo, desperdiçando ali um bocado de dinheiro fácil, o equivalente a uma estadia em um hotel caríssimo. Thora examinou a si mesma no espelho do banheiro, retirando pele morta dos lábios rachados. Será que G. a acharia atraente? Ally era mais nova, o que, historicamente, seria um ponto positivo para G., mas o diabetes a deixava pálida, os cabelos dela estavam um pouco esverdeados por causa do cloro, as sobrancelhas se adensaram na falta da pinça.

Antes do almoço, Thora trocou de roupa, pôs uma regata bem justa e calças de ioga que tinham uma costura perversa na virilha. Soltou os cabelos na mesa de piquenique, penteou-os preguiçosamente com os dedos sobre um ombro. Ally estava tagarelando sobre o pai, que sempre dizia que ela era bonita, mas nunca *inteligente*, e aquilo não era *meio escroto*? Thora não estava prestando atenção: estava observando

G., muito concentrado em uma conversa com Robert. Ele mal havia tocado na salada *caprese* com frutas.

A filha de G. certamente estava hospedada ali perto. Ela tinha sido avistada. Russell a vira em uma das excursões até a cidade: ele queria desesperadamente cogumelos e tentava extorqui-los dos homens de pescoço bronzeado que circulavam pela rua principal em bicicletas BMX, uma prova de que suas habilitações tinham sido suspensas por dirigirem embriagados.

Mais tarde, Thora ficou observando G., do outro lado da piscina, lendo o livro autopublicado de Robert sobre responsabilidade e pausando para equilibrá-lo na própria barriga, coberta por uma camiseta. Thora passou filtro solar à base de babosa nas pernas, lentamente. Na verdade, roupas de banho não eram permitidas à beira da piscina, a não ser durante o horário de natação — separada por gênero —, mas os funcionários pareciam não notar. E será que G. tinha notado? Será que ele se aproximaria? Não, ele estava se esticando para pegar uma caneta, estava sublinhando algo. Quando se levantou, foi apenas para encher a garrafa d'água e fazer um alongamento de ioga, braços unidos às costas, barriga bem esticada. Dois dias antes, ele começara a usar um bracelete feito de contas de madeira no pulso.

"Muito *espiritual*", dissera Russell.

A CADELA DE ROBERT finalmente teve filhotes: seis criaturas que passavam a maior parte do tempo em silêncio, se contorcendo, com olhos que mais pareciam frestas e dedinhos tão pequenos quanto os de um porquinho-da-índia.

Robert ligou uma almofada térmica, colocou-a entre os cobertores em uma caixa de papelão, embora fosse abril, 26 °C na Páscoa.

Robert pôs a caixa no salão de convivência. Thora deduziu que os filhotes deviam ser uma lição para todos sobre fragilidade, sobre cuidados com os outros. Ally pegou um no colo, acariciando-o com um só dedo.

— Que pequenininho — disse, fazendo uma vozinha meiga. — Olha só esses narizinhos.

Thora também pegou um.

— Muito fofo — disse ela, pouco convincente. Quando um dos filhotes cagou na caixa, a mãe comeu o cocô.

NA HORA DO CONTROLE, Melanie perguntou se Thora estava ciente de que estava usando roupas de ginástica fora da área da academia. Perguntou se Thora estava ciente de que as regras de vestuário pediam para não deixar os ombros de fora. Melanie pediu para Thora:
Examinar o próprio corpo
Avaliar seus sentimentos
Localizar o desconforto
Quais eram seus sentimentos? Acima de tudo, Thora estava se sentindo sonolenta — ali, naquele cômodo acarpetado, com o sol entrando pelas grandes janelas.

Melanie queria falar sobre o diário de humor de Thora.

— Se começarmos a perceber um padrão — disse Melanie —, você será capaz de ter um pouco mais de controle.

Havia dezenas de plantas atrás de Melanie, as folhas lustrosas em formato de coração se retorciam ao longo do parapeito. Alguém tinha de regá-las. Toda semana. De repente, a ideia de alguma coisa que precisava de cuidado e manutenção constantes deixou Thora ainda mais cansada. Ela cruzou e descruzou as pernas. O celular de Melanie tocou.

— Posso mostrar como silenciar o toque — disse Thora quando o telefone de Melanie tocou pela terceira vez. Sua voz soava tão odiosa quanto ela estava se sentindo? Melanie não respondeu. Estava olhando para Thora com um ar de preocupação.

— Vou avaliar essas questões no meu diário — disse Thora, finalmente.

Melanie, ao mesmo tempo, se importava e não se importava com Thora, e Thora via o rosto de Melanie oscilar entre aquelas duas verdades absolutas.

DEPOIS DO CAFÉ DA manhã, Russell, Ally e Thora viram G. e Robert partir rumo à cidade. Os *huevos rancheros* tinham se solidificado no prato de Thora, o feijão já tinha virado argamassa. Ela tinha comido a fruta, o suficiente para evitar conversar com Melanie, e Russell provavelmente comeria o resto de qualquer maneira. O boné de beisebol de G. estava enterrado na cabeça, o passo arrastado por causa das sandálias. Ele parou para passar bálsamo labial de uma esfera de plástico. Ninguém sabia por que G. ia com tanta frequência à cidade, mas talvez fosse apenas para ver a filha. Eles ouviram que G. estava trabalhando em um roteiro ou em um livro de memórias. Russell afirmava que havia mostrado a ele como baixar o Final Draft.

— Mas por que ele pode ter um laptop? — resmungou Ally. — Se ele tentar nos violentar, podemos pegar o laptop emprestado?

— O que achamos, que ele vai para a prisão? — perguntou Russell.

Thora havia lido mais sobre G. no Business Center, onde era possível usar os computadores em sessões de trinta minutos. Os servidores bloqueavam sites pornôs, então nunca tinha muita gente.

— Pouco provável — opinou Thora com autoridade.

— A maioria é coisa antiga — disse Ally.

— Mesmo assim.

— Nem tudo — comentou Thora. — Na verdade, teve aquela garota há poucos meses. No lance do Super Bowl.

— Mas ela não disse que ele só tentou?

Russell olhou para o prato, taciturno.

— É grave do mesmo jeito.

Ally e Thora se entreolharam, mas ficaram caladas.

G. SE ENCARREGOU DOS FILHOTES, ou talvez tenha sido Robert; de qualquer modo, de repente lá estava G. agachado ao lado da caixa no salão de convivência, pondo colheradas de queijo cottage em uma tigela. Até então, G. parecia interagir apenas com Robert, mas agora as pessoas relatavam conversas, G. tagarelando com qualquer um que parasse para olhar os filhotes.

Era a primeira vez que Thora o encontrava praticamente sozinho: um homem estava jogando paciência em uma das mesas, *Blue Planet* na TV, sem som, mas, fora G., o salão de convivência estava vazio. Thora relaxou os ombros, passou a língua pelos dentes superiores.

— Fofos — disse ela, agachando-se até o nível de G. — Os filhotes.

— Vão demorar quase uma semana para abrir os olhos — G. olhou para ela; Thora se esforçou para detectar alguma vibração sinistra em seu olhar, mas foi breve demais.

— Posso segurar um? — perguntou Thora.

— Tudo bem, mamãe? — disse G., dirigindo a pergunta à grande cadela ofegante. Bizarro. Thora manteve um sorriso morno no rosto enquanto G. coçava energicamente o queixo da cadela. — Claro — falou enfim, ainda olhando para a cadela. — Só mostre para ela que o filhote está com você. Que você não vai levá-lo embora.

Thora apoiou-se nos joelhos, ciente de como estava próxima de G. Ele certamente havia perdido peso, mas o rosto ainda era reconhecível: a pele flácida em volta dos olhos, a barba áspera por fazer, as orelhas grossas. Suas mãos estavam imaculadas, ele estava usando uma aliança. A esposa — ex-gerente do grupo de restaurantes de G. — tinha, obviamente, dado entrada no divórcio.

Thora pôs a mão dentro da caixa, dirigindo-a ao filhote mais próximo. O bicho estava quente, tinha manchas marrons, era do tamanho de um burrito. Ela o segurou com as duas mãos, ciente de que G. provavelmente a estava observando.

— Esse é o mais gordo — disse ele. — Mas são todos bastante saudáveis. Nenhum mirrado.

O coração do filhote batia rápido enquanto ele girava a cabeça em todas as direções. Thora tentou segurá-lo com delicadeza.

— Uau — suspirou ela. — Imagina os coraçõezinhos minúsculos deles.

Era algo que Ally havia dito sobre os filhotes; a resposta de G. foi um murmúrio absorto.

Quando se apresentou, Thora olhou no fundo dos olhos dele, sorrindo.

— Prazer, Thora.

— Prazer, G... — disse, sem retribuir o sorriso, embora não parecesse inamistoso. Thora disse a si mesma que ele provavelmente estava sendo cauteloso. Olhou para o homem que jogava paciência para ver se ele os estava observando. Não estava. G. empurrou a tigela de queijo cottage para mais perto da cadela. A cadela não reagiu. Thora pôs o filhote de volta, junto com os outros, suas patinhas patinando no papelão.

— Coma, mamãe — disse G. A cadela estava deitada, ofegante.

— Ela está bem?

— Só está cansada. — G. pegou um pouco de queijo cottage com o dedo. A cadela lambeu, finalmente, e G. se alegrou. — Muito bem, mamãe — disse ele —, devagar.

Thora achou que ficar ajoelhada daquela maneira era fascinante. E talvez houvesse um prazer estranho em ver os filhotes serem alimentados, a simples animalidade da cena.

— Ela anda escondendo os filhotes — comentou ele. — Robert encontrou um no meio das almofadas do sofá ontem.

Thora já tinha ouvido aquela história, mas agiu como se fosse uma novidade.

— Nas almofadas do sofá?

— Acho que é porque ela está tentando protegê-los, sabe? Ainda bem que ninguém sentou em cima do filhote.

— Pois é. — Thora ficou calada por um pouco mais de tempo, mas ele não voltou a falar, então ela se levantou. — Foi um prazer conhecer você — disse. Inclinou ligeiramente a cabeça, ombros para trás, preparando-se para o olhar dele.

— Igualmente. — Ele não levantou os olhos.

NO DIA SEGUINTE, ESTAVA chovendo, uma rara chuva constante. O ar ficou um pouco azulado: Thora fechou todas as janelas do quarto. Os funcionários prepararam vans para ir à cidade, para qualquer um que quisesse ir ao shopping.

— Quer ir comigo? Podemos ver um filme — disse Ally. — Ou talvez eu possa furar as orelhas.

— Desculpe — disse Thora. — Vou ficar por aqui mesmo.

De repente, Ally parecia uma garotinha solitária, roçando os dedos na ponta da orelha.

— Nós vamos à padaria. Quer que eu traga um biscoito?

— Não, obrigada — respondeu Thora.

Thora queria que Ally saísse, mas, quando ela finalmente foi embora, Thora se sentiu culpada. Levou uma maçã para o quarto, comeu-a até chegar ao pedúnculo e cuspiu as sementes no chão.

Não tinha visto G. sair com os outros, mas ele também não estava no salão de convivência. Uma garota que Thora conhecia do grupo estava fazendo tricô no sofá. Ela acenou com a cabeça, Thora respondeu da mesma maneira. A maioria dos filhotes estava dormindo. A cadela também. Ally disse que a cadela andava carregando os filhotes na boca, presos pelo cangote. Thora pegou um deles e o bicho não emitiu quase nenhum som. Só um pio, como um pássaro.

Thora pôs o filhote no bolso da frente do agasalho de moletom. Manteve ali dentro também as duas mãos, sentindo a vida daquela criatura. No caminho do salão para as residências, a chuva a molhou, escurecendo o agasalho. Mas Thora manteve o filhote seco. Os corredores estavam vazios. Ela pôs o filhote na cama de Ally. Ele era cego, se contorcia por qualquer coisa, ao encostar em qualquer coisa. Não podia ir a lugar algum, mal conseguia cambalear para a frente.

Thora acariciou o filhote com o dedo. Era bom estar ali dentro: a chuva batendo nas janelas, os corredores silenciosos e aquele animal, como uma pequena alma que havia se desvencilhado de um corpo. Se realmente existissem, as almas não seriam criaturas cegas e lamurientas do tamanho de um burrito?

Ela não sabia quanto tempo tinha passado. Talvez ele tivesse batido à porta antes, mas Thora não ouviu. E lá estava G., em pé na entrada do quarto, com seu boné de beisebol, sua camisa polo. Seu rosto estava agitado. Quando viu o filhote na cama, relaxou os ombros.

— Puta merda — disse G. — Estávamos muito preocupados.

Thora se sentou, cruzando as pernas. Ele havia procurado por ela.

— Ah — disse ela —, desculpa. O filhote está bem.

G. tirou o boné, passou os dedos pelos cabelos ensebados, clarões de couro cabeludo pelado refletindo a luz.

— Na verdade, eles não deveriam ficar longe da mãe. — A voz dele falhou. Estava prestes a chorar? — Ela está surtando.

— Achei que não tivesse problema. Eu não sabia — disse Thora. — Sinto muito.

— Ela está bem?

Thora olhou para o animal que se contorcia.

— Você achou que eu faria mal a ela? — perguntou Thora.

— Ela não devia estar em cima da cama, pode cair.

Thora tinha se posicionado na cama de maneira que G., se quisesse, pudesse olhar para o corpo dela, avaliá-lo, mas ficou óbvio que ele não estava dando a mínima para Thora. Ela deixou o silêncio se estender.

Thora demorou um pouco a decifrar a expressão de G.: ele não estava interessado nela. Será que ele estava com nojo? Como se ela fosse a vilã! Por acaso ele não sabia que Thora estava a par de todas as coisas horríveis que ele havia feito? Todas as trevas que se escondiam em seu coração haviam sido expostas.

Ele fez menção de pegar o filhote.

Thora o segurou contra o peito.

— Você não deveria estar no dormitório feminino — disse ela, sua voz era fria.

Ouvindo seu tom de voz, G. parou de repente, baixando as mãos.

— Eu só estava... — começou ele. — A garota me disse que você tinha pegado o filhote, e a cadela estava realmente surtando.

— Você não deveria estar aqui.

DEPOIS QUE ROBERT CHEGOU, furioso por encontrá-lo no dormitório feminino, G. foi classificado como um caso mais grave e transferido para um programa só para homens no Novo México. Thora contou a história no jantar, Ally mordendo lentamente o lábio inferior.

— Meu coração estava batendo muito forte. Eu estava...
— Thora baixou a voz. — Estava realmente aterrorizada.

— Coitadinha — disse Russell. — Você não devia ter que passar por algo assim.

— Quer dizer — disse Ally —, então o cara está fazendo essas coisas aqui também?

— Ele não deveria ter entrado no seu quarto.

— Realmente não sei o que ele teria feito se Robert não tivesse aparecido — concluiu Thora.

Russell massageou o ombro de Thora, Ally se encostou nela.

— Estamos felizes por você estar bem — disse a garota.

Seus rostos demonstravam preocupação, suas vozes eram tranquilizadoras, mas, Thora notou, seus olhos estavam brilhando.

NAQUELE VERÃO, THORA — após voltar para casa e para a própria vida — finalmente leu o livro sobre o fabricante de bonecas na Segunda Guerra Mundial: Ally tinha razão, era um ótimo livro. Thora chorou quando a filha do protagonista descobriu no sótão a casinha de pássaros entalhada, prova de que seu amante nazista no fundo se lembrava dela. Thora leu a última cena em voz alta, o zumbido de junho ecoando para além das janelas da casa, a casa onde ela morava com o marido, e havia algo naquele livro que fazia parecer possível ser uma pessoa diferente. Era um livro sobre pessoas, sobre como as pessoas deveriam se ajudar, e, no fundo, a vida não era isso? As pessoas não deviam ser fundamentalmente boas?

Thora decidiu não entrar na sala de bate-papo.

Decidiu escovar os dentes antes que James chegasse em casa.

A sensação durou um tempinho. Depois James se atrasou para o jantar, e ali, na sala, com o céu escurecendo lá fora, o que quer que ela tivesse sentido antes já estava se esvaindo, já havia ido embora.

James estava olhando para ela.

— O quê? — perguntou Thora. — Você disse alguma coisa?

James balançou a cabeça, encolheu os ombros. Um terçol estava tentando raivosamente vir à tona, inchando a pálpebra dele de maneira desagradável.

Eles assistiram ao telejornal na cama, James pondo um saquinho de chá morno no olho. G. havia declarado falência. G. havia evitado as acusações penais, mas devia se apresentar em juízo para marcar a primeira audiência do processo civil na semana seguinte. Havia imagens dele, atormentado, saindo de um carro, um sorriso benzodiazepínico estampado no rosto.

James pôs o saquinho de chá na mesa de cabeceira. O olho continuava vermelho como antes, só que agora a área em volta também estava úmida, a pele enrugada por causa do calor e da umidade.

Sua mão se dirigiu lentamente ao olho inchado e depois parou, suspensa no ar. Ele estava louco para fazer algo, para coçar o olho infectado, mas entendeu que não deveria, lembrando que haviam dito, expressamente, para ele não tocar no olho. Thora viu tudo aquilo. Para James, era suficiente — ele não fez o que queria, deixou a mão cair sobre o cobertor. Em vez de coçar, piscou com força, piscou deliberadamente. Sorriu para Thora, aproximou-se para que ela examinasse aquele olho do qual agora escorria uma lágrima.

— Está melhor?

Agradecimentos

AGRADEÇO A BILL CLEGG e a todos na The Clegg Agency. Muito obrigada a Kate Medina pela sábia orientação e a Gina Centrello e a equipe da Random House. Agradeço também a Poppy Hampson e à Chatto and Windus.

Tenho uma dívida com os editores das publicações onde esses contos apareceram pela primeira vez: Lorin Stein e Emily Nemens da *Paris Review*, Sigrid Rausing da *Granta* e Willing Davidson do *New Yorker*. Willing tem sido um editor e amigo particularmente generoso.

Pelas primeiras opiniões sobre estes contos, sou grata a Alexander Benaim, Hilary Cline, David Gilbert, John McElwee, Spike Jonze e Ben Metcalf. Obrigada aos amigos Lexi Freiman, Tom Schmidt, Sara Freeman, Alex Karpovsky, David Salle, Alex Schwartz, Ricky Saiz, Ben Sterling e Emily Keegin.

Sou grata à minha família: Fred, Nancy, Ramsey, Hilary, Megan, Elsie, Mayme e Henry.

- intrinseca.com.br
- @intrinseca
- editoraintrinseca
- @intrinseca
- @editoraintrinseca
- intrinsecaeditora

1ª edição	AGOSTO DE 2025
impressão	CORPRINT
papel de miolo	IVORY BULK 65 G/M²
papel de capa	CARTÃO SUPREMO ALTA ALVURA 250 G/M²
tipografia	ADOBE CASLON PRO